呪禁官

クトゥルー・ミュトス・ファイルズ
The Cthulhu Mythos Files

意志を継ぐ者

牧野 修

創土社

目次

呪禁官　意思を継ぐ者

序章

夜に雨が。

雨は霧雨《きりさめ》だ。

しかも生暖《なまあたた》かい。

街が湯気《ゆげ》そのもののように揺らめく夜。湿《しめ》った闇の中で何もかもが曖昧《あいまい》だった。ただその女の禿頭《とくとう》だけが輪郭《りんかく》を際立たせている。頭はところどころてらてらと濡《ぬ》れたように光っていた。火傷《やけど》の痕《あと》だ。左耳は蕩《とろ》けたように小さくかたまり、左眼は瞼《まぶた》が引き攣《つ》れ半《なか》ば閉じている。彼女が元々美貌《びぼう》の持ち主であったことは、焼けただれていない部分から知れる。そしてそれがよけいに、彼女に加えられた仕打ちの凄《せい》惨《さん》さを強調していた。

「緊張しているのか、ギア」

女は隣に座る若い男に言うと、煙草《たばこ》をくわえた。

フロントガラスを競《きそ》いあって流れる雨粒《あまつぶ》を目で追っていたギアが「はいっ」と答える。

場違いなほど元気な返答に何を言うのでもなく、女は煙草に火を点《つ》けた。眼を細めて吸う。深く、肺の底まで紫煙《しえん》を吸い入れる。紙巻き煙草は、たちまち半ばまで真《ま》っ赤《か》に燃え、灰になった。

車中が紫煙で満たされていく。

「おまえは訓練生だ」

女が喋《しゃべ》れば、ゆるゆると煙が吹き出てくる。まるで言葉が煙になって吐き出されているかのようだ。

「訓練生が注意すべきことはたった一つ。死なないことだ」

女はギアを見た。真剣な目だ。どうやら冗談ではないようだ。ギアも真面目《まじめ》な顔で相手を見返す。

「生きていればいつか優秀な呪禁官《じゅきんかん》になれる」

そう言い、女は煙を吐ききった。

「いつか、ですか」

不安そうに尋《たず》ねるギアに、女は即答した。

「そう、いつか、な」

その時期がわかるとでも思ったのか、ギアは時計《とけい》を見た。

「何時だい」

女が尋ねる。

「午後八時二十五分です、龍頭《りゅうず》教官」

答えを聞いて灰皿に煙草をねじ込んだ。

「私はもう教官じゃない」

言って灰色のレインコートのフードをかぶる。

無線機のスイッチを押した。赤く灯が点《とも》る。

「私が殺されそうになったら助けに来てくれ」

女が目深《まぶか》にかぶったフードの中で囁《ささや》くと、それが無線機のスピーカーから聞こえた。

「冗談だ」

言い残し扉を開く。

ぬるい湿気がたちまち車内を満たしていく。

扉が閉まった。

胴上げに駆け寄るかのごとく、闇は龍頭へと押し寄せ、その姿を隠した。闇に溶けるレインコートの背中を、ギアはいつまでも眼でなぞって呟《つぶや》く。

ったく冗談じゃない。

「ビルに入った」

スピーカーから龍頭の囁き声がした。

マイクはその掠《かす》れた声を鮮明に拾っているようだ。

「エレベーターの前だ」

しばらくの沈黙。

ギアはハンドルを人差し指でこんこんと叩《たた》いた。

何度も何度も。その音に自身が苛々《いらいら》する。

「七階に着いた」

ようやく声がした。

続いてノックの音がする。

「先ほど電話した者です」

扉の開く音。

「今日は先生に会わせていただけるんですよね」

「もちろんです」

男の声だ。

「こちらへどうぞ」

足音。

「しばらくお待ちください」

扉が開き、閉じる。

ぎしぎしと鳴っているのはソファの革が軋《きし》む音。

龍頭が腰を下ろしたのだろうか。

その音だけが聞こえていた。

無為《むい》に時間が過ぎる。

緊張のあまりギアの胃がしくしくと痛み出した。

ハンドルを指先で叩き続けていることに、もう気がついていない。

扉が開いた。

「どうぞ、こちらに」

もったいぶりやがって。

吐き捨てるようにギアが言う。

「はじめまして」

龍頭の声だ。

「大迫《おおさこ》先生ですね」

返事はない。相手が頷《うなず》いたのかどうか、ギアには確かめることが出来ない。

「あなたが」

女を案内した男とは別の男の声だ。

特徴的な低く、よく響く声。

「あなたが相談に来られた方ですか」

「ええ、そうです」

「ご本人？」

「そうですけど」

「おかしいなあ。悩みが見えないなあ。一応話は聞いてますがね。もう一度ご本人から直接説明してもらえないかな」

「わたしをこんな顔にした男の話をですか」

「そうそう」

何か男は楽しそうだ。ギアにはそれが不安でならない。心臓が激しく脈打ちだした。手にじっとりと汗をかく。

龍頭は自分を騙《だま》し、最後には熱湯を顔にかけて逃げ出した男の話をしはじめた。まったくの作り話だ。ギアは掌《てのひら》に滲《にじ》んだ汗を膝《ひざ》で拭《ぬぐ》いながら、それを聞いていた。

「で」と男は龍頭の話を止めた。

「わたしに何をしろと」

「それはおわかりのはずです」

「さあ」

わざとらしく小首を傾《かし》げる男の姿が見えるようだった。

ギアが舌打ちする。

龍頭が話を始めた。

「先生なら願いを叶《かな》えてくださると聞いています。つまり、その、呪法《じゅほう》によって復讐《ふくしゅう》をしてくださると」

「呪禁法というのをご存じですよね」

「……はあ」

「あなたがどのような復讐を考えているのかは知らないが、呪法によって復讐などをしたら、その呪禁法に触《ふ》れる。禁固刑《きんこけい》ですよ」

「お金はお持ちしました」

受け取るんだ、受け取るんだ、受け取るんだ。

何度も何度も呟きながら、ギアは指先でハンドルを叩き続ける。

「大金だ」

笑いを含んで男が言った。

「受け取れ。受け取るんだ、大迫。おまえは金を受け取り許可なく呪法を人体に使用した。わかっているだけでも五人死んでいる。五人だ。ご、に、ん、し、ん、で、い、る」

ハンドルをこつこつと叩きながらギアは呟き続けた。

「金はいただいておきましょう」

やった！

ギアは狭い車内で拳《こぶし》を振り上げた。

「それではあいつを殺してくださるんですね」

龍頭のその問いに大迫は答えない。

「殺してくださるのですね」

繰り返した。

「まさか」

男が笑った。

「わたしは国の許可をいただいて工業魔術師《インダストリアル・マジシャン》をしております。それがどうして法を犯《おか》せましょうか」

芝居《しばい》掛かったその科白《セリフ》にギアは苛立《いらだ》った。

「じゃあ、そのお金は」

龍頭の声だ。

「寄付のおつもりでしょう。よくあることですが」

くそっ。

言ってギアは拳でハンドルを叩いた。

おまえに寄付する金なんかないんだよ。

呟き、きりきりと歯を嚙《か》みしめた。

「お願いします」

涙声で訴《うった》えているのは龍頭だ。

たいした演技力と言うべきだろう。

「もう、あなたしか頼れる人はいないんです」

「何度言ったらわかるのかなあ。あのねえ、そこで土下座されたって返事は同じなんだ。駄目なものは駄目だということですよ。さあ、お引き取り願えますか」

お願いします、お願いしますと繰り返す龍頭の声。

悔《くや》しさにじんわりと涙が滲んだ。唇を嚙みしめる。

「わかったよ」

おっ、と思わず声を漏らして耳をそばだてた。

「んじゃあ、こうしよう。わたしの靴底《くつぞこ》を舐《な》めてきれいにしてくれたら、その仕事請け負いましょう」

「ほんとですか」

龍頭が言った。

まさか……。

ギアは誇り高い先輩の顔を思い浮かべた。

しちゃいけない。

そんなことをしちゃいけない。

しばらくの沈黙。

そして堪《こら》え切れぬような男の笑い声が聞こえてきた。笑いはどんどん大きくなる。

「ひぃぃ、たまらん。もういいよ、呪禁官さん」

「なにっ！」

思わずギアはハンドルにしがみついていた。

「おまえ、知ってたのか」

龍頭の声は怖いほど落ち着いている。

「それぐらいわかってますよ。あのねえ、臭い芝居をしてくれたのは有り難いですけど、わたしは何にも悪いことをしていないんですよ。だから、出てけ」

何かが倒れる音がした。

「さっさと出てけって言ってるんだよ！」

ギアは黒い外套《がいとう》を握りしめた。呪禁局から支給される制服だ。肩に掛けドアを開く。

もうこれ以上ここで待っていられなかった。

その時だ。

「腐れ外道《げどう》があっ！」

龍頭の怒声だった。

続いて柔らかいものから堅いものまで様々な物が倒れ、衝突《しょうとつ》する音が聞こえた。

「必ずおまえらのしっぽを摑《つか》んでやる。摑めなかったとしてもおまえだけは許さん。今度事を起こしたら、必ず追い詰めて息の根を止めてやるから覚悟しておけ」

ドアに手を掛けながら、ギアはその科白に聞き惚《ほ》れていた。それから雨の降る街に飛び出す。龍頭を迎えるためだ。

生温《ぬる》い霧雨がざわざわとギアを包む。たちまちのうちに外套がずっしりと重くなっていった。

「教官！」

龍頭がそこに立っていた。レインコートは脱ぎ捨てている。

「行くぞ、ギア。出直しだ」

「はいっ」

嬉《うれ》しそうに返事をして、ギアは再び運転席に戻った。

その時のことを、何故《なぜ》かギアは一番鮮明に覚えているのだった。

鴉《からす》が鳴いたのだ。

ギアは空を見上げた。

黒々した闇の広がる空を。

ギアは感じていた。何か邪《よこしま》なものの存在を直観していた。直観は彼の持つ力のひとつだ。

「教官、何かが――」

来ます、と言う前にそれは飛来《ひらい》した。

湿気を含む闇の中、それよりも濃く滴《したた》る闇の滴《しずく》がある。あるいは黒の稲妻《いなずま》か。

真下にいるのは龍頭だ。

ギアが息を呑んだ。不明のそれは龍頭の頭に衝突した――かのように見えた。

が、その時には龍頭の姿が消えていた。

そこから十メートルほど離れたところで彼女は身構えていた。

瞬時に身体《からだ》を移動させたのだ。彼女が得意とする古武術では、これを「身を延《の》べる」という。格闘技を超えた一種の呪法だ。

それは寸前まで龍頭の立っていたところに翼を拡げてへばりついていた。

鴉に似ていた。ドーベルマンの成犬ほどもある巨大な鴉。その真っ黒の翼の先には赤ん坊のような小さな掌がくっついている。鴉でないなら黒い翼竜か。

「逃げろ！」

龍頭がそう叫んだのと同時だった。

ギアは夜空《よぞら》が砕けたのかと思った。

無数の闇の断片が降ってくる。

大鴉だ。数え切れぬほどの大鴉が龍頭めがけて襲いかかってきたのだ。

一瞬にして黒い山ができた。

けたたましい声を上げて何羽かが弾《はじ》き飛ばされた。飛ばされた大鴉は黒い飛沫《しぶき》となって消える。

龍頭が戦っているのだ。

ギアは内ポケットに手を入れて一枚の硬貨を摘《つま》み出してきた。五芒星《ごぼうせい》が刻印されたそれは護符であり、呪的な武器なのだ。

何度も訓練を重ねてきたようにそれを指で弾き飛ばそうとした。指先が震える。まともに狙《ねら》いをつけることができない。硬貨が手から転げ落ちた。

しゃがみ込みそれを拾う。

薄い硬貨を摘もうとコンクリートにたてた爪が割れた。その痛みに気づくこともない。

拾い上げ、握りしめたそれを黒い山に投げつけようとしたその時、雨音に似た羽音をたて、大鴉たちは空へと飛び立った。

龍頭は濡れた路面に倒れていた。

駆け寄ったギアは、女のようにか細い悲鳴を上げた。

大鴉たちの鋭い嘴《くちばし》が龍頭の肉を抉《えぐ》り、穴を穿《うが》っていた。肌が露出している部分は虫食いの朽《く》ち木のようだった。顔も例外ではない。眼窩《がんか》にはぽっかりと穴が空き、鼻も耳も唇も毟《むし》り取られたそれは、血塗《まみ》れの髑髏《どくろ》そのものだった。

ギアは硬貨を握りしめていた。

その護符にすがるかのように。

第一章　ケテル――王冠

1

「米澤浩吉《よねざわこうきち》、出ろ」

何日かぶりに人の声が聞こえた。

扉が開かれる。

鍵を持って看守《かんしゅ》が立っていた。

本来は部屋を出るときにサンダルを履《は》くのだが、米澤の足には床を傷つけぬように、最初から布袋《ぬのぶくろ》が被《かぶ》せてある。これがよく滑《すべ》り、ただでさえ歩くのが苦手な彼を、さらに不安定にする。

しかもほぼ一月《ひとつき》ぶりに脚を動かしたのだ。

必ずこのときよろめく。

看守が少し飛び退《の》く。

身長が三メートル近い金属の塊《かたまり》が倒れてこようとしたのだから当然のことだ。

彼は世界でも初めてのサイボーグ受刑者だった。

彼が服役《ふくえき》すると決定したときに、いろいろな方法が論じられた。その機械部分を私物と考え、脳だけを刑務所に入れるという案さえあった。もちろん脳だけ保存できる施設など、どこの刑務所にもない。

だから彼はその姿のまま服役することとなった。

その身体を維持するには電力が必要だ。受刑者である彼には最低限の電力しか保証されていない。その電力で脳を維持したければ、独房の中で動かずにいることが必要だ。

そういう判断から、彼は大半の時間を窓もないこの独房で過ごすこととなった。そのこと自体が彼への懲罰《ちょうばつ》でもあったのだろう。

「しっかりしろ、バカ！　えっ、このタコスケ！」

怯《おび》えて飛び退いたことを恥じたからだろうか。看守が顔を真っ赤にして怒鳴《どな》る。

その罵倒《ばとう》に、米澤はいちいち、はい、と大きく返事する。やがて気が済めば看守は前を見て歩き出す。米澤はその後ろにくっついて、いち、にい、いち、にい、と声を掛けながら歩いた。一応人の形をしているが、その無骨《ぶこつ》な姿は旧式のロボットのようだ。いや、ロボットというよりも、二足歩行する工作機械というところか。

その工作機械が、今工場へと向かっている。

一月に一度、彼は工場で働くことになっている。他の者は辛《つら》がる懲役《ちょうえき》作業だが、米澤にとってはこれが唯一《ゆいいつ》の気晴《きば》らしだった。途中で他の囚人《しゅうじん》と一緒になり、一列に「いち、にい、いち、にい」と行進して工場に入った。

講堂のように広い空間だが、すべての窓が鉄の柵《さく》で閉ざされている。煤《すす》けたように暗い天井は鉄骨や配線が剥《む》き出しだ。決して狭い空間ではないのだが、絶対的な閉塞《へいそく》感が相変わらず米澤の上にのしかかっていた。しかしそれでも独房の中で立っている毎日よりはずっとましだった。

他の囚人たちが椅子《いす》に着いた。彼の巨大な身体を支える椅子などはない。彼は床に直接腰を降ろす。そんな彼の存在はどう考えても奇異であろうけれど、当然ながら話し掛けてくる者など一人もいない。彼も話さない。雑談どころか脇見《わきみ》も懲罰の対象だ。

古びた板に作業工場での禁止三原則が書かれてある。

だから黙っている。彼もみんなも。文字通り黙々と、一枚の板に彫刻刀《ちょうこくとう》で牡丹《ぼたん》を浮き彫りにする作業が始まった。

国立大学の理系の学部を卒業し、国内では有名な電子機器メーカーで研究開発をしていた米澤は、その経歴からも、世間知らずで融通《ゆうずう》の利《き》かないその態度から見ても、典型的な「科学者」のイメージ通りの人間だった。そのため科学者に対する一般的な人々の持つ偏見《へんけん》を散々に聞かされてきた。その中でも最も頻繁《ひんぱん》に口にされるのが、情を解《かい》さないとか、芸術を理解できない、などという偏見だった。若い頃の彼はそれに対抗する意味もあって、専門書以外に様々な読書をしたし、日本画や書や俳句《はいく》を学んだ。

その趣味が、こんなところで役立ったのだ。見本を見、下描きを入れ、彫刻刀で牡丹《ぼたん》を彫る。同じ図柄で何度となく牡丹を彫っている。彫り続けている。かつては「人間的である」と思わせるために学んだ技術を「機械的に」使う。

オレは機械だ。

そう思いながら単純作業を続ける。

しかし誰と話すでもなく触れ合うでもないこの作業が、独房の中で一人時間を過ごしていく数十日に比べれば、ずっと人間らしい気分になれるのは事実だった。

とはいえ作業は一日で終わる。終われば再び独房での生活だ。その時のためにも彼は人間に戻るわけにはいかないのだ。

だからやはり彼は考える。

オレは機械だ、と。

やがて作業止《や》め、の声が掛かる。

米澤だけは他の者と離れて独房へと戻る。食事も入浴も彼には無縁だからだ。食事はまったく無縁というわけではないが、生体であるわずかな部分のために、チューブから何種類かの栄養素を送り込むだけだ。それは食事と呼べるようなものではない。

「このまま外に出るんだ」

米澤を先導してきた看守が言った。工場まで彼を連れてきた看守とは別の看守だ。

はい、と大きく返事をする。

おかしなことを言うものだ、と思いつつも暗い廊下を、いち、にい、と声を上げながら進んだ。看守に逆らうことなど考えたこともなかった。しかし外へなど、ここに来てから一度も出たことがなかったのだ。

廊下の向こうに青く広がる空の断片が見えてきた頃から不安になってきた。

運動場へと出る前に脚が止まった。

「どうして外に行くのでしょうか」

合成された低い男性の声は落ち着き払い、迷いなど感じさせないのだが、彼は不安で仕方なかった。

「出ればわかる。おまえに悪いようにはしない。オレはおまえの味方だよ。さあ行け」

それだけ言うと、看守は小走りに廊下を去っていった。

運動場には誰もいない。そんなところに出ていったら、それだけで脱走とみなされるのではないか。そう思うと脚が進まない。しかしここにいつまで立ち止まっていても、それはそれで脱走とみなされてもおかしくない。看守に連れられここまで来た時点で、そしてその看守が走り去った時点で、すでに米澤は窮地《きゅうち》に立たされていたのだった。

諦《あきら》め、米澤は一歩前に出た。

そのまま運動場へと脚を進める。

ローター音が聞こえる。

見上げればそれらしい影が見えた。もしかしたら刑務所の航空写真を撮ろうとしているマスコミのヘリコプターかもしれない。

そんなことを考えながら米澤は歩く。一定の速度で運動場の中心へと。

「待て！」

とうとう声が掛かった。

看守たちがわらわらと集まってくる。

それに連れてローター音はますます大きくなってきた。

見上げれば驚くべきことに垂直離着陸機《VTOL》が彼の頭

上にあった。

その姿が見る間に巨大になっていく。

どんどん降下してくるのだ。

凄《すさ》まじい風が砂塵《さじん》を舞い上げる。

機体からベルトのついた太い金属ロープが垂《た》らされた。

看守たちの怒声が聞こえる。

怒声と砂塵とローター音と看守たちと垂直離着陸機。何もかもがここで嵐のように渦巻いている。

その渦の中心に米澤はいた。

「早くしろ！」

垂直離着陸機から声が聞こえた。

拡声器で増幅されたその声が周囲に響き渡る。

周りから看守が迫ってきた。殺気だったその顔を米澤は見た。殺せ、の声がその中から聞こえたような気がして、とうとう彼は決意した。

ベルトを股に通して胸で締める。

ロープがピンと張った。

一トン近い米澤の身体がふわりと宙《ちゅう》に浮かぶ。

そして空へ。

まるで手が届かなくなるのを待っていたかのように、看守たちが足元に集まってきた。

やがて人々が米粒のような大きさになった。古風な怪人にでもなった気分がした。

こうして米澤は後戻りのできない旅へと再び旅立ったのだった。

2

理由はわからない。

ある日突然、オカルトだの魔術だの呪術だのと呼ばれるものが現実的な技術として有効となった。正しい術式で行った魔術は、現実に必ず影響を与えるようになったのだ。

たとえば雨乞いの儀式を正しく行えば、気象観測の結果を度外視して必ず雨が降るのである。

当然のことながら、それが事実として確認され、誰にもそれが実証可能となったとき、世界中で混乱が起こった。

それは一種の技術革新だったのだが、産業的な動向以前に、「オカルト」を認めたうえでの法整備が急務とされた。オカルト犯罪が急増したからだ。旧法では魔術による犯罪は不能犯とされ、呪的な犯罪などあり得ないから犯罪として成立しない、ということになる。だが現実にオカルトを使った犯罪は多発し、日毎《ごと》に増加していった。オカルト犯罪を不能犯とすること自体が非現実的な対応となってきたのだ。

結論から言うなら法は改正された。そしてまず社会的混乱を防ぐ意味でも、呪的な力を国家が管理するものと決定し、内務省の一機関として呪禁局が生まれたのだった。今から六十年近く昔の話だ。

その後、魔術の産業への展開はめざましいものがあった。何故起こるのか、が解明されることはなかったが、どのように起こるのか、は様々に研究された。それを専門職とする工業魔術師も誕生して久しい。

産業、文化と、魔術の応用は幅広く、呪禁局が扱う事柄もどんどん広がっていったが、何よりも魔術犯罪への捜査がその題目の一番に記されていた。それを担当するのが呪禁局特別捜査官、通称呪禁官である。

呪禁官は呪禁局の看板であった。

オカルトが産業の花形となった時から、その暗黒面として多くのオカルト犯罪が報道され、否応《いやおう》なくそれを取り締まる呪禁官たちの活躍がクローズアップされた。「魔術師」というイメージそのもののいかがわしい魔術犯罪者たちや、薄気味悪いカルト組織は、悪役としてわかりやすかったということもあるだろう。呪禁官はオカルト偏重の社会での最大のヒーローとなったのだ。

そうなると当然それを志願する者は増加する。男女問わず、子供たちになりたい職業を聞けば八割は呪禁官と答えるだろう。そして事実、呪禁官を志す者の数は多い。が、呪禁局勤務の中でも呪禁官の存在は特殊で、なれる人間は限られてくる。魔術やオカルトの知識に関して精通していることはもちろんだが、それ以前に呪禁官とは実質的には魔術師であり、霊的な素養を必要とされるからだ。従って呪禁官の絶対数は少なく、呪禁官になることはそれほど簡単なことではないのである。

呪禁官になる最初の条件として、巫病《ふびょう》に罹《かか》っている必要がある。巫病とは霊的な力によって心身の異常を引き起こされる病気だ。これに罹るということは、その人間に霊的な力があるという証明になる。従って巫病に罹ったという証明書を医者からもらっていないと、呪禁官になる資格がその時点ではないということになる。巫病は基本的には十代まで、遅くても十代前半に罹る子供の病気なので、巫病に罹らずして成人式を迎えてしまうと、まず呪禁官になることは不可能とされた。

巫病証明書を持っていれば、十六歳から呪禁官養成学校へ入学することができる。ここで三年間（留年も存在するが、二度しか認められていない。つまり六年以上養成学校に在籍することはあり得ない）呪禁官として必要な知識や技術を学ぶ。卒業後、本人の希望があれば各都道府県の呪禁局本部に訓練生として配属されることになる。研修の期間は四年。この間に呪禁官として相応《ふさわ》しくないと判断されれば、呪禁官候補としての資格を失うこともある。

こうして最終的に呪禁官となることができるのは、それを志した者の中でほんのわずか、一割に満たないとされている。
ギアこと葉車《はぐるま》創作《そうさく》はその狭き門をくぐり抜け、ほんの数カ月前に晴れて正式の呪禁官となったのだ。が、その心まで晴れ晴れというわけでもなかった。

深夜だ。

ギアはパジャマ姿でベッドに横たわっていた。電灯は消してある。窓からはいる街灯の灯《あか》りで薄ぼんやり見える天井を眺めている。呪禁官の寮の中だ。呪禁官は独身者に限り寮生活を強制され、そのすべてに個室が与えられているのだった。

ついさっきまで電話で話していた。相手は呪禁官養成学校で同期だった辻井《つじい》貢《みつぐ》という男だ。在学中のある事件で、親友と呼べる間柄になった何人かの一人だ。彼は呪禁局に勤めてはいるが、研修半ばで研究職へと移っていった。心優しい彼に、現場での犯罪捜査は向いていなかったのだろう。今は同じ地区の呪禁局で呪具開発課の課長補佐をしている。素早い出世が可能だったのは、彼の魔術への深い知識にあった。現場より明らかに研究職に向いていたのだ。

貢はいつもギアの愚痴《ぐち》を聞いてくれていた。今もそうだ。貢から電話があった。研究室でこんな時間まで仕事を続けていたのだという。

その電話が掛かってくる寸前まで、ギアはベッドに横になってあの日のことを考えていた。養成学校時代の教官であり呪禁官の先輩でもある龍頭を失ったあの時のことを。

おとり捜査中に誰かに襲われたのだ。大鴉を使うその犯人はまだ特定されていない。おとり捜査の対象となっていた大迫という魔術師もその日に殺されており、すべてがあやふやなままだ。恐らく捜査線上に大迫が上ってきた時点で、彼の死は決定されていたのだろう。つまり大迫と龍頭を殺したのは、魔術による呪殺を大迫に命じていた、あるいは大迫を窓口として実際に行っていた誰かと言うことだ。局内部での捜査もその線から行われていた。が、手掛かりは皆無《かいむ》だった。だからこそ、おとり捜査を行ったわけなのだが。

龍頭を失ったとき研修期間は終わりかけていたし、上司には不可抗力であると判断された。だからこそ彼は正式に呪禁官となったのだ。が、だからといって彼自身が自分を許せるかというと、そうではない。いや、正式に呪禁官になったからこそ、自らを責めることをやめられない。いつまで経ってもあの時の絶望が生々しく甦るのだった。

呪禁官を辞めよう。いや、それ以前に、龍頭を助けられなかったオレだけが生きていても仕方ないのじゃないのか。

そんなことばかりをだらだらと考え続けてしまうのだ。

不思議なことに貢は、ギアが取り返しのつかないことをする寸前にいつも連絡をくれるのだった。今日もまたそうだった。

どう、元気、とたわいない会話をする。

それだけでギアは何か救われた思いがするのだった。

携帯電話のブザーが鳴った。

緊急出動を要請するブザーだ。

ベッドサイドのテーブルを探り、取り上げた携帯電話を耳に当てる。落ち着いた女性の合成音声がこう告げた。

「ナナマルロクサン地区で呪的事故発生。複数の妖物が、通りゼロハチからハチサンへと移動中。確認されただけで五十体以上の妖物が存在しているもよう。数名から数十名が負傷。直ちに現場に向かってください。ナナマルロクサン地区で呪的事故——」

音声がエンドレスで状況を語るのを途中で切り、ギアは制服に着替えた。

廊下に出ると制服姿の大勢の人間が地下駐車場へ

と急いでいる。寮で待機する呪禁官がこれだけの人数呼び出されるとなると、かなり大規模な事故なのだろうか。

　また携帯電話が鳴った。

　取るとしゃがれた男の声が言った。

「第ゼロヨン部隊で出動する。霊柩車《れいきゅうしゃ》に集合だ」

　部隊長からの指示だった。

　呪禁官は普通二人一組で捜査にあたる。

　しかし、大規模な魔術災害などに対処するときは十二人一組の部隊で出動することもある。そのため各都道府県の呪禁局本部は、それぞれ最低一部隊十二人の特別捜査官を有しておかねばならない規則になっている。実際は多発する呪的犯罪に対してそれだけの人間で対処できるはずもないのだが、呪禁官の絶対数が少ないために、定められた最低の基準がこれなのである。人員不足を解消するため、首都の中央呪禁局からの指示で、事件に応じた人員が他府県から派遣されることも多い。が、ギアたちの所属している呪禁局本部は呪的犯罪の多発地帯に存在し、首都に続いて二番目に多くの特別捜査官を有し、常時五部隊が待機している。どうやらその五部隊がすべて出動しているようだ。今回はやはり大規模災害だったのだろう。妖物の正体は不明だが、それほど単純に解決のつくものではなさそうだ。新人《ルーキー》のギアにとっては二度目の部隊行動だ。緊張に身体が引き締まる。

　階段を駆け下りた。

　寮は六階建てで、ギアはその三階に部屋を持っていた。三階から地下一階まで一気に駆け下りる。エレベーターを使う者など誰もいない。

　地下駐車場に黒塗りのバンが六台並んでいる。そのボディには番号が白く描かれてある。これが通称〈霊柩車〉、呪禁官が部隊単位で出動するときに使用する特殊装甲車だ。白抜きされた数字以外はまったくの黒一色だ。ウインドウもすべてが黒く目隠しされている。

ギアはこれを見ると大きな鴉を連想してしまい、つい龍頭のことを思い出してしまうのだ。が、今はそんなことを思い煩《わずら》っている場合ではない。黒い外套を羽織《はお》りながら「04」と記された装甲車に乗り込んだ。向かい合わせになった座席に五人ずつ腰を下ろすようになっている。

全員が座席に立て掛けてあった杖《ロッド》を股の間に挟んでいる。

「よう、新入り」

隣に座った男が声を掛けてきた。

先輩の石崎《いしざき》という男だ。

「緊張しているようだな。小便漏らすなよ」

ギアは黙って石崎を睨《にら》み返した。石崎がニヤニヤと笑う。

「いっちょまえの顔をしてるじゃないか。頼むぜ。いざというときに仲間をおいて逃げないようにな」

ギアは何かといえば彼をからかってくる石崎が苦手だった。

〈霊柩車〉が発車した。

緊急車両用のサイレンが高鳴る。

無言のまま十二人は車に揺られ、現場へと近づいていった。

怪我《けが》人を積んでいるのであろう。何台かの救急車とすれ違う。

助手席に座った部隊長が、ちらりと腕時計を見てから身体をねじって後ろを振り向く。

そして怒鳴った。

「化け物はイヤと言うほど用意されているらしい。それをすべて消去しろ」

「はいっ！」

全員が声を合わせて返事する。

「久々の部隊出動だ。ゼロヨンの力を世間に知らせてやってくれ」

「はいっ！」

ギアも声を張り上げた。

「到着五分前。聖句唱和！」

部隊長の声が朗々と車内に響く。そのしゃがれ声は祈禱《きとう》するためだけに生まれたような崇高《すうこう》な迫力がある。

「至高の御名《みな》において」

皆がそれに続いた。

「至高の御名において」

「父と子と精霊の力において」

「父と子と精霊の力において」

「我は悪《あ》しきすべての力と種子を追い払う」

「我は悪しきすべての力と種子を追い払う」

サイレンの鳴り響く中、聖句は清浄な結界を車中に築いていった。

外を見れば、道に伏した泥だらけの人影が動かない。男女の区別すらつかないその横で、中年男性が血塗れのハンカチで顔を押さえて座り込んでいた。

泣き叫ぶ若い女がいる。放心状態の老人を抱えるようにして歩かせているコンビニの制服を着た男がいる。その誰もが怪我をしている。血を流している。警官は交通整理と野次馬の処理に追われていた。

救急隊員がてきぱきと指示を下し、担架に乗せられた人物が救急車に運び込まれていく。

「ナナマルロクサン地区に入りました」

運転していた捜査官が報告した。

緊張が一気に高まる。

「このまま通りゼロハチからハチサンへと向かいます」

フロントガラスの向こうにさらなる惨状が見えてきた。道路沿いの店舗《てんぽ》が粉々に砕《くだ》かれている。その横にはパトカーが横転して炎上していた。街灯に照らされた路面が濡れて光っているのは、どうやら血のようだ。それも並の量ではない。

まだ回収されていない遺体がそこかしこに転がっていた。そのどれもに損傷が激しい。四肢《しし》が千切《ちぎ》れ、腹が裂かれて内臓が掻《か》き出されている。まるで獣たちに食い荒らされたかのようだ。

遺体の多くが制服警官だった。事件事故の第一報はまず警察か消防署へいく。直接呪禁局に掛かってくることはあまりない。基本的には呪禁官は事件後の捜査が仕事であり、そのことで問題が生じることはあまりない。が、今回のような魔術災害の場合、往々にして救急隊員や警察官が犠牲となるのだった。

黒い小さな影のようなものが蹲《うずくま》って、ひたひたと血を舐めている。それは〈霊柩車〉が近づいただけで、その聖なる結界に弾き飛ばされて霧散した。

下等な霊体か何かだったのだろう。あれが事件の本体ではない。魔術災害では、周辺の場が呪的な影響を受けて、あのような魔を生みやすくなるのだ。


「どうやら我々が一番乗りだ」

部隊長が言った。

「敵がなんであれ、殺して殺して殺しまくれ。わかったな」

「はい」

全員がそう答えると、車両が停まった。

扉が開く。

運転手を一人残して十一人の呪禁官が車から降りた。

呪禁官は武器の携帯を許されていない。許されているのは聖別された杖《つえ》と小さなナイフだけだ。

皆は杖を脇に構え、整列した。

昼間は賑《にぎ》やかであっただろう大通りを、内部制圧《クリアリング》フォーメーションを組んで進む。先頭を行くのは部隊長だ。短躯《たんく》だが、存在感は部隊の中で一番だ。

ギアは最後尾《さいこうび》について背後を見張った。

どれもこれも呪禁官養成学校からおなじみの手順

だ。

前方のドアや窓を確認しながら部隊は進んでいく。

腐臭がした。硫黄《いおう》の臭いにも似ている。邪《よこしま》な存在の放つ気配を臭気として感じ取っているのだ。最後尾にいるギアにも、それははっきりと感じ取れた。

「お出ましだ。歓迎してやれ」

部隊長が言った。

四肢の異様に長いシルエットが道の向こうから近づいてきた。

丸い腹と細く長い腕に脚。街灯に照らされて濃緑色のその身体がはっきりと見えた。

餓鬼《がき》。

あらゆる餓《う》えが実体となった鬼だ。

「アァァ・テェエエエ！」

ヘブライ語の聖句が一斉に唱和される。

「マアァァアル・クゥウゥゥウトォオオオ」

聖句は霊的存在に物理的な影響を及ぼす。

ギイギイと鳴きながら餓鬼は後退《あとじさ》った。

「ヴェ・ゲェエエエーブウウラァアアア」

特殊な発声で大気を振動させるその声が、臭気をかき消していく。

「汝《なんじ》、王国、峻厳《しゅんげん》と荘厳《そうごん》と永遠に、かくあれかし」

という意味のヘブライ語の聖句を唱え終わると、先頭に立っていた呪禁官の指から硬貨が放たれた。五芒星形が刻印されたその呪的武器は、吸い込まれるように餓鬼の眉間に命中した。

一瞬の出来事だった。

餓鬼はぽん、とくぐもった音をたてて四散した。黒い灰が周囲に舞う。

聖句は絶えることなく唱え続けている。十一人の男たちはその聖句にあわせて、手にした短剣を動かした。頭上から額に。そして胸、右肩、左肩。最後は短剣の刃先を上に両手を胸の前で組む。変則的ではあるがカバラ十字の祓《はら》いと呼ばれる、場を霊的に清める基本の魔術だ。

誘蛾灯《ゆうがとう》に誘われるかのように、道のそこかしこから餓鬼たちが現れてきた。ギイギイと哀れな声で鳴き、ゼロヨン部隊を遠くから囲い込む。十や二十の数ではない。百近い数の餓鬼が路地《ろじ》の暗闇から現れ出てきた。

唱和の声が高まる。

「消去！」

部隊長が怒鳴った。

同時に硬貨を全員が指で弾き飛ばし始めた。

まさしく消去だ。

部隊を囲んでいる鬼たちが、最前列から消えていく。黒い灰がもうもうとたちこめ、消え去る餓鬼の発する饐《す》えた臭いが充満しだした。

怯え、蜘蛛《くも》に似た餓鬼たちが悲鳴を上げてわらわらと逃げ惑う。

「錫杖《しゃくじょう》！」

部隊長が再び命令した。

いよいよ散開して妖物たちとの接近戦が始まるのだ。

ギアはナイフを鞘《さや》に仕舞い、杖を両手で支えた。錫杖と呼ばれてはいるが、その樫《かし》の杖は青く塗られて丸く、八角や四角の白木のイメージとはずいぶん異なる。

「散開！」

部隊長の声を皮切りに、全員が雄叫《おたけ》びとともに餓鬼の群れに突入した。

ギアも、喉《のど》も裂けよとばかりに吠えながら餓鬼たちへと掛かっていった。

棒術は龍頭に習った。

その想い出が瞬時に脳内で繰り返される。

行け、ギア。

そう言う龍頭の声を聞いたような気がした。

餓鬼の動きは素早いとはいえない。実験的に造られた人工精霊で、もっと素早い妖物をギアはいくつも見た。その身でも体験した。

びゅんと棒が鳴る。

重い手応《てごた》えとともに餓鬼が倒れた。

すかさず喉に杖を突き入れる。

容赦はない。

いかに人に似ていても、それは人ではない。生き物ですらないのだ。

喉を突き破り、杖は路面にかつっ、と当たった。

灰となって餓鬼が消える。

背後から襲ってきた餓鬼を、振り向くことなく突く。その手応えだけで消去を確信し、左右から迫ってくる餓鬼を薙《な》ぎ倒した。

いいぞ、ギア。

龍頭の声がまた聞こえた。

合格ですか、先輩。

呟き、正面の敵を突く。

駆ける。

払う。

突く。

薙ぐ。

炸裂《さくれつ》し舞い上がる黒い灰に視界が遮《さえぎ》られた。

しかし餓鬼の邪気は、目を閉じていても感じられるほどに濃厚だ。

勘だけで杖を振るう。

それがまた面白いように当たる。

接近戦を開始すると同時にいったん途絶えていた唱和の声が甦った。

後続の部隊が到着したのだ。

すでにギアは勝利を確信していた。

龍頭がいたのなら言っただろう。

戦いは今からだ、と。

餓鬼たちがキイキイと声を上げている。

まるで歓声のようだ。

目の前の餓鬼が踊っていた。

身をよじり、楽しくてたまらんとでも言うように飛び跳ね踊っている。

その意味も考えず杖を構え、突っ込んでいこうとしたときだ。

「バカ野郎！」

声が聞こえると同時に、ギアは地面にひき倒された。

仰向けになったギアを見下ろしているのは石崎だ。

「何をするんですか」

抗議の声を上げて上体を起こすと、しゃがみ込んだ石崎に胸倉《むなぐら》を掴まれた。

な、なにをする、と言っている間に道の脇までずるずると引きずられていく。そこでようやく解放され、ギアは立ち上がって石崎に向かっていった。

が、その足を払われ、あっさりと倒される。

「このバカ、まだわからんのか」

何を、と聞き返そうとしたら爆音がした。

砂塵を上げて雑居ビルがひとつ、崩れ落ちた。

踊り続ける餓鬼たちが、落下するコンクリート片に押し潰《つぶ》される。それでも餓鬼たちは逃げようとはしない。歓喜の声を上げて踊り狂っている。

そこはギアが餓鬼たちに向かっていこうとしていたあたりだった。そこにいたら、あの餓鬼どもに混ざって圧死していたかもしれない。

「見ろ」

石崎が杖で崩れたビルの向こうを指した。

ビルを押し崩した物がそこにいた。

それが死んだ赤ん坊だと言われたら信じただろう。もちろん大きさは別として。どこもかしこも丸まってぶよぶよしたそれは、緑色に腐敗した幼児そのものだった。

巨大な死んだ赤子がビルを崩し、崩した廃材を蹴《け》散《ち》らして前へと這い出てきた。巨大な鮫《さめ》に小魚が付き従うように、餓鬼たちがそれに群れる。

「あれが近づくのを気づけないのなら呪禁官失格だぞ、新入り」

石崎が吐き捨てるように言った。

ギアに言い返せる言葉はない。

「すみません」

項垂《うなだ》れると、頭を小突かれた。

「帰れよ、ママんところに。他の呪禁官に迷惑を掛ける前にな」

ぶうん、と耳の奥が鳴った。

小さな肉の塊が右の耳に突っ込まれている。それは細い糸で外套の襟《えり》につながっている。肉の塊は生きているのだ。四本の棘《とげ》のある脚を持って移動もできる。二枚の羽で飛ぶこともできる。この肉塊は聖別された外套の力でコントロールされている蟲《むし》なのだ。すべての蟲は相互に霊的につながっている。そして互いに連絡をしあって、呪禁官の通信装置となるのだ。

「ゼロヨン部隊、聞こえるか」

部隊長の声だ。

「あの化け物は俺たちで縛る。印《ムドラー》を結べ。死んでも真言《しんごん》は唱え続けろ。ビビるなよ」

印を結ぶ。

それはつまり手を使い様々なサインを示すことを言う。印とは手を使った一種の呪文なのだ。

石崎が内縛印《ないばくいん》という両拳を合わせたような印を結び、同時に真言を唱え始めた。

慌《あわ》ててギアも真言を唱える。

「ノウマクサンマンダ・バサラダンセン・ダマカラシャダソワタヤ・ウンタラタカンマン」

続いて剣印《けんいん》。

「オン・キリキリ」

次に刀印《とういん》。

「オン・キリキリ」

ゼロヨン部隊の十一人が一丸となって不動金縛りという密教の秘法を使う。呪禁官の呪力は凄まじく、小山のような巨大な赤ん坊の動きを止めてしまった。首を左右に振り、腐った赤子は苦悶《くもん》に顔をしかめる。

が、そこから動くことはできない。

その場で芋虫《いもむし》のように身体を脈動させるだけだ。

餓鬼たちがいかにも不安げに周囲を見回している。

そのキイキイという声が、再び接近戦を始めた援軍の力でたちまちのうちに失せていく。

遠くでまた別の聖句が唱えられるのが聞こえた。

どうやらラテン語のようだ。

別部隊が人工精霊を召喚《しょうかん》しているのだ。

光が生まれた。

キラキラと輝く光が蛍《ほたる》のように舞いながら螺旋《らせん》の塔を築いていく。

死する赤子の目の前でだ。

見る間に神々《こうごう》しい光の柱が生じた。柱はふるふると震えながら姿を変えていく。見えぬ彫刻家の手で削り出されていくように、柱は別のものへと姿を変える。

人だ。

鎧《よろい》を着た輝ける剣士。

光の剣士は、長大な、七階建てのビルよりも大きな剣を振り上げた。

死した赤子が猫のような声を上げたのと、その剣が振り下ろされたのは同時だった。

ドブ泥があたりにばらまかれた。

炸裂した腐肉が周囲に吹き飛ぶ。

呪禁官たちによって造られた光の戦士＝人工精霊は、その役目を終えて消えていった。

残された餓鬼どもが主人を失い、慌てて四方へと散る。

「よし、よくやった。後片づけを忘れずにな」

耳の中の肉塊から部隊長の声が聞こえた。

「いいか」

石崎がギアを見た。

「くれぐれも言っておくが、みんなに迷惑だけはかけるな。オレはおまえと組んで死ぬのはいやだからな」

「はい」

素直に返事した。それがかえって嫌味に聞こえるかもしれない、などというところまで気を遣っている余裕はギアにもない。

危機に気づかなかったのは事実だし、それを助けてもらったのも事実だ。

言い訳の余地はない。

気がつけば石崎の姿はもうなかった。

そうだ、項垂れている場合などではないのだ。

目の前を数十匹の餓鬼が走り去っていく。その中の数匹がすぐ側のビルへと消えていく。ギアはその後を追った。

中小の事務所が入った雑居ビルだ。

中は真っ暗だった。巨大な赤ん坊によってケーブルが断たれたのだろう。

ギアは気配を頼りに脚を進めた。緑の非常灯だけがぼんやりと中空に浮かんでいる。

餓鬼の発する邪気は特徴的で、霊的訓練を積んだ人間には、闇の中で全身が輝いているほどにはっきりとそれを認識できる。

その気配が動いた。

背後だ。

押されるかのような強い邪気を背中で感じる。

振り向きざまに杖を突き入れた。

ぎいい、と悲鳴を上げて餓鬼が灰と化した。

次は左。

右。

前へ。

そして頭上から滴のように落ちてくる餓鬼を突き上げる。

一体。

二体。

灰に変えて上を見ると、餓鬼がびっしりと天井に張り付いていた。

思わず悲鳴を上げそうになった。

慌てて廊下を駆ける。

その頭上から、ヒルのように餓鬼がぽろぽろと落ちてきた。

頭上に突き、背後に払い、立ち止まることなく追ってくる餓鬼を打つ。打つ。ひたすら打つ。激しい動きの連続に息が詰まる。動きが少しずつ鈍ってきているのが自分でももどかしい。

杖を掴まれる。

振り払い、逃げる。

腕を取られる。

床に転げた。

もう駄目だ。これで終わりだ。死のう。ここで餓鬼に食われて死ぬんだ。どうせ龍頭を救えなかった俺に生きる権利などないのだから。

無様《ぶざま》に床に這いつくばって、ギアは半ば諦めた。

餓鬼の邪気が迫る。

とっさに仰いだギアに、餓鬼どもがのしかかってきた。

人の卑《いや》しさを凝縮《ぎょうしゅく》したような餓鬼の醜悪《しゅうあく》な顔が目の前にあった。

諦め、死を覚悟したはずのギアが恐怖する。

死にたくない。

反射的にそう思う。

所詮ギアの諦念《ていねん》など、覚悟ではなくただの自棄《じき》だったのだ。

ラテン語の呪句を唱えようと思ったが、最初の音が出てこない。

腕を押さえられた。

胸の上に乗った餓鬼が喉を噛み裂こうと大口を開く。

腐った生肉の臭気が口腔《こうこう》から流れ出、垂れ落ちる。

こみ上げる吐き気に、何故か唐突に呪句の最初の音を思い出した。

肺を大気で満たし、腹の底から声を絞り出す。特殊な振動を加えたラテン語の聖句だ。

「バーテル」

餓鬼たちが怯えるのがわかった。

その期を逃《のが》さず、杖を持った腕を振り上げる。

「アヴェ」

片腕が自由になった。

その勢いで胸の上の餓鬼をはね除《の》け、立ち上がる。

「クレド」

杖を携《たずさ》えた。

「オムニポテンス」

体勢を整え、再び杖を振る。

ラテン語の聖句を唱えながら突く。

払い、叩き、そして突く。

夢中だった。

いつの間にか気配が途絶えていた。

舞い上がる灰に咳《せ》き込みながら、ギアはしばらくその場で周囲の気配を探った。

自分の荒い息がうるさい。

呼吸を整えていく。

何も感じない。

さすがに終わりなのかもしれない。

そう思いつつも注意深く廊下を進んだ。廊下の左右には扉が並ぶ。どの扉にも鍵が掛かっていた。深夜であり、当然のことだ。

が、ひとつの扉が抵抗なく開いた。

そのまま扉を押し開く。広い窓からの灯りが中をぼんやりと照らしていた。中は事務机が並んでいる典型的なオフィスだ。

テーブルを手で探りながら、そっと脚を進めた。

気配を感じるのだ。

邪気ではない。が、何かがいるのは間違いない。

狭い事務所だ。探すほどのことはなかった。

ロッカーだった。

その前に立つと中からかたかたと音がしている。

ノブを摑み、ギアは勢い良く引いた。

そして、その中にみっちりと詰まっている肥満《ひまん》した人間を発見した。

「ひぃぃぃぃぃぃぃ、助けてくれ」

それは悲鳴を上げて転がり出てきた。転がり出たその勢いのまま、その場で土下座を始めた。

「お願いします。助けてください。なんだってしますから。ほんとになんでもしますから」

だらしなく太ったその男に、ギアは見覚えがあった。

「おまえ、まさか」

じっと男を見下ろした。

「おまえ、もしや、ソーメー」

ギアがそう言うと、その太った男は顔を上げた。

きょとんとギアの顔を見ている。そして涙と鼻水を袖《そで》で拭ってから言った。

「ふにゃっ」

「猫かおまえは」

「おまえは、ギアじゃないか」

「やっぱり、ソーメーだよな」

うんうん、と頰の肉を揺らして彼は頷いた。

呪禁官養成学校の同期の一人、貢たちと一緒に生死を懸けた戦いに挑んだかつての仲間、ソーメーこと針山宗明《はりやまそうめい》だ。確か卒業と同時に実家の洋装店《ブティック》を継いだと聞いていた。

「こんなところで何をしてんだよ、おまえ」

ソーメーが立ち上がりながら言った。今まで泣いて土下座していたとは思えない尊大《そんだい》な態度だ。

「それはこっちの科白だぞ。深夜にこんなところで何をしている。泥棒か。人間落ちぶれたくはないもんだな」

「バカか、おめぇ。こんなところで、って、おめえ事務所に入る前に扉があっただろうが。あそこに書いてあっただろうがよ」

「なんて書いてあったんだ。養豚場か」

「しまいに呪殺するぞ」

ソーメーは左脚を一歩前に出し両腕を前に突き出す、ホルスのサインをとった。

「よく覚えてたな、劣等生だったくせに」

「ふん、学力優秀で首席で卒業はできたんだよ。ほんとならな。しかし自主的に泣く泣く親の職業を継いだわけだ。親孝行っていうか、世間《せけん》をよくわかっているというか、おまえのような甘やかされた人間にはこの苦労がわかるまい」

甘ちゃん、ぼうや、お坊ちゃんと言いながらギアの頭をぐりぐりと撫《な》でる。

「ええい、やめんか、肥満」

「誰が肥満だ」

「おまえが肥満でなくてどこに肥満がある」

「アメリカ」

「何が言いたい」

「よくわからんけど、そんな気がしたから」

二人はしばらく顔を見合わせていた。

そして同時に噴《ふ》き出した。

「相変わらずだな、ソーメー」

「五年ぶりかなあ。荒木《あらき》先生の葬儀《そうぎ》の時以来だから」

荒木義二《よしじ》は養成学校時代の恩師《おんし》だ。大往生《だいおうじょう》と言えるだろうか。彼に師事していたかつての教え子に囲まれて、病院で五年前に息を引き取った。

「で、なんでこんな時間にこんなところにいるわけだよ」

「だから、ここはオレのお袋の事務所なんだってば」

「それはわかったけどさ、なんで夜中にいるのかって聞いてるんだろ」

「夜になってから来たんじゃないよ。居残ってたんだよ」

「なんで」

「うるさいなあ。帳簿《ちょうぼ》をつけてたんだよ。オレはおまえみたいなヤクザな人間と違って、妻も子もいるわけよ。稼ぐってことはたいへんなんだから」

「っていうより、おまえの仕事がのろいってことじゃないの」

「そうともいう」

「で、慎太郎《しんたろう》くんは元気か」

養成学校時代から比べても三倍は太ったであろうソーメーの、一人息子慎太郎は、彼の息子とは信じられないほど可愛らしい子供だった。

「元気だ。すごく元気だ」

「幼稚園だよな、確か」

「入園祝いもくれなかったよな」

「悪いか」

「極悪人《ごくあくにん》だ。それより、いったいなにがあったのよ」

「魔術災害だな。それもかなり大規模な。誰かが魔術にしくじったのか……。詳《くわ》しい調査はとにかくこの騒動《そうどう》が収まってからだよ。それにしてもどういうわけか最近、この周辺でオカルト的な事件が多発してるんだ」

「あのさあ、ギア」

すがるような目でソーメーはギアを見た。

「この近所に微笑町《びしょうちょう》ってのがあるのを知ってるか」

「オレが知らないわけがないだろ。世界初の霊的発電実験地区だ」

魔術と科学は、これまで棲《す》み分けして共存してきた。魔術は決して万能ではなかったし、科学は世界を客観的に認識する方法として最上の手段だった。

魔術は人間の関わる分野では驚くほどの効果をもたらしたが、純粋に物理的な分野で実用化されたものは少ない。煙草に火を点けるのに、複雑な呪文と術式を必要とする魔術よりは、ライターの火を使うだろう。

　魔術とはある種、職人の世界だった。熟練と才能を必要とする魔術の分野と、誰もがどこででも利用可能な科学というものは、それだけで充分棲み分けがなされていたのだ。

　ところが五年前に日本人の天才的な工業魔術師が深層呪詛《じゅそ》理論というものを提唱し、実証した。それはすべての魔術に通底するオカルト・システムが存在するという理論だった。これが実証されたことで、世界中のすべての魔術、呪術を統一するオカルト・システムの完成が夢でなくなったのだ。こうして日本で最初に統一呪的言語規格が生まれ、すべての魔術をひとつにする呪法が誕生したのだった。開発者の名を取って「クリハラ文字」と名付けられた世界初の統一呪的言語規格は、しかし日本語を母胎としているということで世界には受けいれられず、結局合理性でも汎用《はんよう》性でも低いとされていた「スペルズ」という米国製の言語規格が世界的に標準と定められた。これには深層呪詛理論の開発者である栗原武彦《くりはらたけひこ》教授が夭折《ようせつ》したことも原因となっているのだが、とにかく日本でも今年になって日本工業魔術協会《J・I・M・S》が正式に標準呪術規格としてスペルズを採用した。呪禁局でも地方によってはスペルズを採用していた。もっとも、ギアの在籍している呪禁局では現場で働く呪禁官の圧倒的な反対にあってスペルズを使ってはいないのだが。しかしいずれはラテン語やヘブライ語の呪文に、このスペルズがとって代わるのは間違いないだろう。

　誰にでも使える魔術。

　それが統一オカルト・システムの特徴だ。もちろんまだまだ魔術師が先導する形でしか実用的な呪術は成り立っていないが、やがて今のような特権階級としての魔術師は姿を消すだろう。と同時に、かつては科学の分野とされていたところに、魔術が進出していくはずだ。

こうして、特定の術者の存在無しに運営できるのなら、と最初に考えられたのが魔術的エネルギーの応用——霊的発電だった。

これに先鞭《せんべん》をつけたのが栗原の参加していた魔術プロジェクトチームだった。彼らはクリハラ文字を使用することで霊的発電所第一号を完成させたのだ。消えた統一規格と呼ばれ、幻《まぼろし》扱いされているクリハラ文字の巻き返しを狙ってのことだった。クリハラ文字開発には、呪禁局を造ったとされている金森《かなもり》財閥が関係しており、その意地もあったのではないだろうか。とにかく魔術プロジェクトとしても破格の巨大プロジェクトだった。

微笑町とはその霊的発電のための施設なのだ。

「で、その微笑町の噂、知ってる？」

不安げな顔でソーメーが尋ねた。

「ああ、微笑町が原因で魔術事故が多発しているって、あれだろ」

「どう思う？」

「どう思うって」

「専門家の目から見て本当だと思うか」

「なんとも言えないなあ」

「おい、オレたちは親友じゃないか」

「なんでそんなことを知りたがる」

「いや、オレ、今ね、微笑町に住んでるんだよ。家族と一緒に」

「……なかなかチャレンジャーだよな」

「だって、おまえ、土地と建物をただで提供してくれるんだぞ。しかも電気代もただだし、ガス・水道に電話代まで半額を国が負担してくれるんだ。誰だって飛びつくだろが。抽選《ちゅうせん》だったんだよ、抽選。百倍の難関を乗り越えて家を手に入れたんだから」

「強運だと、言って欲しいか」

「言ってくれ、頼む」

「家族そろって、あのナノ呪符を注射したのか」

ソーメーは震えているかのように細かく頷いた。凍《こご》えた鼠《ねずみ》そっくりだった。

ナノ呪符とは蛋白質《たんぱくしつ》分子ひとつひとつに呪文を書き込んだ分子サイズの呪符だ。最先端の深層呪詛理論と科学が出会うことで作り出されたそれは、一種の人工精霊である。ナノ呪符は体内で生物のようにふるまい、血管の中で増殖《ぞうしょく》する。ナノ呪符を含んだ血液が粘膜《ねんまく》や傷口に触れることで、呪的効果は感染《かんせん》していく。が、体外で増殖させることは不可能なので、ナノ呪符に呪的感染した人の血液から血液製剤を造りだし、それを静脈注射することで呪的効果を広めていくことが可能だ。


微笑町は特定のナノ呪符に感染した人間だけが住んでいる。このナノ呪符と、微笑町のほぼ中央にある高さ二五メートルの鉄塔の力により、鉄塔内部の蓄電器に電流が蓄えられ、微笑町の各戸に流れるような仕組みになっている。微笑町ではすべての電力がこの霊的発電によって賄《まかな》われているのだ。

「なあ、ナノ呪符ってやっぱり毒なのか」

「毒ってことはないさ。呪禁局が許可しているくらいだから。しかし魔術による発電なんて世界で初めてのことなんだ。何が起こるか誰にも予想はできないんじゃないのかな」

「んじゃ、おまえも最近この周辺で事故ばっかりあるのは」

ギアは頷いた。

「オレだけじゃなくて、誰もがこの周囲で多発している事故の原因を、微笑町とあの鉄塔のせいだと思っているよ」

「だろうなあ……」

ソーメーはがっくりと肩を落とした。

「おい、そう落ち込むなよ。強運なんだろ、おまえは。そんなことより、今が問題だろ。とにかく安全なところまでおまえを運ばなくちゃ」

「そうだよ、そう。それがおまえの義務だからな」

「何を偉《えら》そうに言ってるんだ。助けてやるんだから、少しは感謝しろ」

ギアはソーメーの手を引いた。

ソーメーはギアの背後に回り、その腰を両手でしっかり摑んだ。

「くすぐったいよ、ソーメー」

「我慢しろ」

「なんで偉そうなんだ」

「偉いからだ」

「偉い奴が後ろに回るか」

「偉い奴は後ろで動かすんだ」

「何を」

「社会を」

「オレは社会か」

「似たようなもんだろ」

「どこが似て――」

いきなり扉が開いて餓鬼が飛び掛かってきた。まだ残っていたのだ。

ソーメーが凄まじい悲鳴を上げた。

腰を摑んで離さない。

一瞬動きが遅れた。

突き出した杖に長い四肢を絡みつけ、蛇《へび》のように身体をくねらしながら餓鬼が近づいてきた。

ソーメーが背後で叫び続けていた。しかもギアを盾《たて》にしようと腰を摑んで左右に動かす。

おおおおっ！

叫び杖を振った。

振り落とされた餓鬼が床で反転する。

「ソーメー、離れてろ！」

叫び、しがみつくソーメーを振り払った。

餓鬼がまっすぐ突っ込んできた。

杖をその顔面へと突き出す。

開いた口から突き入れられた杖の先が後頭部から飛び出した。

頭部が灰となって炸裂し、続いて身体が灰に分解されて散る。

「頼むぞ、ソーメー。ジャマだけはしないでくれ」

「死ぬかと思った」

「死んだらそれはおまえのせいだ」

「またきた」

暗い廊下の先をソーメーが震える手で指差した。

人影がそこにある。

確かに餓鬼と同様、手足が極端に長い。が、その腹はふくれておらず、背筋を伸ばし姿勢良くしっかりと立ったその姿は、まるで針金でできた兵隊の人形だ。

「あれは、餓鬼じゃない」

「んじゃ、なによ」

「誰だ！」

ギアは誰何《すいか》した。

廊下は薄暗く、非常灯の明かりだけではその顔を見ることができない。しかし、にもかかわらずその顔が笑ったかのように見えた。

ギアが言う。

「わたしは呪禁局特別捜査官だ。この周辺は危険だ。すぐに待避しないと……」

それが口を開いた。

見えもしないのにそれがわかった。

そしてそれはざらついた低い声で言った。

「我が名はサイコムウ。魔術でこの世を破壊しつくす。そのために生まれてきた」

「何言ってるんだ、あいつ。これか」

ソーメーがこめかみのあたりに当てた人差し指で円を描いた。

「すべてだ。我はすべてを破壊しつくす。人の生みだしたものはすべてだ」

「おまえが、この魔術災害を引き起こしたと言いたいのか」

ギアが尋ねた。

「バランスを失った世界を崩すことはとてもとても簡単なことなのだよ。何がこの世を律しているのかをわたしは知っているのだから」

「何を言ってるんだ」

言いながらギアが一歩それに近づいた。

「それからこの黒檀《こくたん》のような鳥は、悲しい思いの私をすこしばかり笑わせるのだ」

男が言った、その時だった。

しわがれた悲鳴のような声を上げ、天井付近を真っ黒な何かが飛んだ。

まっすぐ、それはギアたちの方へと向かって突っ込んでくる。

漆黒《しっこく》の外套のように見えたそれは、巨大な鴉に似た化け物だった。

黒い楔《くさび》にも見える嘴がギアに迫る。

硝子《ガラス》玉のような黒い目が、ギアを見つめているのがはっきりと見えた。

ギアはソーメーの頭を押さえ、自ら地に伏した。

頭上を風が通る。

通り過ぎる大鴉を見送ってから、ギアは即座に立ち上がり杖を構えた。

が、大鴉はその時すでに廊下の果ての薄闇の中に消えていた。サイコムウと名乗った影とともに。

ひとひらの黒い羽毛がゆらゆらと落ちてくる。

落ちる羽根を、ギアは手を伸ばし摑んだ。

摑み握りしめる。

羽根は雪よりも容易《たやす》く掌の中で消えた。

手の中に砂を握ったような感触だけが残った。

間違いない。

思わずギアは呟いた。

間違いない。あの大鴉は龍頭を襲った人工精霊と同じだ。そうであるなら、あのサイコムウと名乗った男が連続殺人犯であり、龍頭を殺した犯人である可能性が高い。いや、あの大鴉の持つ邪気は、あの日のあの人工精霊のものと同一だ。あれこそが龍頭を殺した犯人なのだ。ギアの直観はそれを確信していた。

が、だとしたら、その犯人が何故ここにいるのか。単なる偶然なのか。それともこの大規模な魔術災害自体もあの男によるものなのか。もしそうならその目的は。

膨れあがる疑問の、少なくとも一つは翌日に解決がついた。サイコムウが一連の魔術災害に対する犯行声明を発表したのだ。

3

「おまえら、いい加減にしてくれ！」

米澤が大声で言った。本人は怒鳴っているつもりなのだが、合成音声はそのニュアンスを上手《うま》く伝えることができない。単に音量が大きいだけだ。それでも口調から、怒っているというニュアンスは伝わるだろうと米澤は期待する。しかし怒鳴られた若い男は無表情に米澤を見返していた。そこからは何も情報を汲《く》み取れない。

廃墟《はいきょ》然としたここは、合板《ごうばん》を造るための工場だった。広大な敷地に、原材料から合板を造り出すまでのラインが敷かれ、驚くほど巨大な機械群がそれに沿って並んでいる。まるで神話的な巨獣たちの剝製《はくせい》のようだ。

二十年近くも前に閉鎖されたまま、捨て置かれていた工場だった。米澤を運んできた垂直離着陸機も、広い敷地内に停まっていた。操縦していた男が米澤をここまで連れてきたのだ。

天井の明かり採りから幾条もの光芒《こうぼう》が大地に突きたち、舞う埃《ほこり》が宗教画めいた荘厳ささえ感じさせる。米澤の機械の身体は、どこかこの廃工場に似ていた。その米澤の前に立つ男はボディビルダーのように鍛《きた》えられた身体を持っていた。ゆったりとしたジャケットの下にあっても、その存在をうるさいほど主張している肉体だ。

「もうすぐ俺はあそこを出られたんだぞ。それをよけいなことをしやがって。なんでそんなことをするんだ」

男は真摯《しんし》を絵に描いたような目で、米澤をまっすぐ見つめながら言った。

「我々があなたを必要としているからです」

男はブラックと名乗った。当然本名ではないだろう。彼は科学者集団〈ガリレオ〉の非公式なメンバーであり、反社会的なテロ活動を行うその下部組織に属しているからだ。そこでは決して本名を名乗りあうことがない。

現在、科学者は例外なく科学結社と呼ばれる法人団体に所属している。オカルトの台頭により衰退しかけている科学を保護するために、政府が科学者団体及び科学施設を法人としてその監視下に置いたのだ。

オカルトが技術として確立したとき。その日を境に激変したのは科学というものへの世間の関心であり、科学者への対応であった。

オカルトが次から次へと新技術を発表していく中、科学者の地位は徐々に落ち込んでいったのだった。

科学的アプローチによる開発研究への投資は徐々に少なくなっていった。オカルト系企業が誕生することによって、さらに科学者になろうというような人間の数は減り、その結果優秀な人材がオカルトへと流れていくという悪循環《あくじゅんかん》は止めることができなかった。科学は翳《かげ》りゆく思想であり方法論となった。

これにはもちろん、それまで科学から無視され見下されていたオカルトサイドからの復讐、私怨《しえん》なども関係していたであろう。当初それはかなりヒステリックなものであったからだ。しかし、やがてオカルトの地位が安定することで、そのような極端な反応は消えていった。

ところがその頃から逆に、科学至上主義とでも言うべき団体が現れてきた。

科学を失った国は滅ぶ、と彼らは主張し、反オカルトを標榜《ひょうぼう》している。その急先鋒が科学結社〈ガリレオ〉だった。

その立場上、科学結社は通常思想や政治とは無縁だ。が、〈ガリレオ〉だけは設立当初から反オカルト、反魔術という政治的立場を明確に打ち出していた。

魔術の台頭と同時に多くの科学者がそれを排除しようと試みて失敗していた。その経験が科学者たちに政治的中立を装わせていたのだが、オカルト嫌いは多くの科学者の本音であった。それを前面に押し出し表明することで科学者たちの支持を集め、〈ガリレオ〉はその勢力を日毎に増していった。単に参加人員だけを比較しても、現在全国で二位にある〈ガリレオ〉は巨大な科学結社として成長したのだ。

反オカルトであること自体は違法ではない。だからこそ、〈ガリレオ〉が法人として成り立つのだ。しかしテロ行為も辞さない、より過激な科学結社も存在する。そのような法的に認められていない反社会的科学結社の多くが、実は〈ガリレオ〉の下部組織として機能していた。米澤はかつてそのようなテロ組織〈ブレーメンの音楽隊〉の一員だったのだ。

「〈ガリレオ〉への義理は返したはずだ。もう、おまえたちに協力する気はない」

「決して恩を売りたいわけではありませんが、しかし米澤さん、あのままでは、あなたは刑期を終えても普通に刑務所を出ることはできなかった。これだけは間違いない」

ブラックは言い切った。

「そんな馬鹿なことはないだろう。日本は法治国家なんだぞ。刑期を終えた人間を刑務所にとどめておくことはできない」

「とどめておくとは言っていませんよ。普通に出ることができないと言ったんです。まあ、ほとんどあなたを外に出さないに等しいことなのですが」

ブラックはじっと米澤のレンズの目を見つめた。

その真剣さに、その過剰な自信に米澤は苛立った。

「我々は優秀な弁護士を用意してあなたの弁護に努めた。無罪さえ勝ち取れるはずだった。いや、実際一度は無罪が確定していた。にもかかわらず、あなたは服役することとなった。どうしてだと思います」

「わからんね」

「あなたが非常にわかりやすい科学の象徴だからです。行動、経歴から反魔術組織に入るに至った経緯。そのどれをとっても典型的な科学主義者の姿だった。そして決定打はあなたのその機械の身体だ。あなたは科学者であると同時に、科学そのものを意味している。象徴ですよ。まさに虐《しいた》げられた科学の象徴。あなたを支援する科学者やその家族は相当な数、存在するんですよ。オカルトの犠牲となった悲劇的な科学者であり、同時に最先端の科学をその身にまとった男。あなたは知らないかもしれないが、裁判中にすでにあなたは一部でヒーロー視されていた。そういうこともあって、警察はあなたを反オカルトテロ組織の代表と考えたわけです。あなたを見逃すことはテロ行為そのものを見逃すことになると。だからあなたは絶対に裁《さば》きを受けなければならなかった。ようするにあなたはスケープゴートなんですよ」

「そりゃわかるが、しかし、もともと俺を無罪放免にしようとすること自体が無理だったんだ。俺は人殺しまでしているんだぞ。だから俺が刑務所に入ったのは、当然といえば当然なんだ。それと、刑期を終えても普通には出られない、などということとは何の関係もない」

「でも事実はそうじゃないんですよ」

絶対的に信じられる何かがある者特有の揺るぎのない口調でブラックはそう言った。

「それなら、どうだというんだ」

苛立っているのだが、人工的に合成された平板で落ち着いた声で告げられては誰にも伝わらない。まるでアナウンサーが原稿でも読んでいるような口調なのだから。

「まずひとつ」

ブラックは人差し指を立てた。

「一部であなたを解体処理する計画が進められていました。あなたが刑期を終える前に脳だけを切り離し、刑務所を出るのはあなたの脳だけ。あなたの身体は犯罪の証拠品として没収《ぼっしゅう》されるわけです。その後は一生脳だけが病院で過ごすこととなる。恐らく感覚器は一切接続されないでしょうね。死んだも同然だ」

「まさか……」

「もうひとつ」

男は人差し指に中指を加えた。

「もし脳と身体を分離できないのなら――法的にとか人道的にではなく技術的に――あなたをオカルト信者へと変えてしまうことが計画されていました」

「何だ、それは」

「犯罪とは病であるという考え方が存在します。犯罪者は病者であるという認識ですね。現在刑務所はその容量を超えて犯罪者を収容しています。いずれ刑務所が犯罪者で溢《あふ》れ、機能しなくなる日は近い。

その前に刑務所を犯罪者の治療の場としてしまおうと一部で計画されているのですよ。さっさと治療して刑務所から追い出してしまおうとね。犯罪者の治療という考えが急に具体的になったのは、もちろん魔術でそれが可能となったからです。魔術にはその力があるということですよ。霊的なロボトミーですね。その宣伝の意味もあって、あなたという人間の徹底した魔術的人格改造が行われる予定もあったのです。そうです。確かにあなたは刑期を終えたら刑務所から出ることができるでしょう。ですが、それは本当の意味であなたが解放されるということではない」

「なんでそんなことまでおまえたちにわかるんだ」

「我々の組織を甘く見ない方が良いですよ。あなたもご存じでしょう。刑務所の中にも多くの仲間が隠れている。警察組織の中にも公安の中にも、我々の同志はたくさん存在しているのです。さて、米澤さん。我々に協力してくださいますよね」

刑期はあと二年を残していた。あとわずかと言いながら、あれ以上刑務所にいたら気が狂ったかもしれない、と米澤は思っていた。

彼は機械の身体を持っているが故に、狭い独房に一人ずっと立ったまま放置されていた。一日二日のことではない。特別な日を除いて刑期の間中、ずっと直立していることを強制されていた。眠っている間もだ。機械の身体は確かにそれに耐えることが可能だったが、人の心はそれに耐えきれるものではない。米澤はひたすら、己が機械であると言い聞かせていた。立ったまま眠り起きる日々を延々と繰り返すことができるのは、それは俺が機械だからだ。機械だから何日も直立したまま疲弊《ひへい》することはないのだ、と。

が、そう言い聞かせている米澤は、そう言い聞かせねばならないほどに疲弊していた。

我慢できず叫び出すこともあった。するとすぐに看守がとんでくる。頭上の監視カメラは、音声とともに独房の中で行われることすべてを看守のもとに届けているのだ。叱責だけで済むことはまずない。間違いなく看守に命じられ懲罰を受けることになる。その多くは脳へ通じるチューブに薬液を流すことで行われる。流されるのは向精神薬だ。それ以外、米澤に対する効果的な懲罰はないと判断した担当看守部長が、それを決定したのだった。

米澤を跪かせ、首筋からチューブを引き出す。白衣の看病夫がやってきて、そこに注射器を繋《つな》ぐ。大丈夫、大丈夫と彼はニヤニヤと笑っている。金属のピストンが乱暴に押され、小便のように真っ黄色の液体が送り込まれる。突然脳内が水で満たされたような気分になる。脳髄がやんわりと腐食していくのを感じる。泥のように蕩けていく脳を感じる。すると、感情を投げ捨てたような奇怪な感触とともに、ありもしない舌がねじれてねじれてねじきれて食道に落ちていく。それは恐ろしいほどにリアルだ。

それから波のようにのしかかってくる無気力感に襲われる。死ぬ気力さえ失せるその無気力の水圧に溺《おぼ》れ、押し潰されそうになる。血管に、溶けた鉛でも流されたように全身がずっしりと重たい。痛みを身体のそこかしこで感じている。それも肉がちぎれるほどの苦痛を。にもかかわらずその痛みを避けるために身体を動かすのは大儀なのだ。年老いて若い頃にみた夢を手放すがごとく、どこかで身体を動かすのを諦め、痛みを甘受する。かつて経験したことのないその猛烈な無気力感は、まるで永遠に続くかと思えるほど長い期間彼を捕らえて離さない。が、もちろんそれが永遠に続くはずもなく、やがて薬効が切れれば終わるのだった。

薬が切れて正常な思考ができるようになった時に真っ先に思いつくのが自殺だ。この時期が一番辛い。

死のうと真剣に思う。それはもちろん見透かされていて、薬が切れる頃に独房から解放され、同時に抗鬱《うつ》剤を投与されるのだ。二度と経験したくないその体験を、米澤は四度繰り返していた。彼が刑に服し八年。その八年の間に四度、彼は心から死にたいと思ったのだった。

もう二度とあそこには戻りたくない。本音を言うならそうだった。

脱獄へと追い込まれ、引き返しようのなくなったとき、助かったとどこかで思っていた。そういう意味では確かに米澤は彼らに感謝もしている。しかしだからといってもうテロ活動をする気にはなれなかった。

「でもなあ、もう〈ガリレオ〉のために働く気はないんだ」

「どうしてですか」

本当に不思議そうにブラックは言った。

「確かに俺はオカルト馬鹿どもが嫌いだ。大嫌いだ。しかしなあ、俺はただの人間なんだよ。どうして俺が、俺個人が人を裁くなんてことができる」

「あなたが科学者だからですよ。科学する心を知っているからです」

「そう、我々がそうであるように」

後ろを振り返ると、いつの間に来ていたのか、そこにもう一人男が立っていた。

「あなたも科学を愛しているはずだ」

長身の老人だ。しかも鶴《つる》のように、といわれるような痩軀《そうく》だった。が、生命力としか言いようのない力が全身から溢れ、貧相《ひんそう》な感じはどこにもない。それどころか、押し寄せるような迫力が、男の身体を何倍にも大きく見せていた。

「おまえを見たことがある」

米澤は言った。

「そう、確か科学教団とかいう団体の教祖だ」

それには答えず、男はにこやかに笑いながら話を続ける。

「方法論としての科学に対する圧倒的信頼。それを帰依《きえ》だと言われるのならそれでもいい。宗教的だと言うのなら言わせておこう。いや、積極的にそれを肯定しよう。科学の持つ相対的な考えとそれとはまったく別物だ。米澤さん、科学を賛美して何が悪いのでしょうか。世間はどうして、『俺はそう思う』レベルの論理的根拠しかないオカルトと、世界を知る方法論として絶対的に正しい科学とを比べ、あまつさえオカルトが正しいなどと言い出すのでしょうか。それはもう、私から見れば愚《おろ》か、としか言いようがありません」

米澤は男の意見につい頷いていた。

科学という方法論の正しさがオカルトによって否定されたわけではない。なのにまるで科学が間違っているかのように考えている人間が多すぎる。そのような人間に対し、科学を理解する者たちは寛容すぎたのだ。科学の正しさを主張するのにナイーブである必要はない。絶対的に正しいから正しい。そう主張するべきだった。そのような正面切った主張が通れば、俺はテロなど考えなかったかもしれない。

米澤はそう思っていた。

「言っていることはわかる。共感できると言ってもいいだろうな。何しろ以前は君たちに協力していたわけだから。だが、だからといって、また俺がおまえたちの仲間にならなければならない理由はない」

「理由？」

男はしげしげと米澤の顔を見た。

「今話したでしょう。理由など必要ありません。あなたはすでに我々の同志なのですから。あなたは知っているはずだ。科学というものの本質を。科学の指し示す純粋な美しい世界を。それは神の摂理によって築かれた美しい建造物ですよ。それを我々は科学によってはじめて見ることができる、触れることができる、知ることができる。そうすることでようやく美しい世界を手に入れることができるんですよ。そう、科学は美学でもあった。あなたもそんなことはよくわかっておられるはずだ。そして科学的探求心とは、その純粋さにおいてすでに揺るぎのない正義なのです。科学は絶対的な客観性を持っている唯一の知の方法論です。唯一のね。つまりこういうことになる。科学というものは、絶対性に裏付けられた美意識と正義なのだ、と。そのようなものは中世の神学者ですら手に入れることはできなかったでしょうね。さあ――」

男は手を差し出してきた。

「あなたも我々の活動に参加していただけますね」

手こそ出さなかったが、米澤の心は揺れ動いていた。

男は強引に、両手で米澤の機械の手を摑んだ。指先のセンサーが男の暖かさを伝えてくる。その温もりがまた、米澤の心を動かすのだった。

「わたしの名はシルバー。よろしくお願いします。メンバーはあと二人います。もうすぐ来るはずですよ。さあ、それまでに今回の作戦のことを伝えておきましょう。今回、我々のチームに与えられたコードネームは〈科学戦隊ボーアマン〉です」

「……からかっているのか」

「やはり覚えておいでですか」

シルバーが微笑《ほほえ》んだ。

米澤は頷いた。

「それはテレビの特撮番組だよ」

「そうです。米澤さんなら丁度リアルタイムで見ておられたんじゃないかなあ。小学校の低学年の頃に」

米澤は思いだした。ブラックもシルバーも科学戦隊ボーアマンの一員だ。

「そうだよ。確かに子供の時にそれを――」

ずんばらずんずんずん
ずんばらずんずんずん

いきなりシルバーが歌い出した。

意外と良い声だ。

闇に隠れた悪を断て
オカルト帝国ぶっつぶす
サイコムウなんかへっちゃらだ
来たぞ来た来た正義の科学集団が
爆発、爆発、科学爆発、大爆発
科学戦隊ボーアマン
愛と勇気が科学を造る
科学戦隊ボーアマン
五人の戦士が正義を守る
科学の力で正義を守る

終わりの方をつい一緒になって口ずさんでしまい、米澤は舌打ちした。

「ねっ」

シルバーが笑いかける。

「何が、ねっ、だ」

「わたしはこの番組を娘と一緒に見ていました。科学者であったわたしは、誇りを持って娘と番組を見ていました。あの頃科学は正義だったのですよ。そのことにわたしたちは疑いさえ持たなかった。悪のオカルト軍団を倒す科学戦隊に、何のためらいもなく拍手を送っていた。そうです。あの頃、愛と勇気と科学は同義だったんだ。未来は科学に託され、そこに希望があった。我々は人類というものに絶望してはいなかった。誰にとっても望ましい未来がそこにあったのです。我々はあの未来を取り返そうとしているのです。あの未来を我らのものにするためにね」

まずいなあ、米澤はそう思い眉をひそめる。シルバーの熱弁に不覚にも感動してしまったのだ。彼の話のそこかしこに、同じ物事に対する愛を感じるのだ。それは米澤もまた大事にしてきたものなのだった。

「一緒に頑張りましょう」

ブラックが手を伸ばしてきた。

溜め息をつきながら、米澤は彼と握手した。

「来ましたよ。残りのメンバーだ」

シルバーが指差す方向から来るのはフォークリフトだ。縦長の大きな木箱を載せている。フォークリフトは米澤の目の前で停まった。リフトだ。トが降りてくる。木箱は三メートル近い高さがあった。

木箱ががたんと揺れて、エンジン音が停まった。

中から降りてきたのは若い男女だ。どちらも十代にしか見えない。

金髪の少年が言った。

「やあ、よろしく。僕はイエロー」

快活にそういうと手を伸ばしてきた。

米澤も渋々手を差し出す。

「嬉しいですよ。あなたと一緒に仕事ができて」

米澤の手をぎゅうと摑んで激しく上下に揺すった。

「こんにちは、わたしはピンク」

やはり金髪の少女が言った。

テレビのボーアマンでは、イエローとピンクが兄妹という設定になっていた。それにあわせて容姿を似せているのか、それとも本当の兄妹なのか、二人の印象はとても似通っている。髪型と服装を合わせたら双子と言っても通用するだろう。

ブラックがバールを手に出てきた。

木箱の蓋《ふた》に先をこじ入れる。ぎいぎいと音をたて少しずつ釘をゆるめていった。

「これは我々からあなたへのプレゼントです」

蓋が開いた。

木箱の中に収まっていたのは、筋肉の凹凸《おうとつ》を模した鎧を着た巨人だった。

「これは……」

「あなたの新しい身体ですよ」

シルバーが笑みを浮かべて言った。

今の米澤の身体《ボディ》と比べるとずいぶん人間らしいシルエットだった。その色を別にしたら。

鎧らしき部分は赤だ。夕日のような赤。それ以外の部分は輝く銀。派手といえばこれほど派手な身体もないだろう。そしてこれで、米澤は彼に与えられた役割がなんであるかをはっきりと知ったのだった。

「これで科学戦隊が揃《そろ》ったことになる」

シルバーは背筋を伸ばしみんなを見回してから名乗った。

「わたしがビッグバン、ことボーアシルバーだ」

筋骨隆々とした——恐らく設定どおりに力自慢であろうブラックが言う。

「わたしは重力のボーアブラック」

兄妹らしき二人が背中をあわせて腕組みした。

「僕は核力《かくりょく》兄、ボーアイエロー」

「わたしは核力妹、ボーアピンク」

そして四人の視線が米澤に集中した。

勘弁してくれ。

そう思い、彼らの顔を見回す。誰もが真剣に米澤を見つめていた。罠《わな》へと追い込まれた狐《きつね》になった気分だった。

米澤は言った。

「電磁力のボーアレッド」

その後はやけくそだった。

五人は声を揃えて、言った。

「我ら、科学戦隊ボーアマン！」

第二章　コクマー――知恵

1

　それはそれは遥か昔の出来事だ。

　一人の男がいた。彼の朝は慌ただしい。目覚ましで起き、着替え顔を洗い歯を磨き髪をとかし、それから朝食をつくり、娘の玲乃《れの》を起こす。その頃まだ五歳だった玲乃は幼稚園に行く前に、いつも愚図《ぐず》った。それを毎朝毎朝叱《しか》りとばして近所の幼稚園まで連れて行く。そしてその足でＪＲの駅まで行き、電車で職場へと向かうのだ。

　妻を交通事故で亡くして四年。ずっとこんな慌ただしい朝を迎えてきた。朝だけではない。何もかもが慌ただしく、時間はあっという間に過ぎていった。四年間などあってないような時間だった。しかし男はその慌ただしさに感謝しないでもない。もし娘がいなかったら、遣《や》り甲斐《がい》のある仕事がなかったら、何もすることがなかったら、妻を失ったショックにただ打ちのめされていただろう。自ら命を絶っていたかもしれない。

　何よりも彼は娘が可愛くて仕方なかった。それがあるからこそ、彼は生きる気力を生み出すことができるのだ。

　男は当時、宇宙科学研究所に勤めていた。オカルトが台頭してまだ間がない頃の話だ。その頃、オカルトに懐疑《かいぎ》的な人間はまだまだ多かった。彼もその一人だった。幼い頃巫病に罹り、両親から執拗《しつよう》に魔術師になるよう強制されたことが、かえって彼を魔術嫌いにしてしまったのだった。科学的に考えるということは人類の最大の美徳である、というのが彼の信念だ。そしてこの科学的思考の健全さを理解できない人間がいることが不思議でたまらなかった。彼にとっての科学は真・善・美のすべてを兼ね備えた思想であり、生き方そのものであったのだ。

その日も、男は娘を幼稚園に追いやってから研究室へと向かっていった。朝はいつにもまして娘が愚図り、泣いて騒ぐのを担《かつ》ぎ上げて幼稚園に連れて行かねばならなかった。娘は可愛かったが、男は彼女に強い子になって欲しかった。母親がいないことで偏見を持たれても、それを吹き飛ばすような子に育って欲しかった。

幼稚園では彼の仕事が終わるまで娘を預かってもらえることになっている。その日も研究室での一日は瞬く間に過ぎ、外に出ればもう真っ暗だった。

男はその時のことを嫌になるほど良く覚えていた。幼稚園は住宅街の中にある。仕事を終えて引き取りにいく頃には街灯以外さしたる灯りもない。暗い道を足早に進み、幼稚園が見えてくる。遊戯室にだけ灯りが点され、それが何か心細く感じられる。運動場に続く門扉を開き、鉄棒だの一輪車だのの並んだ運動場を横切って幼稚園に。担任の名を呼びながら遊戯室に向かうと、ブロックを組み立てて遊んでいる玲乃が見えた。何故かいつもよりもずいぶん小さく弱々しく見えた。

「玲乃」と声を掛ける。

部屋が明るくなるほどの笑顔を浮かべて玲乃は駆け寄ってきた。

小さな腕を彼の脚に巻き付ける。

「帰ろうか」

男は娘の小さな身体を抱き上げて言った。すると彼女は少しだけ顔をしかめて言った。

「パパ、おなかが痛い」

「どれ、どこが痛い」

下に降ろすと、玲乃は自らシャツを捲《まく》り上げた。ぽっこりと飛び出した柔らかな腹を、男は医者のように押した。

「ここは痛い？」

玲乃が首を傾げる。幼い子供は痛みの場所や種類を上手く説明できないことが多い。それでも彼は手を移動させ、押さえる。

しこりがあるように思えた。

奥の方を探る。

「痛いよ、パパ」

娘に言われて手を離した。腹の奥に確かにしこりがあった。

便秘かな、とその時男は暢気《のんき》に思っていた。

翌朝のことだ。

いつものように慌ただしく朝食をつくり、玲乃を起こした。目覚めた玲乃の最初の言葉が「おなかが痛い」だった。

ちょっと厭《いや》な予感がした。

子供の病気は恐ろしい。なんの予兆もなく急に悪化してぐったりとする。念のため、彼は職場に午後から出ると電話を入れて、娘を近所の病院に連れて行った。いつも行っている小児科で、馴染《なじ》みの若い二代目の医者は聴診器を当てて首をひねった。

ちょっと検査をしておきましょうか、と血液と尿を採取する。その日はそれだけで、子供用の胃炎の薬をもらって帰った。その甘いシロップを一口飲ませてから、男はかつての妻の実家に連絡した。男は早くに両親を亡くし、こんな時に頼れるのは妻の両親しかいないのだ。

幸い二人とも仕事を持っているにもかかわらず時間があいており、その日は一日娘を看てもらうことになった。

翌日も不調を訴える娘を義父母に任せて仕事に向かった。そして三日目、元気そうに見えたので男は娘を幼稚園にやった。

その日研究所に電話があった。小児科の医師からだった。

どうやら神経芽細胞腫の疑いがあるみたいで……。

医者は言いにくそうだった。その雰囲気だけで、男は胃が痛んだ。

「それはどんな病気なんですか」

声が喉に絡む。

「いわゆる小児ガンの一種なんですが――」

そこまで聞いて携帯電話を落としそうになった。次に何を言えばいいのか言葉が出てこない。頭に血が上る。あっと言う間に顔が真っ赤になったのが自分でもわかった。額からだらだらと汗が流れる。滝のように、というたとえが嘘でないほどの量だ。

まだ確定したわけではないので、専門医に調べてもらった方が良い、と医者の方がしどろもどろになりながら言って、一方的に電話を切った。

少し落ち着いてから、男は会社のパソコンを使って「神経芽細胞腫」を検索した。

後悔した。

神経芽細胞腫は神経系のがん――副腎髄質《ふくじんずいしつ》や、おなかや胸の交感神経節から発生し――肝臓がはれ、表面がでこぼこに――骨に転移することもあり、その際高い確率で頭の骨に転移する――頭の骨がはれたり、目が飛び出してきたり――骨髄に転移すると貧血になり――交感神経節からの発生であれば両足の麻痺が――。

どこを見ても恐ろしいことばかりが書かれてある。それ以上仕事を続けられるわけもなく、男は幼稚園に行き、娘を早退させて家に帰った。

緊急入院のことも考えて仕度をしてから、二人で総合病院へと向かった。そろそろ大きな魔術系診療所が都市部につくられつつあった頃だ。今ほど霊的治療一辺倒ではなく、科学的な医療をする病院の方が数では圧倒的に多かった。ただし大病を患《わずら》うと、専門の魔術系診療所へ行くことの方が一般的になろうとしていた頃でもあった。

過渡期だったのだ。

男は迷うことなく総合病院へと向かったのだが、義父母は反対した。最新医療を受けたいのなら魔術系診療所だ、というのが義父母の意見だった。だが、男は我《が》を通した。彼には周囲がどのように評価しようと、オカルトがどうしても信用できなかったのだ。

そして入院が決定した。

入院したその日から検査が始まった。

五歳の娘への検査は、どこか拷問を思わせて、検査が終わるのを長椅子でじっと待ちながら、男は握りしめた掌にじっとりと汗をかいているのだった。

ぐったりとなって戻ってきた娘は、しかし泣くことはなかった。

強い子だ、賢いぞ。

疲れて眠る娘に、男は何度も何度もそうして声を掛けるのだった。

そして入院二日後に神経芽細胞腫であることが確定した。今度はガンへの治療が始まった。

点滴で抗ガン剤が投与される。

すぐに食欲がなくなり、寝ている最中にも幾度も吐くようになった。それがわかると嘔吐《おうと》を抑える薬が点滴に混ぜられた。男には、気持ちが悪いと訴える玲乃の背中を撫でることしかできなかった。

それに放射線治療が加わった。

治療を終えて病室に帰ってくると、まるで死人のような表情になっているのにぎょっとした。目に光はなく唇に力がない。思わず口の前に手を翳《かざ》して呼吸を確かめた。放射線治療は疲労感が酷《ひど》いとは聞いていたが、ここまでとは思っていなかった。

二度目の放射線治療を終えた頃から、頭が痛いと暴れるようになった。歯を食いしばり、身体を仰《の》け反《ぞ》らせて痛みを訴える。慌てて看護師を呼んだが、これも放射線治療の副作用です、と説明されただけだった。玲乃は数日の間にげっそりと痩《や》せてしまった。点滴で栄養をようよう摂《と》っているような状態なのだから無理はない。

わずかに粥《かゆ》を啜《すす》る。が、一週間も過ぎた頃から顎のかみ合わせがおかしくなって、粥をぼろぼろとこぼすようになった。離乳食を始めたときのことを思い出しながら、それでも男は玲乃に粥を与えた。いつか必ず元気になるのだ、と思いながら。

そしてとうとう、髪の毛が抜け始めた。

頭に放射線を当てるわけではないので、髪は抜けないと説明されていた。が、そうはならなかったのだ。担当医に訴えると、抗ガン剤の副作用と放射線治療が重なるとこういうことがあるのだと、淡々と説明をされた。

玲乃にかつての愛らしい面影は見られない。痩《こ》けた頰も青黒い肌も、細い棒のようになってしまった手足も、男は見ているのが辛かった。義父母は見かねて、何度も男に玲乃の霊的治療を勧めた。

が、男はそれを受け入れなかった。

彼は科学的医療に賭《か》けたのだ。そして、その結論はまだ出ていないと思っていた。

その結果、幾度も繰り返し繰り返し夢で見ることになるあの日を迎えたのだった。

朝から小雨が降っていた。

薄曇りの中、男は病院に向かった。昨夜のうちに買っておいたアイスクリームを手にしていた。

病室にはいると娘は眠っていた。気配でわかったのか、ゆっくりと目を開いた。わずかに微笑む。

おはようと声を掛けながら男はアイスクリームを食べさせるべくスプーンを出す。

「食べるだろう」

男が尋ねると、玲乃は小さく首を横に振った。

「いらないの?」

「パパ」

娘は悲しそうな顔で言った。

「行きたくない」

小さな、消え入りそうな声だった。

さじで掬《すく》ったアイスクリームの持っていき場所がない。それをそのままに男は尋ねた。

「何が？」

「あの部屋に行きたくない」

何を言っているのかはすぐにわかった。放射線治療室に行きたくないと言っているのだ。

「でも、あの部屋に行かないと玲乃ちゃん、治らないんだよ」

「だって、ものすごくいやな気分になるのよ。ほんとにほんとにいやあな気分になるのよ」

「仕方ないよ。良薬は口に苦《にが》しさ。こんなことを言ってもわからないかな。とにかく、ちょっとぐらいは我慢しなけりゃね。元気になるためだもん」

自分自身に言い聞かせているようなものだった。

看護師が空の車椅子を押して入ってきた。

「さあ、玲乃ちゃん、行きましょうか」

「パパ」

訴えるように見つめられる。男は曖昧な笑みを浮かべた。

「パパ、行きたくない」

車椅子に乗せられながら玲乃は言った。

「駄目だよ」

ことさらに厳しい顔を作って言う。

「パパ」

車椅子に乗せられ部屋を出ていく直前、玲乃は上体を後ろにねじって訴えた。

「パパ、助けて」

そのまま娘を攫《さら》ってどこかへ逃げ出したいと切実に思った。しかし彼はそんなことをしなかった。

「頑張れ！」

声を掛ける。声を掛け、逃げるように職場へと向かった。

治るのだ。娘は治療を続けることで治るのだ。必ず治るのだ。

念仏のように頭の中でそう唱えながら、ＪＲに乗り込み研究所へ。その車中で携帯電話が鳴った。舌打ちして電源を切ろうとした時、電車は駅に到着した。

外に出て電話に出る。

娘の担当医だった。

それだけで心臓がぐるりと回転したように痛んだ。

すぐ来て欲しい。

医者は言った。

容態が急変した、と。

言いようのない怒りが男を満たした。何故なのかはわからない。何に怒っているのかもわからない。ただ無性に腹立たしい。医者に怒っているのか、自分に怒っているのか。そんな区別もつかない。


クソっ！

と怒鳴り、携帯電話を路面に叩きつけた。ケースが砕け、部品が弾け飛んだ。

それからホームを反対側に向かった。病院に向かうために。

柱にもたれ電車を待つ。

近づいてくる車両に、反射的にホームに飛び出したくなる。それを歯を食いしばって我慢する。この時間、逆方向の電車は空《す》いている。空いた車両の扉の横に立って窓の外を見た。相変わらずの薄曇りに、空が一面の灰色だ。車窓の外を流れる暗い街並みが侘《わび》しい。

あそこで誰かが暮らしている。

男が、女が、夫が、妻が、父が、母が、そして子供たちが。

その生活の気配が腐臭のように感じられる。吐き気さえしてきた。

目を閉じ、男は駅への到着を待った。

それほど遠いわけではない。電車は駅に到着し、小雨の中を男は病院へと向かった。病院が近づくにつれて耳鳴りがし始めた。近づけば近づくほど酷くなる。頭の中で狂った蟬《せみ》が暴れているかのようだ。

途中から男は走っていた。

走って病院に飛び込み、階段を駆け上り廊下を走り、そして病室にたどり着いた。

担当の医者がいた。

医者はただ玲乃をじっと見ていた。彼女には酸素マスクも点滴もなにもつけられていなかった。

そのことの意味を、男はわかっていた。わかっていながら担当医に摑みかかっていった。

なんだ、どうして何もしない。何もできないのか。

医者は男の肩をしっかりと摑んで言った。

「娘さんはお亡くなりになりました」

言ってじっと男の目を見た。


男はすぐに目を逸《そ》らした。

その目で、どうしても娘を見ることができなかった。見ることで、それまで確率でしかなかった娘の生死が確定してしまうような気がしていた。

代わりに窓の外を見た。

雨が降っていた。

雨量が増している。

黒雲が空を覆い、まるで真夜中のようだった。濡れた窓を眺めながら、服が上下ともぐっしょりと濡れていることに気がついた。駅からここまで来る間に濡れたのだろう。今までまったく気がつかなかった。

動転していたのだろう。男はそう思う。それから義父母に連絡しなければならないなあと、その連絡の仕方をしばらく考え、葬儀のために研究室の方はどれぐらい休めるのだろうか、などととりとめのないことを延々と男は考えていた。

それから医者に礼を言おうと振り返り、眠るように横たわっている娘を見た。

堰《せき》が砕け散った。

悲しみと後悔と怒りが一斉に吹き出し、男は狂ったように泣いた。

その時、妻を亡くしたときに彼を支えたものが消えたのだった。

そしてもう一つの彼の支えも、それから一年半後に消えた。

宇宙開発事業団が予算を大幅に削られることになったのだ。宇宙開発などという無駄なことをするより、しっかりと魔術呪術を研究しろ、という市民の声が高まったからだ。反科学運動が高まりを見せた頃でもあった。宇宙科学研究所は存続していたが、大幅に人員が削減された。多くの同僚とともに、彼は職をも失った。

絶望というものも深度を増せば、死ぬことすら出来ぬものだ。死んでいない、というだけの生を、男は一月生きた。しばらくは義父母が彼の世話をしてくれていた。

心労が重なったせいだろうか。しばらくして義父が脳梗塞《のうこうそく》で倒れた。義母はその看護で手一杯となった。その手を煩わせるのを厭《いと》うかのように義父はすぐに亡くなった。

初七日を終え、久しぶりに義母が男のマンションを訪ねると、痩せ細った男は居間で倒れていた。すぐに救急車で病院に運ばれた。すぐ近所にある緊急魔術診療所に。

無為のままに食事も摂らず、餓死寸前だった男は、生命力を喚起する唱和を聞きながら、聖なる結界の中央に置かれたベッドの上で目覚めた。

彼の胸に手を置いてラテン語の聖句を唱えていた呪術医と目が合った。

「この世は結局神のものだったんですね」

目覚めて最初に男はそう言った。

呪術医は優しく微笑みそれを肯定した。そして聖句を唱えるのに再び集中した。だから彼が再び眠りに就くまでの間ずっと呟いていたことを知らない。ましてその内容を。

男はずっと呟き続けていた。

ならばこの世を神の手に返そう。人の手の触れた物はひとつ残らず破壊しよう。壊してしまおう。すべて破壊しよう。この世を壊してしまおう。この世から人の手の触れた痕跡《こんせき》を消し去ろう。

2

寮の食堂で昼食をすませて部屋に戻ると、すぐに電話が鳴った。呪禁局本部部長田代兼三《たしろけんぞう》からだった。すぐに部屋まで来いという。

業務連絡を部長直々にギア個人に伝えるなどということは、まずあり得ない。いや、田代部長が捜査官を呼ぶときは、まず間違いなく叱責《しっせき》が目的だった。

呪禁局本部の廊下は床も壁も天井も、眩《まぶ》しいほどの白だ。等間隔に墨痕《ぼっこん》鮮やかな書が描かれてある。道篆《どうてん》と呼ばれる文字で書かれた道教の呪符だ。呪禁局の建物のそこかしこにこのような呪符が描かれ、霊的な攻撃から守られているのだ。養成学校で習った道篆を思い出し、それを読み解きながらギアは廊下を進んだ。寄り道する子供の気分だった。あまり急ぎたくないときには早く着いてしまうものだ。

廊下の突き当たりに田代部長の部屋があった。

その扉をおそるおそるノックする。

「はーい、どうぞ」

田代部長の鼻にかかった声が聞こえた。

「失礼します」

言いながら扉を開いた。

正面のデスクの向こうで、田代部長は満面の笑みを浮かべていた。

よけいに厭な予感がする。

田代部長の隣には部隊長が立っていた。部隊から離れた部隊長の役職は係長だ。が、部下から係長と呼ばれることはない。部隊長は部隊を離れても部隊長であり、現場を指揮する頂点の人間だ。

ギアは二人の前に進んだ。

直立不動の姿勢で指示を待つ。

部隊長が腿《もも》を拳でこつこつと叩いていた。それが苛立った時の彼の癖だった。

部隊長の脚は義足なのだ。かつて強大な魔術師と呪術戦を行った時の呪いが、まだ解けていないのだ。そのまま放置しておくと、足の先からどんどん変形していき、おぞましい怪物へと変えられてしまう。

義足は単に歩行の手助けをしているだけではなく、呪いを防ぐための護符《タリズマン》でもあるのだ。噂によれば呪的武器としても使えるらしい。

その義足をこつこつと、いつまでも叩いている。

田代部長がようやく口を開いた。

「ん、君の相棒は誰だったかな」

呪禁官は普段の捜査を二人で行う。単独行動は基本的には許されていない。

「はい、配属されてからずっと村上《むらかみ》捜査官です」

「はいはい」

書類をめくりながら田代部長は言った。

くん、と鼻を鳴らす。

「そうそう、そうなんだけどね」

ギアはこの田代部長に会うたびに「返事は一回」と言いたくて堪《たま》らなくなる。

「彼の言うことによれば、君は覇気がないと」

「覇気が」

「そうそう、覇気がね。で、まあ、我々の調べたところによるとだね、まあ、その原因は事故で同僚を失ったことにあるとか」

「はい、そうです」

答えながらギアは覚悟した。もしかしたら別の呪禁局に移されるのかもしれない。最悪の場合は、呪禁官そのものを辞めさせられるかもしれない。

それでもいいか……。

どこか投げやりにそう思ってしまう。

「無理ないというか、なんというか、まあ、よほどの人間でも同僚を亡くすと堪えるからねえ」

くんくんと鼻を鳴らす。

「しかしだね、まあ、やる気ってのは、それでも大事なわけだよね、気力とか。それはわかる？」

「はい」

大きく頷いた。

「呪禁官なんてものは精神力で勤まるようなものだからね。うんうん。で、君、石崎君と、なんかこれ」

両手の人差し指を交互に打ち合わせて、チャンバラの真似事《まね》をする。

「……何でしょうか」

「だから、仲が悪いというか、喧嘩《けんか》してるわけ」

「決してそういうわけではありませんが」

「ありませんが？」

「……先輩はわたしのことをあまりよくは思っておられないようだと思います」

「ふん、ふん、ふん。まあね、そういう部分にも関わってくるんじゃないかなあ、覇気ってのはね。というわけで、考えたんだけど、君にね、新しい相棒というかパートナーをつけようかなという話だよ、早く言えば。新人には指導者がいるしね。上手く指導できる人間がこれまた少ないんだなあ。わたしが現役でやってた頃なんて、もう後輩の指導が生き甲斐だ、なんて先輩がごろごろいたんだけどね」

脱線を見かねたのか、部隊長が横から口を狭んだ。

「つまり村上とのコンビを解消し、新しいパートナーに代えるとおっしゃってるんだよ」

「はいはい、そうそう」

田代部長がしきりに頷いた。

「誰ですか、その新しいパートナーというのは」

「それがね、新しい人材というかなんというか、まあ入ってもらおう。来てくれ」

ノックの音がして、失礼します、と可愛らしい声がした。子供の声だ。

扉が開いて入ってきたのは、真っ白のレースだらけのワンピースを着た小さな少女だ。小学校の高学年ぐらいだろうか。人形じみた美貌の持ち主だった。

「よろしく」

言いながら少女はギアへと手を伸ばした。

それを無視してギアは部長を睨み付けた。

「こんな遠回しの嫌がらせをしなくても、はっきり言ってもらえればわかります」

「何を言っとるんだ」

田代部長は顔をしかめる。

「辞めさせていただきます」

顔を紅潮させてギアは言った。

「辞表は後ほど届けさせていただきます」

ふん、と鼻を鳴らして田代部長が言う。

「いったい君は何を勘違いしとるんだ」

「勘違い？　ですから、こんな手の込んだ嫌がらせをされなくとも、はっきり辞めろと言っていただければ、それに従う覚悟はできています」

「バカか」

そういったのはその少女だった。

ギアは少女を見た。

薄笑いを浮かべて少女はギアを見返す。

「あのねえ、お嬢ちゃん。レディがそんなことを言っちゃだめですよ」

ギアが言った。

少女が噴き出した。

「誰がレディだって」

「君が――」

「あのなあ、バカはなにしてもバカなんだよ、バカ」

ギアもさすがにむっとした。

「こらっ。大人にそんなことを言うもんじゃありません」

ちょっと声を荒げる。

「わたしも大人だよ、ギア」

「なんで君が大人……今ギアって言ったよね」

ギアは養成学校で使っていた渾名《あだな》だ。学校を卒業してからはほとんど使っていない。田代部長や部隊長もそのことを知らないはずだった。

「なんでギアってのを知ってる」

ギアは少女を見つめながら呟いた。

「辞めれば責任をとったとでも思っているのはバカだ。わかるか、ギア」

その口調に聞き覚えがあった。

もしやと思いギアは尋ねた。

「あのね、君のお名前は？」

「麗香《れいか》」

「麗香ちゃん、苗字《みょうじ》ってわかるよね。君の苗字はなんと言うのかなあ」

「龍頭」

やっぱり。

ギアは深く頷いた。

結婚したとも子供がいるとも聞いてなかったけど、龍頭には娘がいたのだ。

一人で納得し一人で頷き、ギアは懐かしそうに少女を見ながら言った。

「君のお母さんはね、僕の先輩で大恩人なんだよ」

「惜《お》しいな、葉車くん」

田代部長が楽しそうに言った。

「惜しいって、どういうことですか」

「君は知らんのかね。龍頭くんの名前は麗香なんだよ」

「龍頭くんって、あの龍頭先輩ですか」

「そうそう」

「そうそうって……どういう意味でしょうか。あの、もちろんご存じでしょうけども、龍頭捜査官はお亡くなりになりました」

「当然知っておるよ。でもな、彼女が龍頭麗香であることも事実なんだ」

田代部長が少女を見て鼻を鳴らす。

「どういうことでしょうか。わたしには理解できません」

「新しいプロジェクトだよ」

部隊長が憎々しげに言った。彼は新しい技術が嫌いなのだ。特に標準呪術規格のスペルズは「下品で」「野蛮で」「ゲス」の呪術だと公言していた。

「まだ実験段階だがね。彼女は人工的に霊体を呪物に憑依《ひょうい》させる実験の試作品だ」

またこつこつ、と部隊長は腿を叩いた。

「早い話が人形に龍頭捜査官の霊を憑依させたわけだ」

「人形……」

ギアは少女をしげしげと眺めた。

どう見ても生身の人間に見える。

「霊体が憑依したことで、人形が生命を得て変化する。一種の付喪神《つくもがみ》となるわけだ」

付喪神とは道具類が長い年月を経て妖怪となったものを言う。しかし目の前の少女はどこをどう見ても人間の子供にしか見えない。

「しかし、降霊術は心霊取り扱い法で禁じられています」

降霊術、つまり死者と何らかの形でコミュニケーションを得ようとする方法は、口寄せだの召魂術だのと幾つも存在する。その中には死者を肉体とともに甦らせてしまう呪法までもが存在する。現代の呪

禁法では、それらの呪術の大半は、死者と生者の線引きを曖昧にしてしまい、いたずらに混乱を招くとされている。そのために、霊体との接触を図る一切の術式が心霊取り扱い法によって禁じられているのだった。

「そのあたりはね、開発の責任者に来てもらっているから、彼から聞きなさい。辻井課長補佐」

奥の部屋から出てきたのは眼鏡を掛けた、どこか薄幸な印象を与える容貌の青年だった。

「貢！」

ギアが言った。

「久しぶり」

辻井貢は手を挙げて照れくさそうに微笑んだ。

「目、どうしたの」

眼鏡を指差した。

「近視。似合わない？」

「似合ってる、っつーか、前から掛けてたみたいだよ」

「コンタクトにしようかと――」

「辻井課長補佐」

言って田代部長が貢を睨む。

「説明をお願いしますよ」

「あっ、はい。ええと、我々が当初計画していたのは、警護霊というものです。ようするに人工的に造った背後霊によって捜査官を守ろうと考えたわけです。魔術犯罪は日に日に悪質に凶悪になってきています。殉職する捜査官の数が、この三年の間に三〇パーセント増えています。十年前から比べるとほぼ倍の増加です。しかし年間に捜査官になれる人間の数は限られています。こうして捜査官の数が少なくなり、さらに一人一人の危険度は増すという悪循環です。これを防ぐのに捜査官を増やせばいいのでしょうが、質を下げて増やす捜査官など意味がありません。つまり何より我々に必要とされているのは、捜査官の事故を減らすことです。警護霊計画もその一環でした。

呪禁官は武器の所持が認められていませんが、相手は魔術以外の武装をしている場合がほとんどです。つまり呪禁官はそういった物理的兵器にも魔術で対応しなければならないわけです。しかしそれは魔術の最も苦手とする分野ですね。瞬間に銃で撃たれるのを呪法で避けるのは非常に困難です。多くの呪法は準備が必要ですから」

貢は頭の中のノートをめくる間、しばらく床を見ていた。

「で、霊的なプロテクターとして考えられたのが警護霊です。因果律《いんがりつ》をも味方にする護衛ですね。その開発を進めるうちに、背後霊となるもの、いわゆる守護霊と呼ばれるような、憑《つ》いた人間を守るような方向性を持たせた霊体を造ることが、極端に困難であることがわかってきました。それならば人工精霊を造って使役した方が早い。警護天使という方向性がそこで考えられました。簡略化した術式で呼び出せる人工精霊の一種ですね。それは現在も継承中です。で、本来の警護霊の方なのですが、一から格式ある先祖の霊体を造ろうとするから駄目なのであって、自然な霊体を使えばもっと簡単に造れるのではないか。わたしたちはそう考えました。こうして一歩降霊術へと近づいたのです」

「その時点で違法であるという判断が下りなかったのか」

ギアがそう言うと、即座に田代部長が割り込んできた。

「下りなかったのですか、だ。いいかね。養成学校でいくら同期だったとしても、ここでは君よりも階級が上だ。それなりの礼をつくしたまえ」

「はい」

ギアは直立不動で返事した。

貢が苦笑してから話を続けた。

「そうなんだ。降霊は違法だと判断される。しかし最新の解釈によると、霊界の存在は否定されているんだ」

「それはどういうこと……でしょうか。霊体の存在は否定しようがないでしょう」

言ったギアの前に貢は立った。ギアよりも頭ひとつ低い。小さく痩せて童顔の貢は、まるで十代の少年——あの時のままのように見えた。

「霊体と呼ばれているものは、死者の記録である、というのが最近の魔術学会の定説です。つまり霊体というものは、生前に撮った写真やムービーと同等のものだという考えです。死んだ人間の魂が抜けだして、霊界へと向かう、というのは物語であり、フィクションだ、というわけです。根拠は、実験として許可された降霊術で降りてきた霊体は、どれも生前のことしか語らない、というのがあります。霊界のこと、死後の世界のことを尋ねても答えられないんですよ。降霊術で呼び出された霊は、長い眠りから目覚めたみたいです。死んでからのことは何も覚えていない。記憶がなくなるのか、それとも死後の世界などないのかの区別はつきませんが、いずれにしろ死後の世界の報告が正式には一例もない以上、それはないものと考えられているわけです。あるものだけをあるとする、というのが現在の魔術学の基本ですからね。

この考え——あの世などない——が正しいのなら、降霊術は死とは何の関係もないことになります。すべての降霊術が、とは言いませんが、一部の降霊術は死と無縁であると判断して、わたしたちは霊体を呼び出す実験を始めました。

警護霊計画では、生きた人間に人工的に造りだした霊体を憑依させる実験を繰り返してきました。それはおおよそ失敗に終わりました」

「まだ話は続く？　ここで聞いてなければならないかなあ」

少女龍頭が退屈そうに言った。そうしているとどう見ても子供としか思えない。この場で難しい話を聞かせているのが可哀想な気になってくる。

「もうすぐ話は終わりますよ。ちょっと我慢していてください」

貢が言う。変わったなあ、とギアは思った。気の弱そうな容貌はそのままだが、養成学校時代であれば、誰かに異を唱えられてそのまま作業を続けられるような人間ではなかった。たとえ相手が少女であろうと、あるいは少女であればよけいに、反対されれば俯《うつむ》いて考えこんだであろう。

「話を続けますよ」

ぼうっと貢を見ていたギアにそう言った。

「ああ、あ、はい」

「結果から言うなら人工の霊体を人間に憑依させるのではなく、自然の霊体を人工的に造った依代《よりしろ》に憑依させる方法が考えられました。霊的サイボーグですね、あの米澤のような」

過激な反オカルト団体のメンバーだった米澤だが、過去にギアたちとともに共通の敵と戦ったことがある。共に世界を救った仲間、ギアは米澤のことをそう思っていた。

「呪禁官としての資質を持った者は少ない。しかも殉職する者が後を絶たない。このままでは呪禁官がいなくなってしまう。そこで霊的サイボーグの登場です。不謹慎な言い方を許してもらえるなら、供給の少ない呪禁官のリサイクルです。霊体を生前の記憶や人格が再構築されたモノだと考えれば、実に有効な霊体の使い方だと思います。死んで肉体から抜け出した魂だ、などと考えないのなら」

貢は少女――龍頭を見た。龍頭は肩をすくめてみせた。

「しかし、その、それならどうして子供の姿をしているんですか。もしかして……趣味？」

貢は真面目な顔でぶるぶると首を振った。

「違いますよ。依代となる身体をいろいろと試してみました。もちろん様々な武器を内蔵した巨人のような身体が何体も造られ、試されました。しかしどれも失敗しました。結局長期にわたって霊体を憑依できる依代は、少女の形をしている必要があったのです」

「まあ、わたしの魂は乙女《おとめ》の形をしていたということで納得しろ」

龍頭がギアを睨んで言った。

「はい」

思わずギアは直立不動でそう返事した。

喋り方は龍頭そのものだった。

「それで、あの、これからは龍頭先輩と」

「龍頭でいい」

「龍頭捜査官と一緒に捜査をすることになるのですね」

田代部長と部隊長が同時に頷いた。

「良かったね、ギア」

貢が言った。

「良かった……まあ、確かに龍頭先輩とまた捜査ができるわけなんだけど」

「よろしく」

動くのが不思議なくらい小さな手を龍頭は差し出した。

ギアはその手を握り返した。

ほんのりと温かく柔らかい手は、生きた人間の物としか思えなかった。

3

夢を見ていた。

いつも見る夢だ。

霧雨。暗い街並み。鬱陶《うっとう》しい気が滅入る景色。

厭な夢だ。

ああ、と嗚咽《おえつ》を漏らして宇城宙太郎《うきしろちゅうたろう》は目が覚めた。

狭い控え室の中だった。

「大丈夫でございますか、ノキシロ様」

心配そうな顔で立っている男が、おしぼりを差し出してきた。

宇城は流れる汗と涙をそれで拭った。

「ありがとう」

おしぼりを返す。まるで有り難いお札《ふだ》でも頂戴するかのように、男はそれを両手で受けて頭を下げた。

「ノキシロ様。もうみんなが待ちかまえておりますが」

宇城は部屋の壁に掛けられた時計を見た。講演の時間を五分ほど過ぎていた。

「そうだね。そろそろだね」

痩せた身体を持ち上げた。七十を過ぎているにしてはまだ若く見える。それは彼の姿勢が良いからかもしれない。あるいは肌の艶《つや》が良いせいかも。しかしそれ以上に彼を際立たせているのは、その身体から立ちのぼるようなオーラだ。側にいれば仰け反らなければならぬほどの力が、宇城の身体から溢れてくるのだ。

立ち上がった宇城は、白い法衣を着せられた。

「いってらっしゃいませ」

腰の低いその男が再び深く頭を下げた。

部屋から出ると廊下に並んでいる人たちが一斉に頭を下げる。その後頭部を見ながら廊下を進み、宇城は壇上に上がった。

うねるような拍手の波に迎えられる。

見下ろせば六百名入る会場が満員だった。立ち見もたくさんいる。

「皆さん、こんにちは」

宇城はマイクを通じて呼び掛けた。

ゆっくりと観客の顔を見ていく。

期待している顔。

興奮している顔。

何かを人に委《ゆだ》ねている顔。

そして幾人かの半信半疑の顔。

「わたしが科学教団の教祖、ノキシロです。普通のジジイで驚かれましたか」

遠慮がちな笑いが起こった。

「わたし自身は普通のジジイですよ。これは事実だ。それ以上でもそれ以下でもない。ただわたしは知っていることが幾つかある。それは科学とこの世界に関することです。今日はそのお話をするつもりですので、よろしくお願いいたします」

頭を下げると、また拍手が鳴った。六百人分の拍手が。

鳴りやまぬ拍手を両手で抑えて、宇城は言った。

「皆さんは鶴をご存じですよね。お目出度《めでた》いとされるあの白い鳥。それから亀をご存じですか。もちろんご存じですよね。これもまた長寿のシンボルで、目出度《めでた》いとする生き物です」

宇城は一息おいて周囲を見た。

どの目も彼の方を向いている。

すでにこの講演が成功していることを宇城は確信していた。これでまた信者が増すことになるだろう。

「さてこの鶴と亀。目出度いことと別のところでも有名です。もしかしたら皆さんは幼い頃にこれで頭を悩ませたかもしれない。何だと思われますか」

つるかめ算！

客席から声がとんだ。

「そう、それです。皆さんは覚えておいででしょうか、つるかめ算」

客席がざわついた。

すぐに宇城が話を続ける。

「鶴と亀が全部で十五、います。で、脚は全部で四十本あります。さて、鶴は何羽。亀は何匹いるでしょうか」

再び客席がざわつく。

「わかるという方、いらっしゃいますか。答えまでではなくても、どうやって解くかをご存じの方。ちょっと手を挙げていただけますか」

数名が手を挙げた。

「壇上に上がれとはいいませんから。挙手だけお願いします」

さらに数人、ぱらぱらと手が挙がる。

立ち見も入れれば八百人近い観客の中で十数人の手が挙がった。あまり多いとは言えないだろう。


「わかりました。ありがとう。もう手を下ろしてくださって結構です。小学校の頃を思い出してちょっと、この問題を解いてみましょうか」

宇城は手際よくつるかめ算の解き方を説明し始めた。宇城は教師としても優秀だった。出来の悪い小学生であっても理解できるよう、丁寧に説明していく。とはいえ観客のすべてがそれを理解できているわけではないだろう。それを見込んで宇城は言った。

「さて、皆さんはきっとお思いでしょうね。こんなややこしい話をするのなら、黒板に鶴と亀の絵でも描いてもらうとわかりやすいのに。――ところが、それでは駄目なんですよ。具体的な鶴と亀の絵。それが計算の邪魔をする。映像が頭に浮かんでしまうと駄目なんですよ。

つるかめ算というものは、数字という抽象的な存在とその世界を、いったん我々のよく知っていることの世界へと置き換えることで理解する、という算数の教え方の延長にあるわけです。三十五を三個のリンゴと五個のミカンにたとえ、全部で何個ですか、と考えると子供にも理解しやすい——はずだ、というのがこういう指導法の理念というか、考え方です。そして子供たちも、確かにある程度までこの方法で理解してくれる場合が多い。ところが、子供でも何パーセントかはここで引っ掛かります。つまりリンゴはリンゴでミカンはミカンだから、一緒に出来ないと考えてしまう子ですね。これを理解するためにはリンゴとミカンを、その数にだけ抽象化する力が必要となる。

数学の、そして数学を理解していないと考えられない物理学というものへの理解は、この抽象化能力に掛かっているわけなんです。そして科学というものは、この抽象化能力に支えられているのです。数理的な宇宙。それを感覚的に捉《とら》えられる力ですよね。

つるかめ算でいうなら、最初に具体的な鶴と亀のイメージがあったとしても、それはまず数字へと抽象化され、設問に対する解答が現れた時点で、再びそれは現実の鶴と亀に姿を戻す。この作業が出来れば、それはつまり数学が得意ということになります。

そしてこれが不得意な人はどうするか。これも心当たりがある方がおられるかな。解法を記憶してしまうわけです。丸暗記ですね。機械的な技術で数を扱う。もちろんそういうことが得意な人もいます。ある地点までは、この別々のアプローチで数学が得意と言っている二つのグループに、区別はつかないかもしれません。

しかしそれを数学へ、そして物理学へと発展させていく過程で、抽象的なその世界を知っている者と知っていない者との間には大きな溝《みぞ》が出来ます。

数学者や物理学者などという人間は、この純粋な数の世界をとてもリアルに感じています。そちらの方が現実社会よりもリアルに感じている人さえいる。

そういう人にとっての数学は、数学の世界だけで完結して、たとえば最後鶴と亀の姿に戻る必要さえないわけです」

宇城はコップにミネラルウオーターをそそいだ。大きく息をついてから、一気にそれを飲み干す。

どこまで観客がついてきているのかを探るべく、客席を見回す。

大丈夫。まだ八割以上の観客がわたしに、わたしの話に興味を持ってくれている。

宇城は再び話し始めた。

「さて、延々と時代遅れの科学の話を続けてしまいました。そんなものには興味がない、という方が大半でしょうなあ。わたしが若い頃、まだ研究職であった頃、あの時代を知っておられる方なら老人の昔話が始まったとお思いかもしれません。しかし、もうちょっとだけ時代遅れの科学の話をお聞き下さい。科学は今何をすべきなのか。科学はこんな時代にあって何を担《にな》っているのか、です。

さて、これだけ魔術だの呪術だのがもてはやされる時代にあって、あなたは神の存在を信じられますか？　どうです。最近では将来のために真言密教を学ぶ人が増加しているらしいですが、そのうちの何人が『なんのために自分は生きているのか』という疑問に答えることが出来るでしょうか。皆無ですよ。そんな人はいない。宗教はより技術に近づいてしまった。

まだわたしが研究職に就いていた頃、ずいぶん昔のことですが、たった一人の娘を亡くしました。まだ幼かった。恐らくわたしの生涯で最も愛していた人間だった。科学者であるわたしはあの世の存在など信じていませんでした。それは脳内にだけ存在するものだと思っていました。わたしだけに限ったことではないのです。当時はまだまだそういう人間が多かったのです。結局科学は神のいた痕跡をすべて消し去ったのだと、わたしは思いました。いや、すべてではないかもしれないが、科学が神殺しに手を貸したのは間違いないのです。わたしはその時まで、そんなことなど気にもしていなかった。死ねばそれまで。何もない。すべて終わりだ……」

宇城は俯いた。演技ではなく、娘のことを考えると涙が出るのだ。

ハンカチを取り出し目を拭う。

「……しかし最愛の者を亡くしたとき、それで無だと、その後には何もなく消え去ってしまったのだと、そう考えることができませんでした。わたしが弱い人間だから。そう、そうかもしれませんね。強い人間であるなら、愛する者の死をそのまま受け止めることができたかもしれない。しかし、人というものは往々にして弱いものだ。わたしは五歳で死んだ娘の生涯が、何の意味もなく、そこでスイッチを消したようになくなってしまう、などということを考えたくなかった。では彼女の死に何の意味があったのか。宗教はわたしの疑問に答えてはくれなかった。神にもあの世にもリアルさを感じられなくなっていたわたしが、既成の宗教から得られるものはありませんでした。

わたしは五歳の娘を失い、その時に本気で自殺を考えました。いや、寝食を断って、一度は衰弱して死にかけていたのです。今になって思うのですが、本当はわたしはその時に死んでいたのかもしれません。そして甦った。その時にわたしは気づいたのですよ。科学とは世界を知るための手段だったのだと。そんなことはわかっていた。わかっていたが、知らなかったのですね。気づいていなかった。科学というものがもたらす世界の豊潤さをね。

わたしは科学によって世界を再び手に入れることができるようになった。確かに神は不在かもしれません。しかし世界はなおも存在する。そして科学によって我々は、世界が存在するその叡智《えいち》を感じ取ることができるのです。しかし、これは誰もが感じ取れるわけではない。そこで、話は最初に戻ります。

科学を理解するには——科学によって新しい世界を感じるには、というべきでしょうか——そのためには、ある抽象化能力が必要になります。これは特定の誰かにだけある力ではありません。早い遅いを別にして誰もが走る能力を持っているように、誰にでもある力です。ただその力を発揮するには、まず体験しなければならないのです。その世界を。その存在の確かさを。結局科学とは気づきなのです。このように世界があるという気づき。ただ単に知識を得るだけでは、それは科学ではありません。まず気づきという体験を経なければならない。そうすることで純粋な数理的世界の美しさを知ることが可能となるのです。わたしはそのための手助けができる。そう信じています。

わたしはあえてわたしたちの団体を科学教団と名付けました。宗教が失ってしまったものをここで手に入れることができるからです。残念ながら、科学を知ること自体で病気が治ったり、恋人ができたり、良い仕事に就けたりするわけではありません。科学にそういった現世利益があるわけではない。いや、現世利益であるのなら、それこそ魔術に求めれば良いのです。様々な呪《まじな》いがあなたに手を貸してくれるはずだ。しかし魔術は、愛した者を失った苦しみからも、死ぬことへの恐怖からも救ってくれない。生きることの意味も教えてくれない。しかし科学は……少なくとも科学は、娘を失って絶望していたわたしを救ってくれた。そしてあなた方が持っている苦しみも、悲しみも、科学の力によって得られる何かが救ってくれるはずだ。わたしはそう信じています」

自信たっぷりに、彼は観客を見回した。

「今日はここまでです。今日のわたしの話で科学教団に興味をお持ちになった方がおられましたら、ロビーで教団のスタッフが行っているアンケートに答えて下さい。それでは、またあなた方とお会いできるように願っています。今日はどうもありがとう」

宇城は深く頭を下げた。

万雷の拍手を浴びて、幕が下りる間じっと頭を下げ続けていた。

4

古びた建物だ。

もともとはホテルだったらしい。それを改築して呪禁局のための施設が幾つか中に造られた。霊的傷害による死者のための法医解剖室《かいぼう》もそのひとつだ。

暗い廊下の床は木製で、誰がいくら元気に歩いてみせても、怪談じみた陰気な足音が一歩毎に聞こえる。その暗く冷たい廊下を白いドレスの少女が歩いている。モノクロームのその映像は古風な怪奇映画のようだが、少女の後ろからついていくのはギアだ。つまりその少女は古い屋敷に住み着いた幽霊などではなく龍頭である。

「先輩、ここって死体安置《あんち》所じゃなかったですか」

「それも兼ねているが、今から行くところは法医解剖室だ」

龍頭が振り返る。しかめっ面《つら》でギアに言う。

「ここを取り仕切っている奴はとんでもない大バカだが気にするな」

それだけ言うと、大股でどんどん廊下を歩いていく。大股で、というもののそれは少女の大股なので、どちらかといえばちょこちょこと歩いているような印象があり可愛らしい。

未《いま》だにギアは彼女に対してどのような応対をして

良いのか混乱してしまうのだった。見た目は十歳にも満たない少女だ。しかしその態度は龍頭そのもの。そして貢の解説によれば、それは龍頭なのではなく、龍頭の記録なのだという。アルバムに貼《は》られた写真と変わらないのだと。

敬語で喋っているうちに馬鹿馬鹿しくなったりもするが、少女龍頭を頼りにしきっているときもある。そして彼女が想い出に他ならないのだと気がつくと、鼻の奥がつんとして涙が滲んだりもする。

今はただ先輩の後ろからついていっているだけだ。

廊下の突き当たりに扉があった。木製の古めかしい扉は、効果音かと思うような音をたてて軋みながら開いた。

恐ろしく汚《きたな》らしい部屋だった。小さな部屋の壁にはびっしりと、鱗《うろこ》のように様々な紙が貼られてある。定食屋のおしながきがピンで止めてあった。半裸の少年のイラストが描かれたポスターが数枚。細かな文字と記号で埋められたメモや書類や写真は、粘着テープで貼られてあった。それらの隙間《すきま》から、もっと昔に貼られた、枯れ葉のように黄ばんだ紙がのぞいていた。粘着テープが涎《よだれ》のように粘液を滴らせている。

床もまた何かで埋もれている。コンビニの袋やマンガ雑誌や空になったカップ麺の容器と半ばまで中身の入ったペットボトル。まとめられた書類とまとめられていない書類。積み上げられた書物。三人座れるであろうソファが置かれているのだが、この上も雑誌だの紙くずだのが占領していた。

この部屋を利用している者はよほどだらしない人間のようだ。

「ここで待つんだ。奴が来るまでな」

龍頭は上に載っていたものを乱暴にはね除け、ソファに腰を降ろした。低いソファだが腰が沈むので、小さな龍頭は足が床につかない。落ち着かないのかその足をぶらぶらさせていた。

隣にギアが座る。

沈黙が続いた。

医院で診療待ちをしているかのような龍頭の様子をちらちらうかがう。そうしながらギアは尋ねようとして、今までどうしても尋ねられなかったことを、頭の中で何度も繰り返していたのだった。

言おう、言ってしまおう。

決意し、ギアはおずおずと龍頭に告げた。

「あの……龍頭先輩は最期の記憶があるのですか」

「最期？」

「……死んだときの記憶です。あの大鴉の群れに襲われて」

「ああ、それなら覚えている」

あっさりと返事は返ってきた。

貢の言うことが正しいのなら、彼女は単なる記録にしか過ぎない。しかしそうであったとしても、ギアはそうせざるを得なかった。

彼は不意に椅子から立ち上がり、龍頭に向かって深々と頭を下げた。

「すみませんでした」

「どうした」

「あの時俺は……俺は先輩を救うことが出来なかった。俺はあの時、ただ黙って先輩を見ているしかできませんでした。俺は」

喋り続けようとするが、こみ上げてくるものがあって言葉が出ない。

くそ、最悪だ。

頭の中で悪態ついたときには涙がぽろぽろと流れ落ちた。

「……すみません。本当にすみません。俺が先輩を」

「おまえ馬鹿か」

呆《あき》れたように龍頭は言った。

「……えっ」

鼻を啜りながら顔を上げる。

「あの時おまえが何かの役に立つとでも思っていたのか」

「あ、はあ、それは……」

「わたしが苦戦し、結局は敵《かな》うことがなかったあの人工精霊に、おまえが何か出来ることがあるとでも思ったのか」

「何か手助けができたはずです。先輩をあの時救うことが出来たと思います」

「とんだ自惚《うぬぼ》れだな」

ギアは俯き黙り込んだ。

「あの時おまえは訓練生だった。訓練生が注意すべきたったひとつのことを、あの時おまえに教えなかったか」

「はい、教わりました」

「わたしはなんと言った」

「注意すべき事はたった一つ。死なないことだ、と」

「そう、生き延びればいつかは優秀な呪禁官になれると、そう言ったはずだ」

「はい」

「いずれは父親のような呪禁官になることが、おまえの夢じゃなかったのか」

「はい」

ギアの父親は呪禁官で、龍頭とともに捜査中、予期せぬ敵に襲われ殉職したのだ。ギアがその人生の目標とするのがその父親だった。

「おまえはまだ新人だ。これから学ぶべきことはいくらでもある。いずれ父親のような呪禁官になるためにな」

「はい」

「なら生き延びろ。あの時わたしは大鴉と戦った。そしてそうすることでおまえを救えたのだと思っている。わたしがおまえを救ったのだ。違うか」

「いいえ、救っていただきました」

「その借りを返したいなら立派な呪禁官になることだな」

「はい」

一際大きく返事をした。

「わかったら座って、まず涙を拭え。わたしがおまえを苛《いじ》めたと思われる」

「はい」

ギアは再び腰を降ろした。涙を拭えば何となく気恥ずかしく所在ない。あたりを改めて見回した。

ソファの横に小さな棚があった。隙間なく本が詰まっていた。ほとんどが医学書のようだが、聞いたこともないようなマンガの本も背を並べている。

「我々はここで誰に会うんでしょうか」

ギアは一冊、専門書を取り出し、ぱらぱらと開いた。何の魔法の犠牲になったのか、顔の半分が豚になりつつ苦悶の表情を浮かべて死んでいる女の写真が、ページ一杯に広がっており、ギアは慌てて本を閉じた。

「死体しか相手にしない魔術医だよ」

そう言って、どこから探し出してきたのかテレビのリモコンを押した。

ぶぅーんと唸《うな》ってから明かりが点った。

テレビモニターに映《うつ》っているのは白い法衣を身にまとった老人だ。ブラウン管を通じても何かこちらにぐいぐいと迫ってくるような力を感じさせる老人だった。

「誰だ、このジジイ」

「科学教団の教祖ですよ。確か名前は宇城宙太郎。科学教団というのは、十年ほど前に発足した新興宗教ですね」

「十年前か。珍しいね」

魔術が現実的な力を持つと知れた時、雨後の筍のように新興宗教が誕生した。ほらみろ、我々が正しかったのだ。宗教者たちのそんな声が聞こえるようだった。だが決して宗教者たちが正しいわけではなかった。魔術が純粋に技術として応用されるにつれて、オカルトはその神秘性を失っていった。ボタンを押せば明かりが点る、というような仕掛けが成り立つとき、それを引き起こす電気を崇《あが》めることができるだろうか。技術として成立した時点で、魔術や呪術といったものは神秘性を失い、そこから超越的な何かの存在を示唆することが難しくなったのだ。

現世《げんせ》利益は多くの新興宗教の売り物だが、魔術呪術が商品として流通する本当の現世利益をもたらすものとなった時、その力はなくなってしまった。何の神秘性もなく金に応じてそれなりの利益をもたらすそれに、精神的支柱となる力はなかった。

そこに呪禁局の介入があり、新しく宗教法人を造ることがかなり困難になった。

こうして新興宗教はその数を激減させることになる。運の良い新興宗教は呪禁局の許可を得て魔術専門学校へと転身した。それが適《かな》わなかった宗教団体はただ消えていった。

十年前と言えば、そのような事情で最も宗教団体の数が減った頃なのだ。

「なんでこんな教団が生き残れたんだ。第一許可そのものがおりにくかっただろうに」

「特別なんですよ。この教団は科学的であることに、宗教的な意味を見出そうとしているんです」

「それって疑似《ぎじ》科学ってことかい」

「疑似科学は宗教以上に全滅ですよ」

魔術が現実的な技術となった時、最初に息の根を止められたのは科学ではなく、疑似科学だった。なぜなら科学がその威力を失えば、擬似的に科学の用語を使う意味がなくなるからだ。それまでは、世界を解明する方法として絶対的な信頼を得ていた科学の用語は、まさに言霊《ことだま》的意味合いで有効だった。だからこそ疑似科学と呼ばれるものが生まれ、文系の学問がそれを流用し、新しい学説にビジネス書が飛びつき、怪しげなカルト宗教がその用語を取り入れたのだ。

それは「科学的であること」の価値が凋落《ちょうらく》することで（実際の科学は何も変わっていなかったのだが）、すべて消滅した。

「疑似科学じゃなく、なんというか、科学そのものを超越的世界へと向かう方法として使うらしいんですよ。いや、わたしも詳しいことを知っているわけじゃないんですが。でもこれって科学者たちを中心に広まっているらしいですよ」

「くだらん」

「まあ、人は何かに頼らなければ生きてはいけないわけですし」

「弱い人間はな」

龍頭が切り捨てるようにそう言って、テレビを消した。

それと同時に扉が開いて女が入ってきた。暗色のトレーナーにジーンズ。そして安物のスニーカー。細い目も丸い鼻も色のない唇もみんな小さい。金髪の三つ編みを左右に垂らしたツインテールだけが悪目立ちしていた。恐らくあとで印象を聞かれたら金髪の三つ編みしか覚えていないだろう。

黙って入ってきた女は床のがらくたを足先で移動させてロッカーを開き、白衣を三着取り出した。

「ほれ」

びっくりするほど甲高《かんだか》い声でそう言って、女は白衣を龍頭に渡した。そこからギアの手に渡る。どことなく湿っているのが気持ち悪かった。女が着る。龍頭も立ち上がって着る。まるでロングドレスのようだ。仕方なくギアもシミだらけのその白衣を着た。

「げろげろって感じだじょ」

言いながら女は奥の扉を開いた。

だじょ……。

今確かにあの人は「だじょ」って言いましたよね、という目でギアは龍頭を見た。彼女は黙って深く頷いた。

扉の奥から冷たい空気が流れ出てきた。

「その身体、イヤミだじょ、龍頭ちゃん」

きんきんと頭に響く甲高い声で喋りながら、女は部屋の中に入っていった。

続いて龍頭が、そしてギアが中に入る。

「検死管理官は立ち合わないのか」

龍頭が言うと女は首を横に振った。三つ編みが左右に揺れる。

「今日は来ないじょ。リルルが勝手に運んできたんだじょ」

「それにしても相変わらずバカ全開の喋り方だな、雨宮《あまみや》」

龍頭の科白はきれいに無視して雨宮は話を続ける。

「ところで龍頭にゃ。なんでそんな趣味の悪い身体を手に入れたんだじょ。もともと趣味の悪い女ではあったんだけどにゃあ」

部屋の中央に解剖台が置かれてあった。上には人の形に膨らんだ白い布が掛けられている。

雨宮はトレイの載ったカートをその横に引っ張ってきた。トレイの上には禍々《まがまが》しく銀色に光る解剖のための道具が置かれてあった。

「雨宮、おまえ羨《うらや》ましいんだろ。少女の肉体ってやつが」

雨宮は解剖台に掛けられた白い布をとった。そこには全裸の男が横たわっていた。思わずギアは目を逸らせた。顔を見ずとも、肌の色が明らかに死者の色をしている。

「羨ましいわけがないじょ。そんなのは見世物《みせもの》だじょ。それから、わたしのことはリルルと呼ぶにゃ。何度もそう言ってるにょ」

「呼ぶか、そんな馬鹿名前」

龍頭がギアを見上げる。

「この女はな、親に雨宮リルルなんぞというアホな名前をつけられた可哀想な女だ」

雨宮は龍頭を見下ろした。そしてレースだらけの龍頭の服の襟を掴むと、ぐいと持ち上げた。

「殺すぞ」

雨宮は急に低い声でそう恫喝《どうかつ》した。

「殺してみな」

言うが早いか、龍頭は雨宮の腕を拳で弾く。

痛みに雨宮が手を離した。

離した瞬間に龍頭は腕を振っていた。

ぱんっ、と驚くほど大きな音が鳴る。

龍頭が平手で雨宮の頬を叩いたのだ。

それから、とん、と龍頭の靴が床に着いた。

「にょみっ」

言って雨宮は龍頭を睨んだ。片方の頬が真っ赤だ。


外見が可愛い少女に変わったからといって、龍頭の迫力が失せたわけではない。いざとなれば平気で人を殺せる人間なのだ。その龍頭に、知り合いでいながら本気で喧嘩を売ってくる人間がいることにギアは驚いた。

いろいろな意味でこの雨宮リルルという女性は凄《すご》そうだ。

半ば感心しつつギアは間に割って入った。

「あ、あのですね、今日は用事があってわたしたちはここに集まったんじゃないんですか」

「そうだじょ、龍頭にゃ。リルルのお話が聞きたいなら、もうちょっと考えて喋るにゃ」

「……わかった。もうよけいなお喋りはなしだ」

龍頭がそう言うと、雨宮は死体の方に向き直った。

「この男はこの間の七〇六三《ナナマルロクサン》地区の霊的災害の後に発見されたでふ。未だに引き取り手のない死体にゃ。間違いなくサイコムウのテロ被害者にゃんだけどにゃ」

　慌ててギアはメモ帳を取り出し、雨宮の言葉を書き込み始めた。

「呪物反応がそこら中で見られるにょ。報告されている人工精霊は二種類。巨大な幼児と餓鬼にゃ。特定の魔術結社の残滓《ざんし》は残されていにゃい。〈スペルズ〉が標準呪術規格として採用されてからは、なかなか呪法の特定が難しくなったんだけどにゃ。その標準規格の呪法も発見されてはいにゃいにょ。まあ、自然発生的に誕生した精霊じゃないかにゃ。なんで、そんなものが、とかいう質問は今のところ却下でふ。で、こいつ」

　無造作に頭を摑むと顔を横に向ける。

「餓鬼がほとんどの死体を食い尽くしていたし、そうでなくとも巨大ベビーに潰されてぺっちゃんこになっていたから、ほぼ無傷のこの男は運がいいにゃ」

　頭を摑んだまま左右に向ける。

「でもにゃ、細かな傷がそこら中についている。致命傷はこれにゃ」

　後頭部をギアたちに向けた。

　そこに硬貨ほどの大きさの穴が空いている。

「脳を喰われてるじょ。ちょびっとだけどにゃ。鋭い杭《くい》のようなものを打ち付けたような傷だけど、問題はこの傷口から検出された呪物反応だじょ。わずかだけれど〈黄金の夜明け〉系のエノク魔術の痕跡が見られるにゃ。できる限り解析した結果鳥タイプの人工精霊が造られていたということまではわかったにゃ」

「っていうことはこいつだけは施術者にやられたってことですか」

　メモから顔を上げてギアは尋ねた。

「間違いないにょ」

　雨宮の返事は素っ気ない。

「あの、もしかしてその鳥タイプの人工精霊って

――」

「よく見てるにゃ」

雨宮はメスを手にして、さくさくと男の腹を裂いた。血は流れない。その傷口に指を突き入れ五芒星形を描きながら呪句を唱える。

不可視のうちに住まう
天上の天球の天使たちよ
我汝《われ》らを召喚す

耳障りな鳴き声がした。喉を押し潰したような鴉の鳴き声。

そして腹の中から黒い嘴が突き出た。それに続いて頭が。そして翼が。翼には小さな掌がついている。サイズこそ小さいが、間違いなくあの大鴉だ。

「間違いないです。これが――」

「そうだじょ。これは龍頭を殺した奴が使っていたものと同じだにゃ」

去れ。

雨宮がそう言って鴉の頭を摑むと、それは真っ黒な粉となって四散した。

「ということだにゃ。つまりは呪法で殺人を請け負っていた、あいつらの使っていた人工精霊とまったく同じものによって、この男は殺されたんだにょ」

「この女は」龍頭が雨宮を指差した。「一見無能に見えるけど、わたしたちがおとり捜査していたあの事件を、その死体から真っ先に呪的な連続殺人だと発見したのがこの女だよ」

「無能はよけいだじょ」

死体から目を逸らさず雨宮は言った。

三年あまり前。五五〇七地区の公園で倒れている男の死体が発見された。住所・氏名不詳の四十五歳から五十五歳位の男性。中肉中背のこれといって特徴のない中年男。警察に通報が行き、傷口から呪物反応が出て雨宮に回された。そして雨宮の呪的痕跡の解析により、エノク魔術によって造られた鳥のような人工精霊が男を殺したという結論が出た。男は違法な金貸しで、大勢の人間に恨みをかっていた。怨恨《えんこん》による殺人であろうと調査が開始された。それが連続殺人の始まりだったのだ。そしてその連続性に最初に気がついたのが雨宮だった。運び込まれた幾つかの死体から、同じ痕跡を発見したのだ。魔術は同じ術式であっても、それを使う人間によって微妙に痕跡が変化する。雨宮はずっと同一犯を主張してきた。それが捜査に反映したのは五人の犠牲者が出た時点だった。そのときには殺人を請け負っている魔術師がいるという噂が既に流れはじめていた。

龍頭と、まだ研修生だったギアは二人でその噂を検証し、とうとう殺しを引き受けるという魔術師、大迫の存在をつきとめた。そこでおとり捜査を行ったのだが、大迫と龍頭が殺され、連続殺人もそこで終わった。そして調査はそのままに滞《とどこお》っている。

「僕、あの時サイコムウに会いました」

「会った？」

龍頭がギアを食いつきそうな目で見る。

「この男が殺されたテロの現場です。犯行声明の前ですから、サイコムウと名乗っていました。それにあの大鴉を使っていたし」

騙《かた》ったわけではないと思います。それにあの大鴉を使っていたし」

「詳しく説明しろ」

龍頭に促《うなが》され、ギアは覚えている限り詳細に説明した。

「なんか聞いたことがあるにゃ、そいつの最後の科白」

「黒檀のような鳥が悲しい私を笑わせるとかなんとか」

「黒檀のような鳥というのは鴉のことだろうにゃあ。……鴉……鴉、か」

考え込む雨宮を横目に龍頭が言った。

「どうしてすぐに報告しなかった」

「しましたよ。でも田代部長に一蹴《いっしゅう》されて」

「どうして一蹴される」

「馬鹿馬鹿しいと思われたのかもしれません。だってサイコムウって」

「科学戦隊ボーアマンの敵役《かたき》だじょ。オカルト帝国の帝王サイコムウ」

「まあ田代部長でなくとも馬鹿馬鹿しいと思うような名前ではあるわけだ。リルルよりはましだがな」

「そんなに殺されたいかにゃ」

「もう死んでるよ」

一瞬絶句して、雨宮は言った。

「なるほど……で、サイコムウは君に最初の犯行声明をしたわけにゃ」

「ええ、すべてを破壊するとか何とか言ってましたから」

「……七〇〇〇番台の地区で魔術災害が頻出しているのはみんな知っているにゃ。その中心にあるのが微笑町であることも周知の事実。で、その周辺で事故が発生すると、異様に死体の回収が早い」

雨宮はギアを見て意味ありげに唇を歪《ゆが》めた。

「お笑いだじょ。ようするに世界初の霊的発電を否《いや》が応《おう》でも成功させようというわけだにゃ。あれはクリハラ・プロジェクトチームと、それを支える財閥に議員連中まで関係しているからにゃ。そのおかげでサイコムウの犯罪が世間に知られるのも遅かった。もしかしたら業《ごう》を煮やして自ら犯行声明をしたのかもしれないにゃ」

「多発する魔術事故は微笑町のせいだとか噂されていたが、そうじゃなかったってことか」

龍頭が言った。

「おまえは霊的発電の仕組みを知っているかにゃ」

「発表されていることならな」

龍頭が答えると、雨宮はギアを見た。

「ええ、一通りは」

ギアも答える。

微笑町にはナノ呪符を注射された住人が千人あまり住んでいる。このナノ呪符は中国錬金術――いわゆる仙術――でいう三尸《さんし》と似た役割を果たす。

三尸とは人の腹中に棲む三匹の虫だ。人間の老化や病苦はこれのせいであると言われている。

何故この虫がそんなことをするのか。

この三匹の霊的な虫は、人の肉体に閉じこめられて出られないことが苦痛でならない。そして宿主である人間が死ぬと、この虫は身体から抜け出ることができるのだ。そこで三尸は宿主である人間の寿命を減らそうとする。そのために、天帝があらゆる精霊の願いを聞くという庚《カノエ》申《サル》の日に腹中から出てきて、その人の秘密の悪行を天帝に告げ、寿命を削ろうとする。

ナノ呪符は寿命を減らすわけではないが、その宿主の邪念や悪意、敵意、憎悪などの陰の気を貯め込み、それを抱えて町の中央にある塔へと運ぶ。塔では陰の気を含んだナノ呪符を回収し、貯め込んだ陰の気を一気に陽の気と合わせる。このときに発生するエネルギーで電気を起こすのである。

「微笑町には陽の気が固まりすぎているじょ。そして周辺に陰の気が集まってくる。陰陽のバランスを崩せば当然弊害が起こるにょ」

「そういえばサイコムウは、バランスを失った世界は崩すのが簡単だとかなんだとか言ってました」

「目の付け所は正しい。というか、魔術師としての知識を持っているのなら、それは誰でも思いつくだろうにゃ。やるかどうかは別にして。恐らくそいつは、陰陽のバランスの崩れた外部に、ちょっとした災いの核のようなものを置くんだろうにゃ。その核を中心として餓鬼だのの化け物が生まれる。つまり霊的発電所が直接の原因でないにしろ、やる気のある奴がいたら、簡単に大規模災害を引き起こせるようになっていたわけだ」

「でも、今回犯行声明が行われて、テロだということがはっきりしたわけですよね。それでもまだ政府は何の手も打たないつもりですか」

ギアが言うと、雨宮はへらへらと笑って龍頭に言う。

「良い子だにゃ、龍頭」

「ああ、良い子だ。だから困る」

「喜んでるくせに。あのにゃあ、僕ちゃん」ギアの方を向いた。「このオバサンは――」

「いっとくが、わたしとおまえは同い年だぞ」

「このお姉ちゃんは、君のことを非常に買っているによ。その期待には応えてあげなさい」

「は、はい」

「素直でよろしい。その素直な君に教えてあげよう。為政者は、普通に賢明であれば避けられる危機を、往々にして避けられない。せめて損得だけでも考えられる存在ならいいのになあ、とか思うことはわたしにもよくあるにゃ。それはそれとして、この期に及んでまだ大掛かりな隠蔽《いんぺい》工作をしていると思うと、確かにちょっと情けないじょ。でだ、サイコムウが霊的発電システムを利用して魔術災害を引き起こしているのは間違いないじょ。魔術災害の起こったところで時々回収の遅れる、たいていは身元不明の死体があるんだにゃ。それをさっさとこっちに回収して、リルルちゃんが解析すると、今回みたいに魔術師の痕跡が見つかることがあるわけだ。たまーにしか見つからないけど、どれもこれも痕跡は同じ。〈黄金の夜明け〉系エノク魔術が検出される。まず十中八九同一の魔術師の仕業だじょ」

「サイコムウはかつて殺人を請け負って連続殺人を犯していました。で、今回は大掛かりなテロに。

いったいサイコムウは何が目的なんでしょうか」

ギアが言うと、雨宮は鼻で笑った。

「それを考えるのはおまえたちの仕事だにゃあ」

ギアは赤面して俯いた。

「そこまで恥じる必要もない。特にこんな女にはな」

「こんな女？」

雨宮が龍頭を睨む。それを無視して龍頭は言う。

「まずテロじゃない」

「でも犯行声明があったじゃないですか」

「犯行声明があったからってテロとは限らない。サイコムウの犯罪には、そんな政治的目的を感じない。第一〈ガリレオ〉のような反魔術団体がするのならわかるが、魔術師が霊的発電にテロをする意味がない」

霊的発電が成功すれば、霊的技術力は大いに発展する。そして科学による技術開発はさらに隅へと追いやられるだろう。これを魔術師側から妨害するはずがない、というのが龍頭の考えだ。

「そうとも限らないにゃ」

雨宮が言った。

「霊的発電が成功すると言うことは、汎用魔術言語が成功したということだじょ。つまり『誰でも魔術を使える』ということだにゃ。そうなると工業魔術師のような魔術専門職は用無しだじょ。魔術師はたいてい誇り高いから、スペルズにもクリハラ・プロジェクトにも表だって反対はしていないけどにゃ。あんただって嫌なんじゃないか？　スペルズが呪禁官に正式採用されたら」

「まあな」

龍頭は頷いた。

魔術に携わる人間で、スペルズに好感を持っている者は少ない。

スペルズは簡単な英単語の組み合わせで呪詛を造る。日本版スペルズはそれを日本語訳したものだが、ラテン語やヘブライ語にエノク語などといった呪文の崇高さとは比べることもできない卑俗な印象を与える。それどころか単なる日本語にしても奇妙なものが多い。例えば基本的な術式〈カバラ十字の祓い〉で使うヘブライ語の聖句は「アテー・マルクト・ヴェ・ゲブラー・ヴェ・ゲドゥラー・レ・オラーム・アーメン」であり、その日本語訳は「汝、王国、峻厳と荘厳と永遠に、かくあれかし」だ。これがスペルズならこうなる。

「あなたが国と力と一緒にいつまでも盛り上がる」

龍頭たち呪禁官が生死を懸ける魔術戦で使いたいとは思わないのも無理はない。

「たとえば恨みとか……愉快犯とかも考えられますよ」

ギアが言った。

「確かに昔は殺し屋をしていたわけだしな。切り裂きジャックだって犯行声明を出した」

龍頭は腕組みして死体を見つめた。

「このことは全部上に報告しているのか」

人差し指を一本立てて、彼女は雨宮に尋ねた。

「当然でちゅ」

「それでも何もしない」

「していないようだにゃ。動きは見えない」

「もしサイコムウが、周辺への悪戯《いたずら》に飽きて、微笑町の中心、霊的発電所に何か仕掛けてきたらどうなる」

「わたしも専門家ではないから詳しいことはわからないけど、恐らく未曾有《みぞう》の災害が起こるにょ。それこそ世界が滅びかねない災害が」

陰陽は単なる二元論ではない。陰にも陰と陽がふくまれ、陽にも同様に陰と陽が含まれる。万物はこの陰と陽のバランスによってなりたっている。従って本来陰だけ、陽だけ、というような状態はあり得ないのだ。

それを呪力によって無理矢理陰の気だけを取り出

し集め、アンバランスな状態を造り、そこに陽の気をぶつける。陰、陽がここに合わさるわけだが、これはひとつの世界が生成されるに等しい。それだけの力を生み出すのである。そのままでは到底人の手では制御できない。何しろ宇宙を誕生させる力なのだから。そこで、陰と陽の出合いに干渉し、その時を緩やかに進行させる。そして本来は一瞬で起こる世界創造を、ほぼ停止させた状態でその生成のエネルギーを抽出するのである。

今まであれば、熟練した達人と呼ばれるような工業魔術師が何百人と揃って取りかからねばならないような作業だった。しかし達人の工業魔術師は世界中から募ったところで百人といないだろう。理論的には可能であっても、かつてであれば絶対的に不可能だったのだ。が、クリハラ言語を使うことで八割をコンピュータに施術させ、残りを通常の工業魔術師が受け持つ。しかし達人と呼ばれるような魔術師は、代表として名が挙げられている十二人しかいない。それも全員がいつも現場にいるわけではなく、三人ずつの交代制だ。これで運営できるのは奇跡だと言えよう。

そう、霊的発電とは奇跡なのだ。

そしてここで事故が起これば、宇宙をもう一度創造するだけのエネルギーが野放図に放出されることになる。それこそ世界壊滅の危機であろう。

「それでも呪禁局は動いていないのか」

「クリハラプロジェクトの中心になっているのが、呪禁局の設立に関わってきた金森財閥だからにゃ。もしかしたら呪禁局より前に警察とか公安が動くかもにゃ」

「ギア」

龍頭はギアを見上げた。

「はい」

研修生の頃のように威勢よく返事する。

「もしかしたら、またわたしたちだけで世界を救わなきゃならないかもな」

冗談じゃない。

ギアはそう思った。

そう、それはもう冗談でなくなりつつあった。

第三章　ビナー——理解

1

また遅くなってしまった。

男は背を丸め、ブリーフケースを抱えて歩きながら溜め息をついた。営業成績が悪いと散々に叱られたあげくの残業だった。疲労が糖蜜《とうみつ》のように身体に絡みついている。

サイコムウのテロによる大規模な呪的災害が起こってからまだ間がなかった。多くの犠牲者を出したあの七〇六三地区からそれほど離れていない。最近ではこの周囲で行方不明者が出ているという噂も流れていた。

ねっとりとまとわりつく闇も不吉なその夜に、しかし男はただ疲弊におしつぶされそうになり、恐れを感じる余裕もない。

厭だ厭だ。

男は呟いた。何度も何度も、俯いて、足元を眺めながら。

厭だ厭だ厭だ。厭だという言葉が泥のようにぽたぽたと路面に落ちる。

駅に降りて家路を急ぐこのときに、いちばん虚《むな》しさを感じる。灯りの消えた家々が侘しさを募《つの》らせるからかもしれない。

結婚したらこのような虚しさを感じずにすむのだろうか。家に帰っても母親が待っているだけだと思うから厭になるのだろうか。しかし同僚の妻帯者から延々と愚痴を聞かされると、そうそう安易に結婚する気持ちにもなれないのだった。

微笑町に引っ越そうかとも考える。彼の家から微笑町までほんの数キロだ。微笑町に住めば、あらゆるストレスを魔法で吸い取ってもらえるのだと聞いていた。知り合いに微笑町の住人がいるが、これほど快適なところはないと、会うたびに言われるのだった。入居者に時々空きができるのだと聞いたことがあった。それが本当なら、引っ越しすることも夢ではない。

考えつつ、また溜め息をついた。

と、押し潰したような何かの声が聞こえた。嘲笑《あざわら》われたような気がして頭上を見上げる。

黒い何かが月を横切った。

鴉？

それにしては大きい。

翼竜？

そんな馬鹿な。

自分の想像に苦笑いを浮かべ、それでも足早になる。微笑町の近くで魔術災害がよく起こっている。ここからは離れているが、それでも安心できるほど離れていないような気がする。

男の脚はますます早くなった。

深夜の住宅街。この周辺にはコンビニもない。道路に車もなく人もなく、街灯の灯りがただ等間隔に路面を照らしているだけだ。

そこに人影を見つけ、男はとびあがるほどびっくりした。

手足が細く長い。

海底の巨大な蟹《かに》のように、それはゆらゆらと男に向かって歩いてきた。

立ち止まろうかと思ったがそれも不自然なような気がした。どこかで脇道に逸れよう。そう思いながら、それでもどんどんそれに近づいていく。

悪夢の中の一シーンのようだった。

羽音がした。

夜の空を、男は再び見上げた。

夜空よりもなお暗く、漆黒の何かが空を旋回していた。

ひとつ、ふたつ、みっつ。

三羽いる。

夜空から前に目を移すと、蟹のような異様な人影はもう彼の目前に迫っていた。

それは仮面をかぶっていた。

単純化された悲しみの表情を浮かべている、ギリシャ劇で使うような仮面だ。

その奥でそれは笑っていた。

喉の奥でくくくと声を出し。

それから掠れた声で囁いた。

「二度と……ことはない」

途中が聞こえない。えっ、と思わず聞き返した。

「二度と、おまえがここを通ることはない」

それは言った。

「二度とおまえがわたしと出会うこともない。二度とおまえが呼吸をすることもない。二度とない」


潰れた喉で飛ぶ物たちが鳴いた。

「我が名はサイコムウ。この世の破壊者にして創造者。今ここでおまえは、その肉体のくびきから逃れることができるだろう」

羽音とともにそれが飛来した。

一羽目が男の背を突いた。

抉られるような痛みに背を押さえ、男は路面に跪いた。

細長い腕が、その冷たい手が男の頭を押さえた。

口に濡れたハンカチを当てられる。

しばらくもがいていた男が、急にぐんにゃりと力を失い、あっさりと道路に横たわった。

「娘たちよ。この男を部屋まで運んでくれ」

大鴉たちが一斉に舞い降りてくる。

その鋭い足の爪が、男の首と足と腰を捕らえた。

そして羽ばたく。

男の身体が浮いた。

地面から数メートル。

ゆっくりと宙に浮かんだ男は、そこから一気に浮上し、夜の闇の中へと消えていった。

サイコムウはそれを見届けることなく歩き出した。

少し進むとマンホールが見えた。その蓋を、道具など使うことなく彼は片手で開けた。その穴の中にするりと潜り込むと、重い鉄の蓋を再び片手で閉じる。

それだけの膂力《りょりょく》を持っているとは思えない、細長い四肢を蜘蛛のように折り曲げ、それは細く狭い地下通路を歩いていく。

地下通路は迷宮じみた複雑さで幾度も枝分かれしている。サイコウムはそこを散歩でもするような気軽さで淡々と進んでいく。

延々二十分は歩いただろうか。

サイコウムはコンクリートの階段を上っていった。

頭上に錠のついた扉がある。鉄製の重そうな扉だ。油でぬめぬめと光り、輝いている。

彼は開錠し、扉を押し開いた。

そこからまた上へと階段が続いている。

施錠し、階段を上る。

上がりきったところに部屋があった。

まだ地下なのか、それとも地上なのか、それは広い部屋だった。何もなければ野球の試合が充分できるだろう。

が、その部屋の中央には複雑な機器がいくつも置かれてあった。まるで映画に出てくるマッド・サイエンティストの実験室のようだ。

中央に置かれているのは二つの円筒形の水槽だ。分厚い透明なアクリルで造られたそれは二メートルほどの高さがあり、金属製の蓋が閉められている。

片方の水槽は白濁した液体で満たされている。そこで腐乱死体が揺れていた。全裸だ。体中に赤いコードがつながれ、触手のようだった。それはどれも金属の蓋へと伸びていた。

腐敗し、あちこち剥離した皮膚にはヘブライ文字の呪句が浮かび上がっている。ミミズ腫《ば》れのようなそれは、その男の全身を埋めていた。

サイコウムはその前にやってきた。

「不死者《ノスフェラトゥ》よ」

呼び掛けた。

すると死者としか思えないそれの目が開く。

濁《にご》った瞳が露《あらわ》になった。

「惨《みじ》めなものだな。不死であるがゆえに永遠に肉体に囚《とら》われなければならない。さあ、新しい肉体を拾ってきてやったぞ」

手術台の上にさっきの男が寝かされていた。サイコムウはナイフを使い、手早く男から衣服を剥いでいった。手術台のある床にはエノク文字の刻まれた五芒星が描かれている。サイコムウは神々の象徴でかたどられた短剣を手に、手術台の横に立った。

特殊な抑揚をつけて聖句が唱えられる。

「オー・イー・ペー、テー・アー・アー、ペー・ドー・ケー」

短剣の切っ先が五芒星を描いた。

「大いなる南方の四辺形の、名前と文字において、我、汝らを召喚す。南の物見の天使たちよ」

ナイフが男の喉に当てられた。

男の額を手で押さえつける。

そして一気に刃《やいば》が引かれた。

ざくりと喉が裂ける。白や黄色の断面が一瞬見え、凄まじい勢いで血が噴き上げた。

がくがくと男の身体が痙攣《けいれん》を起こす。

手足は狂ったように振り回され、腰が跳ね回る。が、その額を押さえた手はピンで止められたかのように動かず、男が手術台から落ちることはない。

その間もサイコムウは聖句を唱え続けている。

唱え終わるのと男の動きが止まるのとは同時だった。

二つの水槽を囲むようにして、その四方に様々な計測器が置かれている。それらにはエノク語で「風」「水」「地」「火」を意味する言葉が書かれてあった。これはパラケルススの言う、世界を構成する四大要素だ。そしてその中央に神聖なる霊が宿ることになる。象徴的に造られたこの魔術的宇宙が結界となり、ここに捕らえられた霊体は外に出ることができない。

サイコムウは四方の機器を血みどろの手で慌ただしく操作しはじめた。それが終わると蒼褪《あおざ》め、変わり果てた男のところに戻った。

トレイの上にある銀のリベットのような物を取り出す。頭の部分にはやはりエノク語の呪句が書かれてある。金槌を使い、それを死んだ男の身体に打ち込んでいく。一度振り下ろすと、リベットはあっさりと身体に埋まる。

そのたびに聖句を唱える。

かんっ、とリベットを打つ音に重なり、聖句が朗々と響き渡る。

我は、宇宙の主なり。

我は、自然の造らざる者なり。

我は、広大にして強大なる者なり。

光は闇の主なり。

地の主にして、地の王なり。


すべてのリベットが打ち込まれた。全部で四十八箇所。数秘術《ゲマトリア》で「杯」を意味する数だ。

サイコムウは水槽の近くにあるパネルを操作する。空いている方の水槽の蓋が持ち上がった。同時に水槽が傾く。ほぼ九〇度傾いた水槽は手術台と平行に並んだ。

蓋はアームに導かれ、手術台の真上に来ていた。赤いコードが蓋から蔦《つた》のように垂れ下がっていた。そのコードを一本ずつリベットの頭に繋いでいく。

その間も聖句はやまない。

コードがリベットに繋がれる毎に、男の皮膚にひっかいたような傷が生じる。それはヘブライ文字の呪句を描いている。やがてすべてのリベットがコードに繋がれ、男の身体は呪句で覆われた。

それがすむと、サイコムウは男の身体を水槽の中に落とし込んだ。スイッチを入れると再び水槽は起き上がり、アームが蓋を載せた。

ごぼごぼと噴き出た液体が水槽を満たしていく。それはサイコムウが聖別した聖水なのだ。

完全に満たされると、サイコムウは二つの水槽を繋ぐパイプのバルブを開いた。地下でつながっているそのパイプにもまた、エノク語で天使の象徴が描かれている。

この二つの水槽は、幾重にも張り巡らせた聖なる結界で完璧にシールドされているのだ。

バルブを開き終えると、彼は水槽の前に立った。

「さあ、不死者《ノスフェラトゥ》よ。その肉体は腐ってもう使えない。終わったのだよ。次の肉体に移らねばならない。さもなくばその肉とともにおまえも朽ちるぞ。さあ、移るんだ」

死者の口が開いた。

顎ががくんと外れる。

喉が獲物を呑んだ蛇のように膨れる。

と、喉の奥から光が漏れ出てきた。

黄ばんだ、どこか禍々しいその光が、巨大なヒルのように口腔から這《は》い出てきた。

人魂のようにゆらゆらと、今出てきた肉体の周囲を泳ぐ。が、不可視の波に追いやられるように、それは少しずつ床に開かれたチューブの入り口へと追いやられていく。

そしてするりと中へと消えた。

その輝く霊体。

それこそが不死者《ノスフェラトゥ》と呼ばれ、人類の歴史よりも長く生きているといわれる霊的怪物の正体だ。それは誰の手によって造られたものでもない霊的生物だ。不死者以外は、どの霊的な生き物も人工的に創造されたものばかりだ。不死者以外の「天然物」の怪物はまだ発見されていなかった。

霊的波動に導かれ、光る霊体はもう一つの水槽へと泳ぎ出てきた。

「迷っている暇《ひま》はないぞ。おまえは肉を離れて生きることが適わないのだからな」

輝くそれは魚のようにゆらゆらと身をくねらせ、息絶えたばかりの男の口の中へとするりと入り込んだ。

喉の傷が見る間に失せた。

そして男の目が開いた。燃えるような視線がサイコムウを射抜く。

青黒い唇がまくれ上がり、歯が剥き出しになった。

「不死者よ、怒っているのかね。しかしおまえを助けたのはわたしだ。力を失い、ただ消えるばかりになっていたおまえを呪詛で守り、死者の肉体を与えて生き延びさせたのはわたしだよ。今のおまえは何もできない木偶《でく》の坊だ。わたしの力を借りなければ何もできない」

何か言いたげに、男の舌が動く。唇が動く。男の口からごぼりと水泡が上がった。彼の努力は、肺の中に残された最後の空気を絞り出しただけに終わったようだ。

不死者の本体はあの輝く霊体だ。しかし霊体はそのままの姿で地上に留まっておくことはできない。長時間霊体のままでいると、力を失い、やがて消える。そうならないためには、誰かの肉体の中に潜んでいなければならないのだ。肉体から追いだされた不死者は限りなく無力だった。

不死者とは魂への寄生体なのだ。

生者に憑依すれば、不死者はその肉体を思いのままに操れる。その時初めて不死者の持つ、世界を滅ぼすことすら可能な魔力を発揮することができるのだ。

ところが死者の肉体に憑依すると、動きがとれなくなってしまい、逆に肉の虜《とりこ》となってしまう。しかも死者が腐敗するにつれて不死者としての存在も薄れていく。

偶然そのことを発見したサイコムウは、完全に結界で閉ざした牢獄に不死者を押し込め、新しい死者を次から次へと提供することで、不死者を彼のもとに止めておくことに成功したのだ。

「どうだね、今度の身体は」

不死者はサイコムウを睨み、ギリギリと歯を噛みしめた。

身体を動かそうとしているのだろう。

肩や腕が小刻みに震えていた。

やがてゆっくりと手が持ち上がってくる。

「やめろ」

サイコムウは水槽の横にあるパネルを操作した。

不死者は二、三度痙攣し、動きを止めた。

「その肉体は神の御名が書かれたリベットと呪句で覆われている。その肉体自体が結界となっているんだよ。そしてその肉体自体は、電気的にわたしがここで操作できるようになっている。君に自由はない」

サイコムウはわざとらしく溜め息をついた。

「ああ、何度君にこれを説明しただろう。新しい肉体を得るたびに、それまでの記憶は失せてしまうようだね。それとも知性はすべて失せてしまったのか。情けない話だな。伝説の不死者が。しかし安心したまえ。君はもうすぐここを出ることができる。君にはわたしの計画に参加して欲しいんだ。もうすぐだよ。世間に思い知らせてやってくれ。魔術はちまちました人助けの道具などではない。世界を滅ぼす凶暴な力だということを教えてやるんだ」

サイコムウは笑った。

笑いながらパネルを操作した。

今まで不死者の宿っていた水槽の水を抜く。それから蓋を開き、死体を取り出して手術台に載せた。

「おまえにはもう一働きしてもらわないとな」

サイコムウはそう言って、死体の糜爛《びらん》した腹をぺしゃりと叩いた。

2

喧噪《けんそう》さえ聖句に似通う。

呪禁局の寮に住む者の間での冗談だ。しかし喧噪は喧噪。寮の食堂にたむろしている私服の捜査官たちは、たわいのない会話を交わし笑い食べる。

「貢から連絡がありました」

昼飯のカレーを口に運びながらギアは言った。隣を見ると白いドレスの少女が椅子に座って脚をぶらぶらさせている。それが龍頭であると何度自分に言い聞かせても、少女として扱ってしまうことがあった。

「霊的発電のことを調べてもらったんですよ」

「それで」

興味なさそうに龍頭は促した。

「つまり発電所を襲うならどうすると効果的かと」

「どうだった」

「効果的も何も、隙だらけらしいです。あの中央の鉄塔に入り込みさえすれば、ちょっと設定を弄《いじ》るだけでシステムが暴走を始めるらしいです」

「で、この世の終わりか」

「正直、ここまで危険な施設が野放しにされているとは思いませんでした」

「田代部長には」

「報告しました。テロの対象となっている可能性が高いって」

「反応は」

「うー、いつもと同じでした」

「はいはい、か」

「そうそう……あっ、すみません、つい。わたしたちが注意してパトロールするにしても、範囲が広すぎます。あの塔を警備するだけでも、最低部隊単位で行動しなければどうしようもないですよ」

「せめて犯行日時が特定できれば、部隊長に直談判《じかだんぱん》するんだが」

「おっ、ギア。それが新しい相棒か」

笑いながら近づいてきたのは石崎だった。

「知らなかったよ。おまえ、ロリコンだったのか」

大声でそう言って笑った。

その瞬間、食堂にいた全員の視線が石崎と龍頭に集中した。

この場にいる全員が、この少女が龍頭であることを知っている。そしてその大半が、龍頭という人間がどのような人間であったかを記憶している。しかしつい最近この呪禁局本部に転任してきた石崎は、龍頭がどのような女性捜査官であったかを知らないのだった。

みんなが固唾《かたず》を呑んで成り行きを見守っていた。異様な雰囲気に、石崎は周囲を見回した。

「ん？　なんだよ。みんなどうしたんだよ」

龍頭が立ち上がった。

さらにみんなの視線が集中する。

椅子から立ち上がって龍頭たちを見ている者もいる。

「みんなが期待しているんで、悪いけどちょっとだけやらせてもらうよ」

龍頭は石崎の手を握った。

「お嬢ちゃん、いったい何を――」

笑い顔が一瞬に歪む。「ふああ」と空気が抜けていくような声を出した。

龍頭は手首を摑んだまま、これといった力を入れている様子もない。そのまま犬を散歩に連れて行くかのように腕を引いて歩き出した。龍頭の身長に合わせて中腰になった石崎が、ひいいと小さな悲鳴を上げながらついていく。

「ギアはわたしの相棒だ」

龍頭は泣きそうな顔の石崎に言った。

「よけいなちょっかいを出すときは、それなりに覚悟して言ってくれ」

そこまで言うと周囲を見回しながら大声で言った。

「みんな、これで満足したか」

その場にいた捜査官から拍手が起こった。

「ということだ」

龍頭は石崎から手を離した。

解放された石崎は、摑まれていた手を揉みながら、怯えた顔で少女を見ていた。

並の怪物よりも恐ろしかったのだろう。

「おい、テレビを見ろ！」

叫びながら男が飛び込んできた。捜査官の一人だ。

「早く、テレビを」

食堂の隅にテレビモニターがある。ケーブルで呪禁局にも直接つながっており、そこからの連絡が時には流されたりもする。

リモコンを手にした男もそのことを考えたのだろう。真っ先に呪禁局のチャンネルに変えた。が、そこには何も映し出されていなかった。

「違う。ニュースだ。どこでも良いからニュースを見てみろ」

チャンネルが変えられた。

「それだっ！」

男が言う。

えっ、と声が漏れる。

誰もがそこに映し出されているのが、昔の特撮番組だと思ったからだ。だが昔の特撮にしてはあまりに画面がリアルだった。

おそらく七〇〇〇番地区付近だろう。店舗が左右に並ぶ道路をゆらゆらと歩いているのは生ける屍《リビングデッド》だ。普通ゾンビと呼ばれているが、ブードゥーの秘術で造られるゾンビとはまったく別物の、動き彷徨《さまよ》う死体なのだ。

それが何十体といる。

昼間の商店街にいるのは動く死体ばかりだ。それだけなら、しかしみんながここまで驚いたりはしなかっただろう。そんな怪物の相手をするのが呪禁官の仕事だ。駆けつけた捜査官がそこで戦っているなら、みんなそのまま食事を続けただろう。その手も口も止まっているのは、生ける屍の相手をしているものが見慣れない者たちだったからだ。

「あれって……」

誰かが絶句した。

モニターの中央で、身体に貼り付く銀色のユニフォームを着た痩せた男が、手にした奇怪な銃を撃っている。男は頭にすっぽりとヘルメットのような物をかぶっていた。それも銀色だ。

彼が手にしているのは玩具のような派手な色の銃だが、そこから放たれている物は本物の弾丸のようで、屍たちは頭を砕かれて倒されていく。

戦っているのは彼一人ではない。

黒いユニフォームの男は鍛えられた肉体の持ち主だ。その頭にも、あれで前が見えるのかどうか心配になるような黒いヘルメットをかぶっている。

黒い男は、長大な柄のついた戦斧《せんぷ》を振り回していた。かなりの力自慢でないと扱えないような代物だ。それをびゅんびゅんと振り回す。刃が一閃《いっせん》する毎に、面白いように生ける屍の首が飛ぶ。

黄色のコスチュームを着た男は装飾的な長剣を振り回している。どうやら素早さが彼の特徴らしい。

跳び、切り、走り、蹴り、また跳ぶ。同じく素早く動き回っているのはピンクのコスチュームだ。身体の線を露にするそのコスチュームを見れば、それが女性であることがわかる。彼らのチームの紅一点だ。

彼女は短剣を二つ、両手に持っていた。それを振り、突き、叩きつけ、生ける死者たちを倒していく。

何よりも目立っているのが真っ赤な巨人だ。三メートル近い巨体のそれは、素手で屍を摑み、その頭を握り潰し、殴り飛ばし、次から次へと、彷徨う死者たちを再び死の世界へと送り返していた。

現実らしさの欠片《かけら》もないふざけたコスチュームで、五人の戦士たちは戦っていた。それが何者であるのかを知らない者は少ないだろう。彼らが出演していた番組は何度も何度も再放送されているからだ。きっと誰もが子供の頃に一回は見ているに違いない。

科学戦隊ボーアマンだ。

昔の特撮番組のヒーローが、生ける屍を相手に戦っている。これほど非現実的な光景もない。

「アトラクションとかじゃ、ないよな」

そうでないのは誰もがわかっていた。腐敗臭が漂ってきそうな屍たちのリアルさはもちろん、そこかしこに倒れ血を流している人々の姿は事件報道そのものだ。

「誰か現場に行ってるのか」

最初に飛び込んできた男がその質問に答えた。

「これを見てすぐに確認した。行っているらしいぞ。それがどこに行っているのかわからんが」

五人の目覚ましい活躍に、生ける屍の数が目に見えて減ってきた。

このまま収拾するかと思われたとき、アスファルトがひび割れ、街灯と小さな郵便局と煙草の自動販売機を弾き飛ばしながら地中から現れた物があった。

小山ほどもある生ける屍だった。

屍たちがそうであるように、それもまた人工精霊

の仲間だ。ほんとうに死体の実体があるわけではない。だからどの死者たちも墓場から甦ったわけではなく、最初から死者として生まれた霊体なのだ。この巨大な死体にしろ、どこかで巨人の死体が埋葬されていたわけではない。

巨大な屍は身体を震わせて吠えた。

黄ばんだ粘液が周囲に飛散した。

ボスが登場したからなのか、改めて勢いづいた死体どもを、ピンクとイエローが嬉々として片づけていく。

シルバーは何が現れようと変わりなく、淡々と屍をうち崩していく。

そして赤い巨人が、その両手を巨大な屍に向けてゆっくりと持ち上げた。

「まさか……」

誰かが呟いた。

ボーアマンを知っている人間は、次に起こることを期待して画面を見つめた。

赤い巨人が叫んだ。増幅されたその声は、離れたところにいる撮影班のところにまで届いた。

「メガトンファイヤー!」

テレビから流れ出たその声に、思わず拍手した者がいた。

巨人が腕を曲げた。肘がまっすぐ巨大屍に向いた。関節ががたりとずれて肘に穴が開く。そこから尖《とが》った頭がのぞいていた。

ミサイルだ。

巨人が脚を踏ん張る。

轟音《ごうおん》とともに肘から炎と白煙が噴き出した。

コンクリートを削って、巨人が背後に押しやられる。

同時にミサイルが発射された。

白い軌跡を残して、ミサイルは吸い込まれるように巨大な頭部へと飛ぶ。

抵抗なくミサイルは頬の肉を貫《つらぬ》いた。

次の瞬間、腐ったその頭が数倍に膨《ふく》れあがった。

ひび割れた顔面の隙間から噴き出すのは赤い炎だ。

そして大音響とともに頭部が炸裂した。

腕を前に突きだし、巨大な死体は前に倒れた。急激にその身体が腐敗し、蕩けていく。

テレビモニターから、その凄まじい腐臭が押し寄せてきそうだった。

その頃にはあらかた生ける屍たちも姿を消していた。

それまでどこにいたのか、ようやく呪禁官たちがやってきた。

「後はよろしく頼む」

赤い巨人が恐ろしく大きな声でそう告げた。捜査官に言っているのではなく、テレビに向かって言っているのだ。

「さらばだっ！」

巨人が走った。

残った四人はそれぞれに近くに停めてあったバイクに乗る。

五人の姿が消えてしまうまで、テレビはその姿を追っていた。

「こいつら名乗ったんだぞ」

食堂にまで報告に来た男が興奮した声で言った。

「真っ先にやってきた黒い奴が『重力のブラック』って。んで、あとの奴らも出てきて真っ先にポーズを取って名乗るんだ。それも遠くにあるカメラの方を向いて、聞こえるようにでかい声で」

「これは……どう考えたらいい。っていうか、どう考えてもサイコムウとボーアマンが同時に出てくるのは不自然だよね」

ギアは龍頭に言った。

「マッチポンプだと言いたい」

「言いたいですよ。何のためのマッチとポンプかはわかりませんが。やっぱりボーアマンの宣伝のためにサイコムウを演じているんでしょうかね」

馬鹿馬鹿しいとしか言いようのない光景だったが、しかしそれは現実に行われたのだ。

「さあな。どうせこれだけ目立ちたがる奴らなんだから、すぐに自分たちで何か声明を発表するだろうさ」

龍頭の言うとおり、すぐに新聞からテレビまで本物の「科学戦隊ボーアマン」からの宣言文の話題で持ちきりとなるのだ。が、それはこの日の夕方のことだ。

警報じみた音がしてギアはぎくりとした。それは龍頭の持っている携帯電話の着信音だった。

「はい」

携帯電話を手にして龍頭が言う。

十歳にも満たない少女がするには、どう見ても生意気に見える態度だ。

「……そうか。よし、行ってみる」

それだけ言うとすぐに切った。

「誰ですか」

「雨宮」

「何かあったんですか」

「昨晩、ナナマルゴウサンで男の死体が発見された。地中に埋められていたのを、子供が偶然、悪戯で掘り返したんだ。死体は全裸で、黄色いエナメルを全身に塗られ、金属製の呪符と一緒に埋められていた。早速それは雨宮のところに届けられた。この辺で検死のできる魔術医はあいつしかいないからな」

「それで、何が」

「あくまであいつの分析によると、なのだが、それはサイコムウの関わっている死体だということだ。おそらくその死体は一種の結界になっていて、その中には強力な霊体が封じられていた痕跡があったらしい。そしてそれが正しければ、あと三つの死体が隠されているはずだ、というんだ。場所は――」

電話のベルが一瞬鳴り、じいじいと音をたててファックスから旧式の感熱ロール紙がだらだらと波打って吐き出されてきた。

「地図だ。さ、行くか」

龍頭がファックス紙を引きちぎった。

3

雨宮の指摘は正しかった。

微笑町を取り囲むようにして埋められた、四つの死体が発見されたのだ。それらは、黒、青、黄色、赤の四色に塗り分けられていた。法医解剖室に運び込まれた四つの死体から、雨宮はサイコムウの痕跡を見つけだしていた。

四人は人柱だ。おそらくエノク魔術の呪符として造られたのだ。四方を呪物で囲むのは、常識的に考えるのなら結界をつくるためであろう。結界の中は外部から守られ、さらにはその閉じた霊的宇宙の霊力が高められる。それが四方を呪物で囲むことの意味だ。

結界がつくられているのは微笑町。その中心にあるのは霊的発電所である塔。四方の人柱は霊的発電に協力するかのような機能を持っているわけである。

「はいはい」

田代部長が頷いた。

「説明はよくわかりましたがね、しかしわからないなあ」

「何がですか」

ギアが問う。部長室で説得を始めて一時間近くが経過していた。さすがにうんざりした表情を隠せない。

「その人柱というのは、確かに犯罪ですよね。殺人でしょうから。でもね、それは発電所に有利に働いていたわけでしょ。それがどうしてテロになるわけ」

「ですから、何度も申しましたように、どの地点からもサイコムウと名乗る魔術師の痕跡が発見されています。ご存じだとは思いますが、魔術の痕跡というものは、施術者の特定につながる指紋のようなものなんです」

田代部長がじろりとギアを睨んだ。

「いくらなんでも、それぐらいのことは知っているぞ」

「申し訳ありません」

ギアは頭を下げげた。

「でだね、そのサイコムウが最近の魔術災害の犯人であると」

「そうです」

「それも魔術の痕跡から導いたわけだ」

「そうです。それにサイコムウ本人からの犯行声明もありました」

「らしいね」

らしいね、じゃないよ。

そう思い、ギアは舌打ちしそうになるのを堪えた。

「ですから、連続した魔術災害はサイコムウのテロ行為なんです」

「じゃあ、サイコムウは改心したわけだ」

「どうしてですか」

「だってあれでしょ。テロを止めて発電所に有利な呪術を使っていたわけでしょ。それなら改心したわけだ」

「違います」

田代部長は鼻を鳴らした。

「どうして違うといいきれるね」

「おかしいじゃないですか。何のためにそれまで破壊工作を行ってきた人間が、急に発電所を守るために人柱を造るわけですか」

「でも、現に造っているわけだから、改心したと考えるべきでしょう」

ギアは頭を抱え、隣に立っている龍頭に助けを求めた。退屈そうにしていた龍頭がようやく口を開いた。

「田代部長、もし微笑町の中心にある塔が破壊されたとします。するとそこから洩れるエネルギーはとうてい魔術師一人に負える力ではない。だからそれをコントロールするためにサイコムウは四方に人柱を埋めた。そう考えたら納得できるでしょ」

「はいはい、なるほど」

同じようなことをギアもさっき部長に言ったのだが、それは聞いていなかったのだろう。

ようやく部長はこう言った。

「つまり君たちは霊的発電所が襲われると、こう言いたいわけですか」

「そうです」

ギアはほっと息を漏らした。

さっきから何度もそう言ってるじゃないか、と喉元まで言葉がこみ上げてきたが我慢した。ここでつまらぬことを言って、また最初から説明しなければならなくなったらことだ。

「で、わたしにどうしろと」

「我々に発電所の警備を命じてください」

ギアは一歩部長に迫った。

「呪禁官を動かせと、そういうことですか。ん、しかしそれはどうかなあ。発電所が運営されている限りずっと、ということでしょうかねえ。それはなんというか、セキュリティーの問題ですから、発電所側の運営方針として民間の警備会社を雇うような形ですべきじゃないのかなあ。君たちもわかっているでしょうが、呪禁官は絶対数が足りないわけですから、そこまではちょっと手が回らない」

こめかみに血管を浮かべながら、ギアは冷静になろうと努めた。

「確かに発電所の危機管理に関してはもっと考える必要があるでしょう。最終的には抜本的な改革が必要だと思います。でも、今は目前に危機が迫っているわけです。サイコムウと名乗るテロリストが襲おうとしているわけですから。これは局の魔法医である雨宮というものが調べたことですが、テロに月齢が関係している可能性が高いのだそうです。つまり新月毎に微笑町の周辺で魔術災害が起こっている。彼女の意見が正しいのなら、次の新月まであと三日。せめて今から新月の前後数日は、発電所の警備のために呪禁官の一部隊を派遣して欲しいのです」

「はいはい、なるほどねえ。で、君らのゼロヨン部隊を出動させて欲しいということですか」

「そのとおりです」

「はいはい、わかりました。それじゃあ考えておきましょう」

「考えていては遅いんです。今すぐご許可下さい。すぐに部隊長の方へ伝えます」

龍頭が横で大あくびをした。それを横目で見てギアは熱弁を振るう。

「駄目なら駄目で、いろいろとやり方はありますよ。ようするに、新月の間発電所が動かないようにすればいいんです。あそこはようするに危機管理ができてないわけで、我々のようなプロなら簡単に侵入できるわけですから」

田代部長が鼻を鳴らす。

「わかりました。書類は後で整えましょう。発電所には連絡しておきます」

「ありがとうございます」

ギアは頭を下げた。

そして部長の気の変わらぬうちに、龍頭の手を引いてさっさと部屋を飛び出した。

じょぼじょぼと侘しい音を立ててポットからコーヒーが注がれた。

「ありがとうにゃ」

雨宮は小さく頭を下げた。

「なんのなんの」

部隊長はそう言って、いかにも無骨そうな顔をほころばせる。彼は何故か雨宮を気に入っており、時折デスクまで呼び出して一緒にお茶を飲むのだ。雨宮からコーヒーを飲みに来ることもある。今日がそうだった。

テーブルの上はきれいに整理されている。埃ひとつない。そこに二つ、モーレツあ太郎の絵が描かれたマグカップが置かれてあった。雨宮が選んで部隊長にプレゼントしたものだ。

4

シミだらけの白衣を着た雨宮は、老婆のように背を丸めコーヒーを啜り、言った。

「で、部隊長はどう思うにゃ」

「サイコムウか、それともボーアマン」

「どっちも。しかしどう考えてもこれ、マッチポンプにしか思えないがなあ。同じ人間が二つを指揮しているでしょ、これは」

「そうとも限らないだろう。サイコムウの犯行声明の方が先だ。それに合わせてボーアマンが結成されたのかもしれん」

「何のために」

「同時代的な物じゃないかな。ようするに共通体験として、ああいったサブカルチャーを持っている世代だと」

いかにも現場で叩き上げられました、というような面構えの部隊長が言うその科白は違和感を感じさせる。感じればそのまま口に出すのが雨宮だ。

「らしくない言葉だにゃ。同時代とかサブカルチャーとか」

「ん、そうかな」

「そうだじょ。それじゃあ、部隊長はこれを別々の誰かがやっていると思っているのかにゃ」

「そうだな」

「でもその狙いが霊的発電所であることは間違いないと思うでしょ」

「おそらく」

「今ギアと龍頭が部長に談判に行っているじょ。部隊で護衛をする許可をもらいに」

「田代部長がうんというかな。部長はかなり強硬な霊的発電推進派だからな。できるだけあの周辺で騒動が起こって欲しくないはずだ」

「だよね。でも何とかするじょ。いくら推進派でも、ここまで来たら警備を強化せざるを得ないはずだからにゃ。じゃないと傷口が広がるばかりだじょ。だからできるだけ小規模の部隊で警護するということならOKが出ると思うじょ。まあ、外部に向けての発表はしないかもしれないけどにゃ」

そう言うと、雨宮はまたずずっと日本茶のようにコーヒーを啜った。

「それにしても、部隊長は呪禁官が長いよにゃ」

「長いなあ」

「わたしも呪禁局勤めが長いけど、それよりずっと前からいたじょ。しかもずっと現場だにゃ」

「ああ、ずっと現役だ」

「……三十年ほどになるなあ」

部隊長は熱いコーヒーをごくりと飲んだ。

「三十年かあ……。部隊長っていくつだったかにゃ」

「聞いて驚くな」

「二十歳とか」

「んな馬鹿なことがあるか。七十二歳だ」

ええっ、と雨宮は声を上げた。

「それは嘘だにゃ」

「嘘じゃない。もっと年寄りをねぎらうもんだな」

「呪禁官になって三十年。二十歳でなったとしてもせいぜい五十過ぎでしょ」

「呪禁官になろうとしたのが遅かったんだ。三十を過ぎていたからな。それから養成所に入った。オカルトの勉強を始めたのはそれからだ」

「それは……すごいじょ」

「たいへんだったぞ。三十過ぎで若い連中に混ざっての訓練は。それでも留年することなく卒業できたんだ。誉めて欲しいな」

「すごいすごい」

雨宮は手を叩いた。

「しかし、それでも七十二歳で現役というのは嘘だじょ。五十台にしてもまだ若く見えるじょ」

「当然だな。呪禁官になって間もない頃に、これになった」

義足をこつこつと叩いた。

「魔術犯のせいだよ。まだ呪禁官になって間がない時だ。逆恨《さかうら》みという奴だな。呪物取り扱い違反で刑務所に送り込んだ魔術師の弟に、呪いをかけられた。人を触手だらけの化け物に変える呪いだ。で、魔術医の判断で、すでに怪物化していた右足を切断し、護符と同等の力を持つ義足と交換した。脚だけじゃない。身体中に呪いの影響があった。だから俺の身体には全部で十三の護符が埋め込まれ、俺の肉体の時間を停止させることになった。だから俺はその時の肉体のままなんだよ」

「つまり三十代のまま？」

「そう。羨ましいか」

「不老不死ってことなのかにゃ」

「いや、肉体の時間が完全に止まっているわけではないんだ。ゆっくりとだが、怪物化は進行している。ある程度まで進行したら、そのたびに肉体を動く護符と入れ替えてきた。つまり俺はいつか呪いに負けるわけだ」

「なるほど。不老不死でなくて幸いだにゃ」

部隊長が笑う。

「君は変わっている」

「全身を呪物と取り替えようとしている呪禁官の部隊長、っていうのに比べたら凡庸だと思うにゃ」

「そういう考え方もあるかもな」

部隊長はコーヒーを飲み干し、その底についた汚れをしばらく眺めていた。

「死体はどうするんだろうな」

「なんのことにゃ」

「微笑町の四方に埋められていた死体さ」

「モルグに保管してあるじょ。二つは身元がわれたけども、まだどこにも告げてはいないにゃ。人柱を掘り出したことが犯人に知れたら、新月を狙うという わたしの予想も外れるかもしれないからにゃ。だから人柱が発見されたことは極秘だにゃ」

雨宮は部隊長を睨んだ。

「了解」

部隊長は真面目な顔で敬礼した。

「で、人柱って霊的発電所を保護していたわけだろ。つまりテロ犯が中のシステムを暴走させても、それをある範囲に留めておくために。ようするに犯人の良心って奴か。それを無効にしてしまって大丈夫なのか」

「もう一度死体を埋めろということか」

真剣な顔で雨宮が言う。

「そうは言わないが」

「冗談にゃ」

「君の冗談はわかりにくい」

「部隊長にユーモア感覚が欠如しているからだにゃ。それはそれとして、そのことも進言してあるじょ。もう一度人柱を造るわけにはいかないから、強力な護符を埋めるとか何とかすると思うにゃ。ところで、なんで呪禁官になろうなんて思ったにゃあ。普通三十過ぎて目指す職業じゃないじょ」

「その話に逆戻りか」

「聞きたいにゃ」

「誰にも話したことがない」

「秘密かにゃ」

「秘密だ」

「ヒントは」

「クイズじゃない」

「教えて、お願い」

両手を合わせて頭を下げた。

「天国にいる天使たちに羨まれ、憎まれてしまったからだ」

「えっ」

「ヒント」

「今のがヒントかにゃ」

「これが限界だな」

「もう一つだけ」

「……」

「もう一つだけヒントを下さい。お願いします」

両手を合わせ、さっきよりも深く頭を下げた。

「俺は帰国子女なんだ」

「子女?」

「おかしいか? じゃあ、なんていう。帰国子男か。まあ、とにかく俺はアメリカの学校に通っていたわけだ。その時教科書に載っていた詩に『アナベル・リー』っていうのがあってな」

「詩って、その、……つまりポエムのことかにゃ」

「そう、それで、その詩の言葉だ。もうちょっと正確に言うと『その愛は、しまいに天国にいる天使たちに羨まれ、憎まれてしまったのだった』だ。日本に帰ってから翻訳を探した。日本語で書かれてある詩も……美しかった」

部隊長はそう言うと照れ笑いを浮かべた。

「恋愛と関係あるんですか、にゃ」

「恋愛だけが愛のかたちじゃない」

刑事でいうなら絶対に足で稼ぐタイプ。現場百回が口癖。周りからはおやっさんだのちょーさんだのと呼ばれている。そうとしか見えない中年男性の語る科白とは、雨宮にはどうしても思えなかった。まるで人の言葉を喋る馬でも見たように、雨宮はぽかりと口を開いて部隊長を見た。

「おかしいか」

「ん、ま、あの」

「ヒントはこれまで」

「……やはり部隊長は、どう考えてもわたしよりずっとユニークな人材にゃ」

「そういう考えもあるかもな」

デスクの電話が鳴った。内線の灯りが点いている。

部隊長が受話器を取る。

「はい……はい、すぐうかがいます」

受話器を降ろすと言った。

「部長からだ。葉車たちの説得が功を奏したのかどうか」

部隊長は立ち上がった。

「で、君は何の話をしに来たんだったっけ」

「発電所のセキュリティー強化が必要だと力説しにきたじょ。龍頭たちの口添えをしてもらおうと思ってにゃ」

「あまり力説はしていなかったように思うが」

「それは勘違い、あるいは主観の相違にゃ」

「コーヒーを飲んで待っていたら、結果を報告しにくるよ」

「いってらっしゃーい」

慌てて出ていく部隊長に、雨宮は小さく手を振った。

四章　ケセド──慈悲

1

仰向けに横になると、ソーメーの肉がだらしなく横に広がる。まるでつきたての餅《もち》のようだ。摘めばちぎり取れそうなその白い肌に、吸盤で銀製の呪具を貼り付けていく。呪具は小さな守り本尊だ。全部で十二あるそれを胸から首筋、肩へと取り付ける。

部屋は淡いブルーで統一されている。それは貢の趣味で、水の中にいるような感じがする部屋をつくろうとしたのだった。ここは貢個人のために呪禁局内につくられた実験室だ。そこにストレッチャーを運び込んで、ソーメーを寝かせた。ビデオカメラがそのすべてを写している。

ソーメーが仕事を終えてここに来たのが午後十時を過ぎてから。それから様々な検査をしている間に日付が変わってしまった。

「なあ、貢。まだなのかよ」

「これで最後」

注射器を取り出してきた。

「腕を伸ばして」

「何をすんだよ」

「十二支に相応する守り本尊で結界を造って、ナノ呪符を腕に集めたんですよ。で、採血します」

ゴムのベルトで腕を締め、肘《ひじ》の内側をアルコールで消毒した。

「ちくっとしますよ」

「わかってるよ、それぐらい。……あいたっ！　あいたあいたあいたあああ！」

「大袈裟《おおげさ》なんだよ」

「大袈裟で悪いか。痛いものは痛いんだ。協力してやっているのに痛がるぐらい心ゆくまでさせろよ」

「そうですよね。ソーメーの協力には本当に感謝していますよ。ありがとう」

採取した血液を幾つかの試験管に取り分ける。

「そう素直に感謝されてもなあ」

「いや、ほんとにありがとう。これで僕の意見が裏付けられるはずです。ギアから聞いてびっくりしましたよ。ソーメーが微笑町に住んでたなんて」

「運が良いと思うだろう」

「……」

「黙り込むなよっ」

ソーメーの身体から手早く十二の守り本尊を取り除く。

「服を着てもいいよ」

シャツに腕を通しながらソーメーが言った。

「だからさあ、やっぱり微笑町ってヤバイわけ？」

「もし、仮にですよ」

小さな再生機《プレーヤー》のスイッチを入れた。合成音声が奇妙な抑揚《よくよう》をつけて語り出した。

『これにあるものは何ですか？　それを見せてください。わたしたちはとても正しいです。わたしたちはいつも正しいです』

ソーメーがけらけらと笑った。

「何だよ、これ」

「スペルズの聖句」

「これが聖句。スペルズってのは誰にでも扱えるから楽だけど、味わいは欠片もないな」

「まあね。でもそのおかげで僕みたいな霊力のない人間にも扱える」

取り分けた血液に試薬を混ぜて振った。

「で、何の話をしてたっけ」

「もし、仮にですよ」

「そうそう、もし、仮に霊的発電所が何者かに襲われたとする。テロ組織か何かにね。効率的に発電所を破壊したければ、陽気の照射量をわずかに増やすだけでいい。普通では考えられない量の陰気で満たされた気受容体は、適量の陽気を照射するならコントロール可能な量のエネルギーを生み出すんだ。しかしほんのわずかでも適量を超えると、エネルギー量は幾何級数的に増加する。そうなるとその莫大なエネルギーはコントロール不能になるんだ。コントロール不能なそのエネルギーの中には陰の気も含まれており、力とともに噴き出したそれが、隣接する気受容体に照射される。そして次から次へと莫大なエネルギーが生み出されることになる。この気とエネルギーの暴走は発電所そのものを破壊するだけでは収まらない」

ソーメーがごくりと唾《つば》を呑んだ。

「どうなるの……」

「ナノ呪符が、この暴走するエネルギーを陽の気に変えて戻ってくるんだ」

「戻ってくるって……」

「返ってくるわけですよ。元の持ち主のところにね」

「それって、凄く厭なことを引き起こしたりする？」

「発電所推進派の魔術師は、何も起こらないと言ってます。送り出したものが返ってくるだけだって。しかし、陰陽のバランスが崩れた高出力エネルギーが身体に戻ってくるわけですよ。術者でさえコントロールに手こずるような大量の力が入ってくるわけですから」

「わけですから？」

「わかりません。そんなことを経験した人間なんてどこにもいませんから。ですが反対派の出したシミュレーションモデルがあります。それによれば一割が助かり二割が即死。それ以外は肉体の損壊があるだろう、ってことなんだけど……」

「どうなのどうなの」

「それってデータの出し方が恣意《しい》的過ぎて、信頼性に欠けるとされているんですよ。推進派の徹底した攻撃に耐えられるようなシミュレーションじゃなかったわけです。で、このデータはかえって推進派に利用されています。反対派の出すデータは嘘ばかりのでっち上げだって」

「じゃ、嘘なんだ」

「……」

「だから、黙るなよっ！」

「僕も同様のことをしてみました。手に入るデータを使って反対派と同じシミュレーションモデルをつくってみたんです。高出力の陰気がナノ呪符に与える影響を調べるためのね」

「で、どよどよ」

「わからない」

「えっ」

「だって結局ナノ呪符がどのような呪術で構成されているのかがわからないんですよ。これは内緒なんですが、霊的発電の一部にはクトゥルー関連の魔術が使われているらしんです」

「クトゥルー……」

「クトゥルー神話に関連する魔術は、かつて大規模な魔術災害を何度も引き起こしてから私的な使用が禁止されているんですよ」

「危ないってこと？」

「ええ、ですがクトゥルー系魔術は、今のオカルト社会の根底に関わる魔術なんじゃないかと言われていて、呪禁局では今も研究が続けられているんですね。その知識がこの霊的発電には使われているんです。だから霊的発電の中心部にある陰陽炉は『クトゥルー』と呼ばれているんです」

「で、その実験結果は公表されていないの？」

「公表されていないデータもあります。その非公開の部分の設定次第で、九割の人間に何らかの影響を与える、という反対派のデータに行き着きもするわけですよ。しかし、僕は被験者の身体に影響を与えることも問題だとは思いますが、それ以上に問題だと思っていることは門化《ゲータライズド》なんですよ」

「何だ、その門化ってのは」

「これはクトゥルー神話でいう、時空を越えた門の守護神ヨグ＝ソトートが関わっているとされているんですが、簡単に言うなら、身体の中に地獄への入り口ができるということです。そこから地獄の化け物がぞろぞろと出てくる」

「……あの、身体の方はどうなるんでしょうか」

「身体より大きな化け物が出てきたりもしますからね」

ソーメーの顔が蒼褪めた。

「幾つかのシミュレーションを試して行き着いた結論の中で、これが一番重大な問題でした。反対派はたいした根拠もなく安易に反推進派を煽《あお》り、かえって危機的状況に陥ったこと以上に、この可能性を考えつかなかったことの方が罪ですね。考えてみてください。ナノ呪符の感染者は千人以上いる。一気に千箇所の地獄への通路が出来るんですよ。たとえ日本中の呪禁官が総出で対処しても対処しきれない数です。しかも僕の試算によると、現行の霊的発電の方法から考えれば、こうなる確率が無視できないくらい大きいんだ」

「それって致命的な問題じゃないの」

「そう、問題っていうか欠陥だと思う。もし霊的発電が暴走したら、この世の終わりだ。ほら門化といえば、ロシアで起こった魔術災害を覚えているでしょ」

「ああ、あれ」

今から八年前、ロシア郊外の化学工場（実際は軍事工場だと言われている）で起こった魔術災害で、実験室以外の場所で初めて門化が起こったのだ。その時は二人の成人男性が門化した。その二人の身体を門として、地獄から現れた怪物の総数は百とも二百とも言われている。巨大な竜から食人鬼、妖精の類まで、そのどれもが嬉々として人を襲い建造物を破壊した。

　ロシアの魔術軍は事故発生の六時間後に現地に到着した。ロシア有数の魔術戦士を含む魔術軍は、しかし一日で事態を収拾出来なかった。結局ロシア軍からは二百人を超える死傷者を出し、民間人を含めれば千人を優に超える死傷者が出た。建造物の大半も破壊され、各国からの災害援助を受けながらも、八年後の今まだ復興がなっていない。それどころか、呪的汚染により、未だに事故現場の周囲では奇怪な怪物が跋扈《ばっこ》し、事故が絶えないと言う。

「んな恐いこと言うなよ」

　ソーメーは涙目だった。

「で、でも必ずそうなるとも言えないんだろ。その、極秘の部分の情報によっては」

「それで針山くんに来てもらったわけですよ」

　貢はビデオカメラをセッティングしなおした。

「まあ、見ていてください。わたしの理論が正しいかどうか、針山くんの血液で証明されます」

　試薬を混ぜた血液を、ほんの少量取ってハツカネズミの首筋に注射した。

　それをベルトで板に固定し、ガラスケースの中に入れた。

　それからまたCDデッキのスイッチを入れる。聖句の内容が変わった。

『力があります。増えます。あたりますか。あたります。ハレルヤハレルヤ。力だ、出ました。出ましたね。ハレルヤハレルヤ』

「この聖句を作り出すのに、ずいぶんと時間が掛かりましたよ」

　合成音声が聖句を単調に繰り返す。

「高出力の気を照射することなく、それと同様のエネルギーを得て陰の気を増殖させる聖句です。ほら、もうすぐ始まりますよ」

ハツカネズミが小さな脚でもがいて暴れ出した。その脇腹で、白く短い毛並みが渦を巻いている。まるで小さな竜巻がそこにできたかのようだ。と、その中央に針で突いたような黒い点が生じた。

見る間にそれは拡大していく。

闇だ。底知れぬ闇が、ハツカネズミの脇腹に生じたのだ。

「な、なんだこりゃ」

ソーメーが頓狂《とんきょう》な声を上げた。

ハツカネズミの腹に目玉ができたように見えた。その目がすぐに消える。腹の内側から、何者かが覗いたのだ。

再び目が現れた。

血走った瞳が左右を見回す。

貢は慌ててCDを止めた。

リモコンを操作して別の聖句に替える。

その間にまた目が消えていた。替わりに長い指が出てきた。節くれ立った皺だらけの細い指。それが一本、二本、三本と突き出される。ネズミの腹が裂けて血玉が滴る。

デッキから緊張感のない声で聖句が唱えられていた。

『終わりましょう。静まってください。なぜなら自然だからですね。ハレルヤハレルヤ』

蕎麦《そば》を啜るように、するりと指が腹の穴へと消えた。同時に穴からだらだらと赤黒い血が流れ出てくる。

ハツカネズミは死んでいた。

「ほらね」

「ほらねじゃないよ」

ソーメーは今にも泣き出しそうだった。

貢はビデオカメラを止めた。

「発電所が破壊されたらまず間違いなく微笑町が壊滅します。そして千の地獄へと通じる門が開き、魑《ち》魅魍魎《みもうりょう》が現出するでしょう。そうなれば呪禁官だけで手に負えるはずもない」

「でもね、あのさあ、地獄って本当にあるの？　地獄とか天国とかはないって聞いたことがあるんだけど」

「よくご存じですね」

「俺のこと馬鹿にしてる？」

「ちょっとだけ」

「うるさいよ」

「だって聞くから」

「んなこたあ正直に答えなくてよろしい。んで、どうなのよ。地獄ってあるの？」

「ありません。誰もそんなものを目撃していませんし、存在が確認されてはいませんから。だから地獄の門というのは、地獄という物語が生成されている場であると考えるのが普通です」

「どういうこと」

「本当に存在する地獄への門が開くのではなく、地獄があの瞬間につくられているということですよ」

「わかったような、わからないような。で、あってもなくても、門が開いたら地獄の化け物がやってくることは本当なわけ？」

貢が頷いた。

「僕は上司に、致命的な欠陥としてこれを報告しました。霊的発電はあまりにも不安定で危険すぎると。即座に計画が中止されるとは、僕も思っていませんでした。そうなるまでには時間が掛かるだろうと。しかし、それどころじゃなかったんですよ。資料が渡ったきり、それは内務省に報告もされていなかった。もちろん何の対策がなされることもない」

話している間に憤ってきた貢が、拳でテーブルを叩いた。死んだハツカネズミがぴょんと跳ねる。

「酷い話ですよ。明らかに発電所がテロの対象となっているにもかかわらず、無策のままなんて」

「で、どうするつもりなの」

「上司に啖呵《たんか》を切ってきました。何もする気がないなら僕がするって」

「おおう、やるねえ、貢」

「これは針山くんや針山くんの家族の生死にも関わることなんですよ。そんな他人事《ひとごと》みたいに」

貢が睨む。

「わかってますって。で、具体的にどうするわけよ」

「今のビデオを僕の資料と一緒にマスコミに流します。門化して死んでいくハツカネズミはなかなか説得力のある画像になると思いますよ。それに、門化を食い止める聖句も組み立てました」

「さっきのハツカネズミに使った奴?」

「あれは門化自体を引き起こす呪句と対になって、それを止めるために僕がつくった呪句です。だから一〇〇パーセント門化を食い止められる。あれに似通ってはいますが、自然発生した門化を食い止めるための呪句は別物ですよ」

「それがあればもう大丈夫なんじゃないの」

「甘い」

「そうかな」

言って自分の手の甲《こう》を舐めるソーメーを冷たい目で見ながら貢は言った。

「いざというときには役に立つでしょうね。人の門化を食い止めることが出来るから。しかし誰がいつその『いざというとき』を判断して呪句を使うか、です。この呪句は対処のひとつであって、これだけあってもどうしようもないんですよ。実質的なことを言うなら——」

大きな音を立て、乱暴に扉が開いた。

ぞろぞろと背広姿の男が十人あまり入り込んできた。何をするでもない。喫茶店に入ってきて席を探してでもいるようだ。にもかかわらず、濃厚に暴力の気配が漂う。

思わずソーメーは後ろに下がった。

かろうじてその場に留まった貢が言う。

「なんですか。今ちょっと――」

一人の男が前に出た。まったく似合わない鳥打帽《ハンチング》をかぶっている。

「辻井貢先生でらっしゃいますね」

男は貢の前に立ち、馬鹿丁寧な口調で言った。からかうような笑みが唇の端にへばりついている。

「そうですが……、いったいあなたたちは――」

「公安五課の田端《たばた》と申します」

「どういうことですか？」

「聞こえませんでしたか。公安五課です」

「五課っていうと――」

「呪術犯罪を専門に扱っています」

「それがどうしてこんなところへ」

「ちょっとご同行願おうかと思いましてね」

男たちが研究室の中を見て回っている。

ファイルを棚から引き出し、無造作に捲《めく》っていた。

ソーメーは彼らから逃れてどんどん部屋の奥へと引っ込んでいく。

「何故。どういう理由で」

「機密漏洩《ろうえい》の罪に問われているんですよ」

「……どういうことですか。わたしがどうして機密漏洩なんかを」

「覚えはないと」

「ないですよ」

「本来は公開されるべきでない情報を公表しようとしていると聞きましたが」

「それは……わたしはそれを部長に言っただけだ。まさか部長が」

「この世にはいろいろと守るべきルールがあるわけですよ、辻井貢先生」

「馬鹿馬鹿しい。わたしは何もしていない」

「それを調べたいわけですよ。何もしていないのか、それともしたのか」

「いいですか。霊的発電所は致命的な欠陥を持っているんですよ。それは事実だ。それを公にすることは義務であっても――」

「そんな理屈はご同行いただいてからお聞きしましょうか」

「いやだ。僕は行かないよ」

「困ったセンセイだなあ」

言いながら男はビデオカメラに手を出した。三脚から外してカセットを取り出す。

「勝手に触るな」

貢がカメラに手を伸ばした。

男がちょっと身体を倒す。

伸ばした手がその肩にあたった。

大袈裟に男が仰け反る。頭から帽子が落ちた。

「わっちゃあ」

男が奇声を上げた。

「酷いことをするなあ。これは暴力ですよ、暴力」

わざとらしく声を張り上げる。

「何を言ってるんですか」

わらわらと男たちが寄ってきて、そう言った貢の腕を摑んだ。

「これは明らかに公務執行妨害ですよ」

誰かに聞かせているかのように男は力説する。

「現行犯逮捕ですな」

落ちた帽子を拾って埃を払った。

「さあ、引き上げよう」

男が言った。

やめろ、離せ、などと叫ぶ貢が、腕をねじ上げられ腰を折って部屋から連れ出された。

「ソーメーっ！」

外から貢が叫んだ。

「ギアに連絡す――」

貢の声が不意に途絶えた。

男が部屋の奥で壁を見つめていたソーメーに言った。

「何も見なかった」

ソーメーは震えている。

「復唱してください。何も見なかった」

「何も……見なかった」

「何も聞かなかった」

「何も聞かなかった」

「良い子だ」

男は部屋から出た。

その後ろから書類を手にした男たちがついて出る。

誰もいなくなってからもしばらく、ソーメーは壁を向いて震えていた。それからおそるおそる振り返り、がらんとした研究室を眺めてから呟いた。

「貢よぉ」

2

照明が暗いのは電灯が脂《やに》で茶色く変色しているからだ。が、薄暗いのは部外者がよけいなものを見なくてもすむようにという配慮かもしれない。その部屋は通常「ゴミ箱」と呼ばれている。積み上げられたゴミの層の下に何があるのかは、ちょっとした都市伝説だ。その法医解剖室のソファに、彼女は横たわっていた。ぼろぼろのジャージは煤けた灰色で、ほとんどゴミと区別がつかない。まるで彼女までもがゴミと化したようだ。ゴミに擬態する女、それが雨宮リルルだ。

眠っているわけではない。考えているのだ。もう数時間、彼女はここに横になったままだ。いつも彼女はこの薄汚れたソファに横たわって考え事をするのだ。

パズルだじょ。

雨宮は呟く。

ジグソーパズルだじょ。

全体の絵は完成しかけている。しかしどこかがおかしい。何かが間違っている。どこかがずれている。きっと無理矢理ねじ込んだ一片《ワンピース》があるのだ。それがすべてを狂わせている。その結果、とても不安定な絵が生まれる。

新月は明後日。

ギアたちの部隊は明日から鉄塔の警備に入る。十二人が泊まり込み、新月の日を挟んで三日間警備を続けるはずだ。

サイコムウはこの間に必ず攻撃を仕掛けてくる。

雨宮はそう確信していた。

根拠は鉄塔を囲んで埋められていた四体の死骸。それに施されていた呪術は、新月に最も力を発揮する。死体は回収されたが、それと同様の効果がある呪符を呪禁局がつくって埋めてある。

今できる範囲では万全というべきだろう。本来ならこの何倍もの人数を警備につけるべきだろうが、それは今の時点では無理だ。が、今回のテロを食い止めれば、それが良い宣伝になるはずだ。

ここでサイコムウの発電所テロを食い止めれば、それが発端となって霊的発電の見直しが行われるだろう。

すべてが上手くいく。新月を挟むこの三日を無事に過ごせば。

しかし、雨宮は不安だった。

何がこんなに不安なのかがわからない。

だからひたすら不安になる要因を考え続けていた。

何かをわたしは見落としているのだろうか、と。

未来を知ることができたら。

雨宮はそう思う。

少なくとも大切な人間の危機だけでも知ることが

できたら。

呪物工場の事故で両親を亡くしている彼女は、不安で堪らなくなる夜、いつもそう思うのだ。

あらゆるオカルト技術が実証され、活用されているにもかかわらず、未来予知だけは成功することがなかった。どのようなタイプの占いであろうと予言であろうと、未来のことを正確に知る方法はなかったのだ。

仕方がない。

何故か膨れあがっていく不安に押し潰されそうになりながら雨宮は考える。

エノク魔術で殺された幾つかの死体を発見したことから今回の事件は始まった。それがサイコムウの最初の犯罪だったのだ。それからずっと、死体を通じて雨宮はサイコムウと対峙《たいじ》してきた。そこから感じるのは底知れぬ憎悪。そして歪んだ自己顕示。

ギアがそのサイコムウに出会った。

その使い魔である人工精霊の大鴉を目撃したのもギアだ。

……鴉。

何かが引っ掛かった。

「大鴉にょっ！」

雨宮はバネで弾かれたように上体を起こした。

ギアはサイコムウの言葉を聞いている。その最後の科白にこのような一節があった。

黒檀のような鳥が。

「そうだじょ。黒檀のような鳥が……黒檀のような鳥が……黒檀の……思い出した。これってポーの『大鴉』だじょ」

ソファから立ち上がり、ゴミの山を掻き回す。そこから必要なものが探し出せるとは思えないのだが、彼女は堆積《たいせき》したゴミの底から一冊の本を出してきた。

そのページを捲る。

これだ。

そう言い、文字を指でなぞった。

――それからこの黒檀のような鳥は、悲しい思いのわたしを
すこしばかり笑わせるのだ
作家エドガー・アラン・ポーの詩作「大鴉」の一節だ。ポーは「黄金虫」や「モルグ街の殺人事件」などの短編で知られる。そのため探偵小説や怪奇小説の作家として有名だが、その詩作も評価は高い。「大鴉」などはアメリカの教科書にたいてい掲載されている有名な詩だ。愛するものを失う哀しさをポーはよく主題とする。「大鴉」もその例外ではない。そして同じ主題で描かれた有名な詩作に「アナベル・リー」がある。

それの載っているページを開く。

これだこれだじょ。

呟き、雨宮はその詩を口に出して読んだ。

――その愛は、しまいに天国にいる天使たちに羨まれ、憎まれてしまったのだった。

つい最近この詩を聞いていた。場所は呪禁局の部隊長の部屋だ。この詩を暗唱したのは部隊長その人。雨宮が彼に呪禁官となった切っ掛けを尋ねたら、これを告げてヒントだと言った。

愛するものを失ったから呪禁官になった、ということなのだろうか。その程度に雨宮は思っていた。

部隊長が口にした詩と、サイコムウが口にした詩。そのどちらもがポーのものだ。

これは偶然だろうか。

偶然なのだろう。常識的に考えるのなら。

しかし雨宮の頭に浮かんだ疑惑は、喉に刺さった小骨のようにちりちりと鬱陶しく痛むのだ。

雨宮は不安で仕方がなかった。

ゴミを掻き分け、部屋の中をぐるぐると歩き回る。左右にゴミが避けられ、狭い部屋の中に、丸く獣道が出来た。

「ふえ〜」

息を漏らして、首から提げている携帯電話を持った。しばらく液晶の画面を眺めてからまた息を漏らす。

「んふ〜、やっぱ、直接顔見た方がいいな」

ジャージのポケットから毛糸の帽子を探し出してきて被った。

被った姿勢のまま凍り付いた。

宙の一点を見つめて何事か考えている。

それから何を思いついたのか、解剖室を通って、その向こうにある事務所に入った。

最初の部屋ほどではないが、ここもゴミに埋もれている。

中央にテーブルと椅子がある。テーブルには旧式のモニターが置かれていた。そしてその横には増設と改造を何度も何度も繰り返したあげく、縄文式土器のようになった奇怪なパソコンが置かれてあった。

椅子に座り、周辺機器を順に起動していく。昔のアニメに出てくるロボットの操縦席のようだ。スイッチを入れるたびに赤や青の光が点り、最後にパソコンを起動した。

騒々しいファンの音がして、ようやくモニターに灯りが点った。

「ふるべゆらゆら、ふるべゆらゆら」

古神道の呪いを口ずさみながら雨宮はキーボードを操作する。

すぐに呪禁局のサイトに繋がった。そこからパスワードを打ち込んで、局内部のサーバへと侵入した。

「ひと、ふと、み、よ、い、むよ、なや、ここ、たり、ふるべゆらゆら、ふるべ……おっと、あったあったよ部隊長、と」

モニターに文字列が並ぶ。

すべて部隊長に関する情報だ。これは非公開情報であり、いくら雨宮が呪禁局の人間であったとしても、許可無しにここまで見ることはできない。

つまり今彼女が行っているのはハッキングなのだった。

部隊長の関わった事件をすべて抜き出し、死体の出た事件を検索する。敵の死体であれ味方の死体であれ、その死体の登録ナンバーをすべて読み出した。三十年分の資料だ。恐ろしいほど大量にある。そこから部隊長自身が魔術的攻撃で殺してしまった場合だけを抜き出した。三桁あった登録ナンバーが一桁になる。

死体の登録ナンバーを、この法医解剖室が造られてからずっとハードディスクに蓄えられてきた死者たちのデータとつきあわせた。

部隊長が手を下した遺体のデータが、すべてモニターに映し出されていく。

そこから今回解析したサイコムウの魔法の痕跡と合致するものを照合する。施術の痕跡は指紋と同様に、施術者を特定することが可能なのだ。

出るな。

雨宮は心の底ではそう思っていた。

合致するものなどない。そう結論づけたかった。

が、モニターには一件。

三十年前の記録が引っ掛かっていた。

呪禁官になって間もないルーキー時代の部隊長が片脚を失った事件。その相手である魔術師を、部隊長はその場で殺していた。正当防衛として処理されている事件だ。その時に使われた魔術と、サイコムウの使った魔術とは完全に一致していた。

雨宮は溜め息をついた。

長々と切なげに。

この二人が同一人物である可能性は九〇パーセントを超えるだろう。

それから携帯電話を手にした。

ボタンを押す。

部隊長の部屋の電話番号だ。

誰も出ない。呼び出し音だけが延々と鳴り続けている。

「仕事かなあ」

呟く雨宮の背後でそれは言った。

「そうだよ」

雨宮が振り向いた。

「どうしてこんなことになるのかなあ」

後ろで扉を塞《ふさ》ぐように立っていた部隊長が頭を掻《か》いた。

「それを言いたいのはリルルたんの方だにゃ」

雨宮はいつもと変わりなくそう言った。

「君は頭が良いようだが、ハッキングはあまり得意じゃないようだね。俺の情報に検索を掛ける人間がいたら俺に警告するように仕掛けてあったんだが、気づかなかったか」

雨宮は力無く首を振った。

「君は何の工夫もなく俺の情報を探りに来た。誰が探っているのか知るのは簡単だったよ」

「それでここまでお出ましってわけにゃ」

「そうだよ。すぐにとんできた」

部隊長は翼のように両腕を上下させた。

「リルルにはわからないよ。なんでこんなことをしたの」

「どうせなら君に暴いて欲しかった。そう思っていたよ。だからヒントを与えてしまったんだろうなあ。いつかはこうなるんじゃないかと思っていたよ。いや、こうなって欲しいと思っていたのかもしれない」

「何の話をしているにゃ」

「愛しているよ」

「はあ？」

「八年前に君に会ったとき、娘そっくりだと思った。俺の愛していた娘に。だからわたしは君を愛してしまった。男としてじゃないよ。君のことが可愛らしくて仕方がないんだ。で、君には最愛の人間を亡くした人間の気持ちがわかるかい」

「わかるわ」

「そうそう、君は両親を事故で亡くしてるんだな」

部隊長は力無く首を横に振った。

「いやあ、酷いもんだっただろう。わたしもそうさ。人が経験する中で最悪の経験だろうね。愛するものを亡くすというのは。でね、その時に思ったんだよ。もしこの先愛する人間が出来たら、俺がこの手で殺《あや》めてやろうってね。娘のことは今でも後悔しているからね。死ぬ前に、俺が殺してやれば良かったんだって」

「愛している人を殺すのだと言いたいのかにゃ」

「君に関して言うならね」

「それじゃあ、霊的な災害を引き起こして何人もの人間を殺したのはどうしてにゃ。あの人たちも愛していたというのか」

「博愛だな」

そう言って部隊長は薄く笑った。

「嘘だよ。見たこともない人を大勢愛することなんて、俺には出来ない」

「それじゃあ、どうして」

「この世はもともと人のものではないんだ。神のものなんだ。だから俺は神の手に返したいんだよ。人と、人の残したものは、どれもこれも醜いからね。それをすべて消し去って神様に返上さ。そのためにどうすべきか考えたんだ。俺なりに真剣にね。で、俺はじめ、ちまちまと人を殺してきた。それも俺が悪人だと思える人間をね。しかし、それは偽善だったんだ。偽善であることには気がついていた。

だから金を取って殺人を請け負っていた。いくら相手が悪人であろうと、金を取って人を殺すのは悪だからね。とはいえ、それでも偽善さ。そのようなことをしていたのは、ひとえに俺の気が弱いからだったんだな」

滔々《とうとう》と語る部隊長を見つめながら、雨宮は後ろ手でゆっくりと引き出しを開いていった。ここにナイフを入れているはずだった。ペーパーナイフ代わりに使っている小さなナイフだ。

指先がそれを探り当てた。

部隊長の話は続く。

「自分をごまかすのは良くない。俺もそのことに気がついた。さてと、罪人でないと出来ないことがある。何だと思う」

「リルルに聞いているのか」

ナイフの刃で指を傷つけた。流れる血を確認してから、引き出しの中にそれで絵図を描き始めた。

「他に誰がいる」

「ナゾナゾは苦手だじょ」

彼女が血で描き上げようとしているのは召鬼法《しょうき》の呪符だ。

「ナゾナゾなんかじゃない。まあいいだろう。教えてあげるよ。それはこの世を裁くことだ。この世を本当に裁けるのは神だけだ。だから人が裁くのなら、誰が裁いてもそれは罪になる。死に等しい罪にね。しかし予《あらかじ》め罪人であるのなら、その罰が下されるまでの間にたったひとつのことが出来るのさ。それがこの世を裁くことだ。だからわたしは罪人になる。そしてこの世を裁く。結論は決まっているんだ。人類とその文明に下される判決はね」

「何をするつもりだじょ」

「わかってるだろう。鉄塔を壊す。それだけだ」

「あんたおかしいじょ」

「狂っているのはこの世だ」

「違うよ。おかしいのはあんただ。あんたが罠を仕掛けておいたって言ってる自分の情報だけど、それを自分では見たことある？」

雨宮の考えを見通すかのように、その顔を見つめた。

「何が言いたいんだ」

「あんたに娘なんていないよ」

「……どういう意味だ」

「そのままの意味だじょ。あんたに娘はいない」

「何を馬鹿なことを」

「少なくとも公的な記録には残っていないじょ。それとも娘っていうのは、届けられていない、いわゆる隠し子ってやつかにゃ」

「違う……正式に結婚して、娘が出来て……」

「じゃ、それは間違いだ」

雨宮は言い切った。

「ほら」

キーボードを操作する。

「これ、見てみ」

「嘘だ」

モニターを見ることなく部隊長は言った。

「それは嘘だ」

その目は雨宮を見ているようで見ていない。定まらぬ焦点の先に何を見ているのだろうか。震えているかのように雨宮はかちかちと歯を鳴らし、音を立てて唾を呑んだ。召鬼法の呪法は完成しようとしていた。

部隊長は一歩雨宮に近づき、言った。

「嘘つきには、お仕置きだ」

雨宮の頭上で羽音が聞こえた。

「さようなら、可愛い人」

最後に部隊長はそう言った。

雨宮は手にしたナイフを振るう間もなく、床に倒された。

3

ふぎいっ、と悲鳴を上げて、ソーメーは目覚めた。

「おはぞう」

ソーメーの山のように膨れた腹の上に子供が跨《また》がっている。跨ってぽんぽんと跳ねている。ソーメーの一人息子、慎太郎だった。

「おはよう、慎太郎」

目をこすりながらソーメーは言った。

「んで、なんだ、おはぞうって」

「朝のご挨拶《あいさつ》」

慎太郎がしげしげとソーメーの顔を見ている。

「パパ、汗びっしょり」

そう言って慎太郎はにっかりと笑った。前歯が数本抜けたままだ。歯茎から永久歯が頭をだしている。

ソーメーは毛布で額の汗をぬぐい取り、やな夢見ちゃったよ、と呟いた。

「恐い夢?」

「むちゃくちゃ恐い夢」

「びびった?」

「ちょっとな」

「ちびった?」

「ちびるか」

「じゃ、早く起きて。じゃないと、またお母さんに叱られるぞ」

言い残して慎太郎はソーメーの腹から飛び降り、寝室から出ていった。

はいはい、ともういない息子に答えながら起き上がる。パジャマを脱いで、服を着替え、洗面所で歯を磨いている間に、どうしてこんなに嫌な気分なんだろうと、ぼんやり考えた。寝起きの靄《もや》の掛かったような頭でも、その原因をすぐに思い出した。

貢よお。

鏡を見ながら情けない声で呟く。

「パパ、早く来てください」

大声で呼んでいるのは彼の妻、花梨《かりん》だ。

「早く早く早く」

せわしないなあ、と思いつつ台所へと小走りする。

「もお、どうしてそんなに遅いのかな」

慎太郎のためのココアを運びながら花梨は言った。

テーブルにはもう皿が並べてあった。目玉焼きとベーコンに薄目のカリカリに焼きあげたトースト。コーンスープがカップの中で湯気を立てている。

「いただきマンソンファミリー」

両手を合わせて慎太郎が言った。

「なんじゃそれ」

「いただきますのこと」

「いや、解説しなくてもだいたいわかるけどな。マンソンファミリーなんて、なんで知った」

「テレビ」

「……どんな番組を見てるんだよ、まったく。あっ、いただきます」

言ってスープを一口飲み、ほっと息をついた。

「やっぱりうちの料理は美味《おい》しいなあ」

お世辞でなくソーメーはそう思う。いつも食事のたびに思うことだ。花梨は料理が得意だった。

「当然だぞ」

キッチンの中で花梨は胸を張った。

「今まで不味《まず》かったことがあったか」

ない、と親子が声を揃える。

「んじゃ、パパは早く食べて、慎太郎を送っていってね」

「わかってますよ」

千切ったトーストで潰した黄身を掬い上げ、口の中に押しこむ。押しこみながら考える。

昨日のことを思い出すのだ。

どうしても思い出してしまうのだ。

「男ならさあ」

慎太郎が口の周りを黄身で真っ黄色にしながら言った。

「悩んでないでずばっと解決しなよ、パパ」

「なんで、なんでそんなことを」

「だって鬱陶しそうな顔してたから。もう、バレバレだよ、パパ。それで何したの。人殺し？」

「するかあ！」

ぺしっ、と息子の頭を叩いた。

「もう、太鼓じゃないんだから。そんなに叩いたら頭が悪くなるぞ」

「それ以上悪くはならないよ」

「おお、言ってくれますなあ」

「親子で漫才してない」

キッチンからまた声がとんだ。

「さっさと食べる」

はい、とまたまた親子揃って大声で返事をすると、慌ただしく朝食を終えた。息子と競ってトイレに入り用を足す。

ここに引っ越してきてからずっと繰り返している毎朝の行事を終え、二人はマンションを出た。

慎太郎の通う幼稚園はここからさほど離れてはいない。だが、子煩悩《こぼんのう》なソーメーは心配で近くまで送っているのだ。

校門近くになると、慎太郎はソーメーの手を振りきって駆けだした。途中で振り向き、「いってきマンソンファミリー」と声を張り上げた。

ソーメーはまさか自分がこのような子煩悩な人間だとは思わなかった。いや、子供だけではない。妻にしてもそうだ。家族というものが愛《いと》おしくて堪らないのだ。

友人たちとふざけながら校舎へと消えていく慎太郎を見届けてから、ソーメーはＪＲの駅へと向かった。途中で思いついて携帯電話を取り出す。

ギアに電話を掛けた。だが電波の届かないところにいるのだと告げられただけだった。呪禁局の寮にも掛けるが留守番電話だ。最後に呪禁局の部署に電話を入れたが、そこにもいなかった。部外者に教えることは禁じられているのだろう。どこに行っているのかも教えてもらえなかった。

電話を諦め事務所へと向かう。

最寄りの駅で降りると、巨大な幼児に襲われたあの霊的災害から修復のなっていない建造物が、青い防水シートを掛けられて放置されていた。建材の嫌な臭いがする。その中に密《ひそ》かに混じっている血の臭いまで、何となく嗅ぎだしてしまい、ソーメーは溜め息をついた。

貢のことを思い出す。

屈強な男たちに引きずられていった貢のことを。

大丈夫、大丈夫。

声に出してそう言ってみる。

それから無理矢理元気を出して職場へと向かった。

ソーメーの母親は学生時代から自分のブランドを立ち上げたファッション・デザイナーである。マンションの一室でデザインから縫製・販売まで行うマンション・メーカーから始まり、今では彼女の会社は直営のブティックを数軒持っている中堅アパレル・メーカーだ。ソーメーはその出来の悪い跡継ぎである。実務ではなく事務所での経理を任されているのは、それでもソーメーが経営に参画していて欲しいという親心からだ。

事務所では彼はぼんくら息子とみなされており、彼もそれに甘んじていた。事務所入りしてデスクについたが、仕事が手に付かない。それもまたいつものことと、誰も彼に注目することはなかった。

思い立ち勇気を出し、貢の研究室に電話を掛けてみた。見知らぬ声の男が出てきて、しきりに誰なのか詮索をする。恐ろしくなって慌てて受話器を置いた。置いてから非通知にしていなかったことに気がつき、蒼褪めた。ここの電話番号を知られて住所をつきとめられ誰なのか知られて自宅の住所を知られると、不愉快な妄想が頭の中をしばらく駆けめぐった。ひとしきり不安な気分に浸ってから、まずは貢をどうするか、と最初の悩みにたどり着く。

そう、まずは貢をどうするかだ。

明日は新月だ。もし発電所にテロがあったら、それを防げるのは貢だけかもしれないのだ。

ソーメーは大きな溜め息をつく。テーブルの上の書類が捲れ上がってがさがさと音を立てた。

しかしどうしろというのだ。俺にはどうしようもないじゃないか。第一なんで俺が危険を冒さなきゃならないんだよ。それは俺のする仕事じゃないだろう。そうだよ。何かが必ず起こるわけじゃない。何にもない可能性だってあるわけだ。よけいなことをする必要はない。俺はじっとおとなしく仕事を済ませて家に帰って息子や妻と一緒に。

そこまで考えたら、ハツカネズミのことが頭に浮かんだ。腹に大きな穴を空けて死んでいったハツカネズミが。

天啓のようにはっきりと貢の科白を思い出した。

発電所が破壊されたらまず間違いなく微笑町が壊滅します。

間違いなく。

貢はそう言った。間違いなく壊滅すると。そうなれば微笑町の住人はみんな地獄の門と化すのだ。あのハツカネズミのように。

頭に浮かんだ無惨な映像をふるふると頭を振って振り払う。振り払おうとした。出来なかった。

もう一度、貢をどうすべきか一から考え直した。どう考えても、この現状を知っているのは自分一人だ。解決できる人間がいるとしたら自分一人。

慎太郎があのネズミのようになると考えただけで

も身体が震えた。その慎太郎が口の周りを黄身で真っ黄色にしながら言った科白を思い出す。

「男なら、悩んでないでずばっと解決しなよ、パパ」

舌打ちをして立ち上がる。

「わかったよ」

誰に言うでもなく呟いた。彼の奇矯《ききょう》な行動に慣れているのか、事務所にいる誰もが彼を無視していた。

時計を見ると午後五時だ。

「ちょっと悪いけどお先に失礼させてもらうよ」

身体の調子が悪いから、と付け加える前に、一斉にお疲れさまと声が返ってきた。

事務所を出て駅に向かう。古びた革表紙の手帳を取り出した。そこに挟んである一枚の地図を拡げる。

「あと、頼れる人間って、奴しかいないよなあ」

駅に着くと彼は何度も確認して一度も行ったことのないその駅までの切符を買った。こんな時に頼れるたった一人の友人、吉田哲也《よしだてつや》のところに行くために。

4

微笑町のどこからでも、霊的発電所の鉄塔は見えた。高さは二十五メートル。そびえ立つそれを見上げる分には、単なる鉄塔と変わりがない。しかし鉄塔を支える脚に近づきよく見てみれば、その表面にびっしりと呪句が描かれていることを知る。この塔自体が巨大な呪符なのである。

何のための呪符か。

まずは集めた気を逃がさぬための呪《じゅ》である。頂上に据え付けられた特殊な杖によって町中の陰気が集められる。集まった気は、髪の毛を縒《よ》って造られた特殊な太いケーブルが地階にある発電施設まで引かれている。

この過程で集められた陰気が逃げないように、また不純なものが集まらないように、鉄塔はケーブルを守っている。

もう一つ、長大な呪符である鉄塔が守っているものが、その地下の発電施設である。

見学者も入れる一階に、霊的発電の設備らしいものはほとんどない。ここにあるものと言えば、見学者のためのパネル展示と、地階にある巨大な発電施設を覗き見ることの出来る回廊ぐらいだ。

霊的発電施設本体は地下一階と二階にある。ギアと龍頭は地下一階の真っ白な廊下を歩いていた。どこにも特徴のない白い廊下は十字路三叉路《さんさろ》T字路と不必要に分岐し、まるで迷路だ。いや、これは迷路そのものなのだ。部外者の侵入を許さないために。そして内部で発生する霊的エネルギーの漏出を防ぐために。

案内のためのパネル一枚掲げられていないが、招かれたものは迷うことがない。人工地霊が行くべき方向に導いてくれるからだ。

廊下の行き止まりに蹲った猿のような生き物。それが人工地霊だ。

ギアと龍頭が近づくと、それは頭を上げた。幼児の顔をしたそれは、赤い舌で唇を舐めながら右側を指差した。

二人は右へと進む。

まっすぐ進むと、突き当たりに扉があった。鋼鉄製の重い扉だ。扉横には小さなスリットがあり、ギアは手にしたＩＤカードをそこに差し入れた。

「は・ぐ・る・ま・そ・う・さ・く、さんですね。登録象徴を思い描いてください」

ギアは予め登録してあった阿字《あじ》を思い浮かべた。

阿字とはサンスクリット文字のア。漢字の「刀」に似た梵字《ぼんじ》だ。一種のパスワードであるこれを観相センサーが感知し、ＩＤ情報と照らし合わせた。

分厚い扉が開く。

舌でも出すかのようにカードが吐き出された。それを取り、二人は中へと入った。

真っ白の小さな部屋だ。部屋と言うより箱に近い。正面にまた扉がある。扉の横には開閉のボタンがひとつある。

ギアは拳でそれを叩いた。

まず背後の扉が閉じ、それから正面の扉が開いた。

二重の扉を越えると、読経《どきょう》が聞こえてくる。クリアな音だが録音されたものだ。中に僧侶がいるわけではない。

常駐している発電所の運転員は五名。専門の工業魔術師が三名。警備員が二名。霊的発電所はそれだけの人間で運営される。

この時間、運転員も工業魔術師も地下二階の中央制御室にいるはずだ。制御室には仮眠をとるスペースもある。

警備員は一階の警備室。

ギアたちゼロヨン部隊の十二名のうち、四名が鉄塔の周辺を、残り八名が施設内部を警備している。が、少なくとも見渡す限りここは無人だった。

ただただ広大な空間だ。

天井までの高さは三〇メートル。一辺が八〇メートルある正六角形の部屋の中央にあるのは、円形のプールだ。

部屋全体は聖別された厚さ一・五メートルの特殊コンクリートで覆われている。広い部屋でありながら閉塞感があるのは、霊的にもこの部屋が閉ざされているからだ。

プールの中央にあるのが霊的発電の本体となる施設、陰陽炉だ。

天井まで小山のようにそそり立つそれは、百本以上の金属パイプと配線が絡み合った奇怪な生き物のようだ。施設内部でこの陰陽炉は密かにこう呼ばれていた。

〝クトゥルー〟と。

この不吉な名前の陰陽炉で造られたエネルギーは、階下にある八基の巨大な蒸気発生装置へと送られる。そこからは蒸気タービンを使用する普通の汽力発電所と構造はまったく同じだ。

「でかいですね」

ギアは陰陽炉を見上げながら言った。

その横をちょこちょこと歩く龍頭は、この広い施設で迷子になった子供のようだ。

「今日は、大丈夫でしょうか」

「わたしにはわからん」

龍頭の返事は素っ気ない。

彼らゼロヨン部隊がこの施設を警備するのは新月を挟んだ三日間だけ。サイコムウによって施されたと思われる呪的結界の効果が最も高まるのが新月の夜。それが新月に発電所が襲われるという唯一の根拠だ。本当に三日のうちに襲われるのかと問われたら答える術《すべ》はない。

しかし霊的発電所が襲われるということが確実なら、この三日の間に襲って欲しい。不謹慎ながらギアはそう考えていた。

「しかし……広いですね」

円形のプールに沿って外周を回りながら、ギアは言った。

「広すぎる。いざとなったときに、我々十二名だけでどこまで出来るかだ。効率的に対処しなければな」

「何よりも侵入を許さないことですよね」

三日間、鉄塔を含む敷地内への立ち入りは禁止されている。特に明日は関係者の出入りもシャットアウトする。

プールの壁は高さ三メートル。鉄梯子《ばしご》を昇り、ギアはその上に立った。水は聖別され、そこには万単位の呪符が沈められている。

覗き込むと、ステンレスの配管が絡み合う触手となって水底を這っていた。

零度に設定されている水画から冷気がゆるゆると流れ出している。

「明日は呪的にもここは閉鎖されるんですよね」

梯子に手を掛けた龍頭は、腕の力だけで何かに弾かれたかのように壁の上へと跳んだ。

すとん、とギアの前に立つ。

「ここに勤める工業魔術師も協力してくれるはずだ。霊的干渉は一切受けなくなる。少なくとも明日一晩だけは、誰もこの施設に入ることが出来なくなる……はずなんだが」

一メートルあまりの幅の壁の上を、二人は歩いた。くるぶしまである黒い外套を着た長身のギアと、レースで飾られたエプロンドレスを着た少女の組み合わせは、誘拐犯と子供といったところだろうか。

しかし立場はまったく逆だ。

ギアは誘拐された子供のように、化け物じみた陰陽炉を見つめ怯えていた。しっかりしろと自分に言い聞かせるのだが、不安は増すばかりだった。隣でつまらなそうな顔で歩いている少女を見る。そこに龍頭がいるのを確かめただけで、少し気分が落ち着くのだ。そして気分が落ち着けば、助けることの出来なかった龍頭に助けてもらってばかりの自分を情けなく思う。

溜め息をついた。

「溜め息はやめろ」

「あっ、はい」

龍頭に言われるとつい真面目な小学生のような返事をしてしまう。

「悩むことも必要かもしれない」

少女はギアの前を歩きながら言った。

「だがたいていのことは、何かをすることでしか解決できないんだ。だから溜め息をつくな。溜め息をつくぐらいなら深呼吸しろ」

「はい、わかりました」

真剣な顔で返事するギアを、振り向いて見た龍頭が言った。

「わかってなさそうだけどな」

「そんなことはありません」

「そうか。それなら今度は行動で示してくれ」

「はい」

ギアは一際大きな声でそう返事した。

5

晴天だ。

空を見上げ晴天だなどと思うのは本当に久しぶりのことだった。

宇城宙太郎はそう思い笑みをこぼす。

気分が良かった。何もかも彼の思うとおりに動いているのだと思えた。この世を己の手で動かしている実感があるのだ。

ハンドルを握りながら鼻歌を歌っていた。指先でリズムを刻む。

車は郊外にある廃工場へと向かっていた。彼ら〈科学戦隊ボーアマン〉のアジトへと。

カーラジオからニュースが流れてきた。ボーアマンに関するニュースだ。最近では興味本位、面白半分であっても好意的な報道が多くなってきた。それには科学戦隊ボーアマンという特撮番組が、もともとたくさんの人に愛されてきたということも関係しているだろう。第一回の放送は今から三十年以上も前のことだ。が、幾度も幾度も再放送され、ＤＶＤにもなっている。未だにボーアマン関連の商品はある程度のヒット商品になるからだ。熱狂的なファンだけではなく、広く人気があればこそだった。

まずボーアマン世代、と言うべき世代が存在する。幼い頃にこれを心待ちして見ていた世代、ちょうど米澤の世代だ。

その頃科学は世界の謎を解明する唯一の手段であり、明るい未来を保証するものだった。ボーアマンはその頃の〈科学〉を象徴するとともに、〈明るい未来〉というものへの郷愁をも感じさせる。永遠の懐かしい未来として、ボーアマンは人々に愛されてきたのだ。

宇城の鼻歌が止まった。

――しかし、科学が誤った方向に進むとき、それを止めるものはいなかったわけで、科学とは功罪相半ばするものではないかと――

解説者が深刻な口振りでそう言っていた。

「馬鹿が」

普段、彼の口からは出ないような科白だった。

「糞《くそ》の詰まった頭で何が科学だ。何が功罪相半ばだ。科学がいつ罪など犯した」

リズムを刻んでいた指先が苛立たしげにハンドルを連打していた。その顔が蒼褪める。

違う違うと呟きながら首を横に振る。

そして顔を上げ、言った。

「わたしは間違っていない」

宇城の皺だらけの目頭《めがしら》がじわりと濡れる。それはやがて滴となって鼻の脇を垂れた。

「もし、もし仮にわたしが間違ったとしても」きりっ、と奥歯を嚙みしめた。「科学は間違っていない。そう、科学は決して間違わないのだ」

袖で涙を拭うと、溜め息をついた。

「わたしは娘を科学へと捧げたのだ。偉大なる唯一の真理探究の法へと。それは決して無駄なことではなかった。最後まで科学につくすことで娘も満足したはずなのだ。いや、した。わたしにはそれがわかる。わかるんだ」

弱気になるといつもそうするように、彼はボーアマンの主題歌を大声で歌った。

ずんばらずんずんずん
ずんばらずんずんずんずん
闇に隠れた悪を断て
オカルト帝国ぶっつぶす
サイコムウなんかへっちゃらだ

片方の掌でばんばんとハンドルを叩く。オカルト帝国ぶっつぶす、で拳を振り上げた。声は次第に大きくなっていく。

来たぞ来た来た正義の科学集団が
爆発、爆発、科学爆発、大爆発
科学戦隊ボーアマン
愛と勇気が科学を造る
科学戦隊ボーアマン
五人の戦士が正義を守る
科学の力で正義を守る

そうだ。わたしたち五人が科学の力で世界を救うのだ。サイコムウを倒して。

廃工場の敷地を囲んでいるフェンスが見えてきた。その傍《そば》に車を停め、立ち入り禁止の立て札を無視してフェンスの裂け目をくぐった。

夏になると腰まで雑草の茂るそこに道はない。湿った腐植土の臭いがした。

廃工場へと枯れ葉を踏みしめながら宇城は進む。

「宇城さん」

背後から呼び止められた。

宇城はゆっくりと振り返った。

そこに立っているのは蒼褪めた顔の中年男。呪禁局ゼロヨン部隊の部隊長だった。

「……サイコムウ」

宇城は眉間に皺を寄せた。

「今はここに来るべき時ではない。それぐらいわかっているでしょう」

叱責する宇城の声が聞こえなかったかのように、部隊長は訴えた。

「わからなくなってきた」

まとわりつく何かを拭うかのように、部隊長はつるりと顔を撫でた。

少なくとも疲弊は、そこにへばりついたままだった。

「何がですか」

宇城は部隊長に近づいた。

じっとその目を見つめている。

部隊長は俯き黙っていた。

「何がわからなくなってきたんでしょう」

宇城は部隊長の前に立った。宇城は長身で、部隊長よりも頭ひとつ分は高い。そのために二人はまるで恋人同士のように見える。

不意に顔を上げ、部隊長は言った。

「俺には娘がいたのか？」

宇城は部隊長の肩に手を掛けた。

「もちろんじゃないですか」

笑みを浮かべた。

誰からも信用を勝ち取る微笑みを。

「いったい何があったのか、教えてくれませんか」

「……わたしのことに気がついた人間がいた」

「誰ですか」

「呪禁局の監察医だ」

「で、どうしました」

「殺した」

宇城は部隊長の肩をしっかりと摑んだ。

そして深く頷く。

「正しい行いですよ。それで、どうしました」

「その女が俺に言ったんだ。あなたに娘なんかいないと……」

「嘘ですよ、それは」

宇城は即座に答えた。それから部隊長を見下ろし、その頬を両手で挟んだ。

ゆっくりと顎を上げる。まるで口づけでもするかのように。

見下ろす宇城の眼差しから逃れるように部隊長は目を逸らした。

「わたしを見るんだ」

もともと宇城は、常人にない迫力を持った人間だ。その言葉には言葉以上の力が宿る。それは、彼自身は意識していなかったが、ある種の霊的な力であったのかもしれない。でなければ、独学で学んだだけの催眠術が、これほどまでに他者に影響を与えることはなかっただろう。

気圧《けお》された部隊長が目を宇城へと向ける。その瞳から光が失せた。

「君には娘がいる」

宇城はゆっくりと言った。

「ほら、思い出すんだ。君がどうやって娘を亡くしたのか。忘れることなど出来るはずもない、あの出来事を思い出すんだ。あの頃、君の娘さんが五歳の頃の話だ。名前は玲乃。彼女は病気だった。神経芽細胞腫だよ。それを知った日のことを覚えているはずだ。忘れることなど出来ない。決して忘れることなど出来ない」

宇城は泣いていた。泣きながら「娘」の話をしていた。

それは部隊長の物語ではない。宇城自身の物語なのだ。科学への信念から娘を亡くした宇城の、それ故に後悔することを拒絶し、娘の死を意味あるものとするために科学に囚われている宇城の物語。

話を続けていると、部隊長の中でこの世に対する憎悪がどんどん膨張していくのがわかる。何年もかけて育てたこの世への憎悪が。

　宇城が部隊長と初めて出会ったのは、今から三十年近く前のことだ。まだ新人呪禁官だった部隊長は、逆恨みから呪をかけられてしまった。放置しておけばおぞましい怪物に変身してしまうという呪詛だ。変身は右の足からすでに始まっていた。呪術医は異《い》形《ぎょう》のものと化した足を切断し、護符により呪の進行を食い止めた。

　護符の代わりに聖別された義肢《ぎし》を使ってみてはどうかという提案は、呪具開発課からなされた。その時にはもう試作品が開発されていたのだ。その開発に関わっていたのが宇城であった。

　彼は昔、宇宙科学研究所で宇宙空間で使われるマニピュレーターの開発に関わっていた。そして宇宙科学研究所を馘首《くび》になってからは、主に医療用の義肢の開発を手掛けていた。あくまで科学者として医療に関わっていたい、というのが彼の望みだった。

　義肢の開発をしていたのは、彼が宗教家を目指すようになるまでのわずかな期間だった。そしてそのわずかな期間で彼が手掛けたのが、部隊長のための聖別された義肢の作製だった。

　宇城は部隊長のリハビリにも積極的に参加し協力した。その時、二人は主治医と患者の関係でもあったのだ。

　呪は進行していく。

　最新の護符を使っても呪詛そのものを消し去ることは出来なかった。出来るのはその進行を遅らせることだけだったのだ。

　部隊長は徐々に、しかし確実にその肉体を損なっていくのだ。そしてそれに応じて、身体を人工のものへと替えていかねばならない。呪が彼の身体を消し去る日までそれは続く。

　護符を兼ねた義肢の開発自体はほぼ完成していた。

護符の研究は続けられたが、義肢そのものの開発は呪禁局の手を離れた。

途中から宗教者への道を歩み始めた宇城は、それからもずっと部隊長の義肢を造り続けた。

やがて宇城は模索の中から科学を宗教として捉えることを考え、教祖への道を歩み出す。と同時に、科学結社〈ガリレオ〉に誘われ入会する。彼の歪んだ科学への愛情が、ひとつの形へと収束しつつある時期だった。

宇城は部隊長をいずれ利用できるのではないかと考えていた。そして実行した。催眠の力を利用して。

催眠と聞くと何かいかがわしいもののように思われることが多い。それは人が人を操るという行為の怪しさから来るのだろう。その始祖とも言うべきウィーンの医師アントン・メスマー博士にしても動物磁気説という疑似科学を提唱した詐欺師、という悪しき風評から逃れることが出来なかった。日本でも催眠の最初の研究者と言えば「千里眼事件」の福来《ふくらい》友吉《ともきち》博士だ。『催眠心理学』の著者である彼は、その延長として千里眼を主とした超能力実験を行い、いかさまであるとして日本のアカデミズムから追放された人物だ。しかし催眠性トランスや自己暗示というものが存在するのは事実で、科学的な見地から研究され続けていた。歯科治療における痛みの緩和や、カウンセリングの現場で緊張を和《やわ》らげる方法として実用化もされている。

オカルトが実行力を持ったとき、最初に消え去ったのが疑似科学だった。催眠は一時、このような疑似科学と間違えられ非難の矛先を向けられていた。が、催眠的な力を持った凝視というものは魔眼や邪眼などと呼ばれるオカルトの対象でもあった。その結果催眠は「学」としてではなく、「術」として生き残ったのだった。

宇城にもともとカリスマ的人格と共存して魔眼と

も呼べる「他者に影響を与える視線」が、霊的能力として存在していたのは事実だ。が、彼自身はそれを認めず、あくまで学としての催眠を研究して掌中のものとした。

このような時代にあっても科学とオカルトの狭間に催眠があるということが、宇城の言い訳となったのだろう。訓練すればそれ以外の霊的能力を開発することも可能だったろうが、宇城は「科学的な学である」催眠にのみ拘《こだわ》ったのだった。

そして彼は、リハビリを兼ねて彼の研究所を訪れる部隊長に、ゆっくりと暗示をかけていった。途中から呪詛は彼から四肢を奪い顔をも奪っていったあげく、内臓を冒《おか》し始めた。宇城には人工臓器の知識も技術もない。もう部隊長が彼を必要とすることはなかったのだが、その時にはもう彼は宇城の支配下にあった。

宇城の記憶は部隊長の中へと慎重に移植された。

娘の死は宇城に科学という神への道の存在を示唆した。それが彼の救いとなった。しかし宇城は部隊長に救いを与えなかった。ただひたすらこの世への憎悪を育てるように記憶を改竄《かいざん》していった。

やがて部隊長は裏で人殺しを請け負うようになった。それは彼自身が考えた末の行動だった。それをしばらく観察した宇城は、ボーアマンを現実に作り出すことを計画した。その計画のために部隊長はサイコムウへと作り替えられていったのだ。

娘の物語が終わった。

部隊長は跪いて嗚咽していた。

すべて破壊してやる。

血反吐《へど》のように部隊長はそう吐いた。

「そうだ」

眠気さえ誘うような柔らかい声で宇城は言う。

「すべて破壊すればいい」

「この世を消してやる」

「そうだ。何もかも消してしまえ」

「この世から何もかも」

「何もかも消すんだ。明日だよ。明日それを行うんだ。新月の夜さ。すべてが闇に包まれるのだよ。さあ、もう戻りたまえ。あの塔の中へと」

部隊長は何度もありがとうございましたと礼を言いながら立ち上がった。立ち上がってまた深々と頭を下げ、その場を離れていった。

背を丸め疾走するその姿は、すでに異形の怪人のものだった。

6

風は冷たく乾いている。

乾燥しきった風が肌を削る。潤いを失った皮膚がひび割れ、血が滲んだ。思い出したように時折吹く強風が砂塵を舞い上げた。砂粒はいつの間にかポケットの中や爪の間や耳や鼻や口に入り込んでいる。

ソーメーは唇を尖らせて唾を吐いた。埃っぽい路面に唾が落ちると、じゅんと音がした。

何もかもが乾いている。

水の代わりに砂埃のある町だ。

「人の住むところじゃねえよな」

ソーメーが呟いた。

周囲を見回しても、確かに民家は少ない。県道に沿って並んでいるのは工場と倉庫ばかりだ。そのどれもが小さく古ぼけている。

「失われた土地《ロストワールド》だよ」

舌打ちし、また唾を吐いた。

「っつうか、忘れられた土地か。なんでこんなところに住んでんだよ、哲也」

吉田哲也もまた、呪禁官養成学校の同級生で、彼らとともに生死を懸けて事件を解決した仲間だ。

ソーメーは地図を拡げた。市販の地図を拡大コピーしたものだ。そこに赤く丸で囲まれたところがある。哲也がいるはずの場所だった。五年前、恩師の葬儀で同席したときに、何かあったらここまで連絡くれと住所を教えてもらった。電話番号を尋ねると、「電話ないから」と言って哲也は照れくさそうに笑ったのだった。

ソーメーは何度目かの舌打ちをした。

「ケータイくらい持っとけよな」

地図に印の付けられた場所は、どうやら倉庫のひとつのようだ。

哲也には両親がいない。詳しい事情はソーメーも知らない。複雑な家庭環境だということを聞いているだけだ。それも単なる噂で、それ以上のものではない。そして本人も、家族のことをほとんど語らなかった。彼の性格から言うと、尋ねれば答えただろうが。

中学生の時、喧嘩した相手を病院送りにし、更生施設に入れられていたことはソーメーも知っている。それなりに荒れた生活を送っていたのだろうとは思う。呪禁官養成学校に来たのはその後で、本人に荒れたところなど欠片もなかったのだが。

養成学校での哲也は、格闘技の成績こそ図抜けて良かったが、霊的能力は皆無に等しかった。知識は勉強すればなんとかなるが、霊的能力はほとんどが生まれついた素質による。卒業は出来たが、結局哲也は呪禁官になることが出来なかった。それでも呪禁局内部の事務部門へ就職することなら可能だったが、それは本人が望まなかった。

今哲也が何をしているのか、ソーメーも知らない。五年前に出会ったときも、それを語りはしなかった。連絡先を聞いただけだ。哲也の性格からしても、自身がしていることを恥じているわけではなく、話すと迷惑が掛かると思っているようだった。少なくとも普通の会社勤めをしているようには見えなかった。と言うより堅気《かたぎ》には見えなかったと言うべきか。養成学校時代から強面《こわもて》の迫力ある少年だったが、それにますます磨きが掛かっているようだった。知人でなければあまり同席したいとは思えないタイプだ。

しかし喋れば皆養成学校時代に戻ってしまう。外見はどうあれ、哲也は信義を守る正しい心の持ち主なのだ。そしていざというときには、これほど頼れる人間もいないのである。

平日にもかかわらず、工場の多くはシャッターを閉ざしたままだ。もう使われていないのかもしれない。第一ソーメーは駅からここまで歩いてくる間、人一人、車一台とも出会っていなかった。ソーメーは人類が滅亡した後の世界を歩いているような気がしていた。

電柱や塀《へい》に貼り付けられた番地を確認しながらソーメーは歩く。だんだんここに来たことを後悔しはじめていたときだ。

ソーメーはそれをみつけた。

看板だ。陽に焼けて掠れた文字は読みにくい。それでも一階のその看板に、「有限会社唐沢《からさわ》工業」と印刷されてあるのはわかった。それが哲也の住んでいるはずのビルだった。

ここもまた人のいる気配がない。

どこから入ろうかと裏に回ると非常口が開いていた。そこから階段が上へと続いている。

ソーメーはその近くまできて立ち止まり、動かない。

階段に二人の若い男が座り込んでいたからだ。肌寒いこの季節に、片方の男は上半身裸だ。その首から上腕部にモノクロの幾何学的な刺青《いれずみ》がされていた。もう一人の男は革の黒いライダースーツを着ていた。二人とも頭を剃り上げ、ついでに眉毛までない。そして額に、ライダースーツの男は「マ」と読む梵字を、もう一人の男は「ウン」と読む梵字を刺青している。

二人とも凶相の持ち主だった。

もしソーメーが道で会ったのなら、関わらないようにそっと目を伏せ通り過ぎるであろう。が、階段を上りたければそういうことも出来そうになかった。階段は狭く急なのだ。

ソーメーは何度も看板と地図を見比べた。何度も目を往復させたのだが、どちらにも「有限会社唐沢工業」と書かれてある。このビルであることは間違いないようだ。

二人の男が目を細めて鬱陶しそうにソーメーを見ていた。

ソーメーは観念した。

ごくりと唾を飲み込み、一歩男たちの方へと進む。

「なに見てんだよ」

ウンの刺青の男が言った。

「どけや、そこ」

マの刺青の男が言う。

それだけで暴力の気配がソーメーに押し寄せてくる。思わずそのまま帰りそうになった。危ういところで思いとどまる。家族のことを考えた。連れ去られていく貢のことを考えた。

さらに一歩近づく。

「聞こえないか」

ウンの男が囁くようにそう言う。

「どけっつってんだよ」

「あのですね」

ソーメーは声を張り上げた。

「そこを通してもらえますか」

「おまえさあ」

マの男が薄笑いを浮かべた。

「誰よ」

「わたしはですね、針山宗明ですぃ」

語尾で空気が抜けた。

二人が鼻で笑う。

笑わせた、とソーメーは思った。そう思うとちょっとだけ強気になった。

「ここに吉田哲也くんがいると聞いてきたんですが。哲也くんをご存じでしょうか」

ウンの男が立ち上がった。

ソーメーよりも頭ひとつ背が高い。

「何の用」

マの男も立ち上がった。

これまた見上げるような大男だ。

「哲也さんに何の用」

二人の男がソーメーの前に壁のように立ち塞がっていた。

「あのですね、わたしは哲也くんの友人でして」

「哲也くんって、おめえ、何様」

ウンがソーメーにさらに近づく。目の前にその胸があった。鼻の先がくっつきそうな距離だ。汗の臭いがした。

「だからですね、わたしはソーメーと言って――」

「そうめん？」

二人はけらけらと笑った。

この笑いは、ソーメーも気にいらなかった。つまんねえんだよ、と頭の中でだけ毒突く。もちろん口には出さない。

それから一歩下がった。

怒りをぐっと押し殺す。次の瞬間には、これ以上もないほどの笑みを浮かべていた。唇の端が頬を突き破って出てきそうなほどの笑顔だ。

「すみませんけど、そこを通してもらえませんか」

頭を下げた。

二人はニヤニヤ笑ってソーメーを見下ろしているだけだ。

もう一度会釈してから、ソーメーはウンの男の横を通ろうとした。

「こら、デブ」

襟首を摑まれた。

「なにしてんだよ、デブ」

ウンの男の手首を両手で摑む。引き剥がそうとするがびくともしない。まるで鋼鉄で出来ているかのようだ。

「やめてください」

声が震えていた。

「死にたいのか、こらあ」

後ろでドスの利いた声で言うのはマの男だ。

「死にたくないですよ」

油断すると声がはねあがって悲鳴になりそうだった。

「哲也さんに何の用なんだ、デブ」

ウンの男が腕に力を込めた。

でっぷりと太ったソーメーを、いとも簡単に持ち上げる。

「ああ、やめてやめて。首絞まってますよ。もう凄く絞まってますよ」

ソーメーは爪先《つまさき》立ちになっていた。

「だから何の用だって聞いてるだろう。答えろよ、デブ」

「哲也くんに相談しにきたんあいたたたた苦しい苦しい苦しい」

「うるさいよバカ。鬱陶しいんだよ」

後ろからマの男が拳で脇腹を小突いた。

「やめて、だからやめて」

最後の方は悲鳴に変わっていた。

「ああ、もうこいつ殴っていいっすか」とマの男。

「いっそ殺しちゃいますか」とウンの男。

死ぬのかこんなところで死ぬのかバカみたいに死ぬのか。

ソーメーの頭の中で幾度も死ぬのか死ぬのかと繰

り返された。

唐突に腕が離れた。

投げ出されたソーメーは、その場にへなへなと座り込んでしまった。

「哲也さん」

二人の男が口を揃えて言った。

「てつや……って」

ソーメーは顔を上げた。

「あがああ、哲也！」

立ち上がろうとしたが、脚に力が入らない。這って這ってそこにいる男の脚にしがみついた。

革のロングコートにパンツ。中にはTシャツ一枚だ。

「何してんの、ソーメー」

吉田哲也だった。

「こ、こいつらが」

振り返ってみると、二人の男は直立不動だ。真剣な顔で哲也を見ている。

ソーメーは哲也にしがみついてようやく立ち上がった。

「哲也よぉ」

ひしと哲也に抱きつく。成獣の雄《オス》豚に抱きつかれるようなものだが、哲也は手を回してその巨体を支えた。

「もういいよ」

哲也が手を振ると、二人の男は一礼してその場を離れた。

「もう大丈夫だから、ソーメー」

その肩をぽんぽんと叩く。

それでようやくソーメーは哲也から離れた。

「よかったよう」

言いながらぐすぐすと鼻をすすった。

「御免な。あいつらもそれほど悪い人間じゃないんだけどね」

「良い奴には見えない。絶対見えない」

「俺も良い奴には見えないさ」

「……ま、そうかもしんないけど」

ソーメーは改めて廃墟然としたそのビルを見た。

「ここに住んでんの？」

「ああ、見た目ほど不便じゃないよ。ガスも水道も通ってる。そんなことを聞きに来たの？」

「あっ、いや、そ、そうだよ。貢がさあ」

ソーメーは昨夜からのことを哲也に説明した。気だけ焦って順序だった説明が出来ない。それでも哲也は質問を繰り返し、じっとソーメーの話を聞いて、あったことを理解できたようだった。

「どうしよう」

喋っている間にその時のことを思い出し、また泣きそうな声になっていた。

「助けにいかなきゃな」

当然だという顔だ。

「でも、どうやって」

「公安の五課だって、言ってたんだろ」

「そう、公安五課の田端だって」

「公安五課の遣り口はよく知ってるよ。きっとそれは脅《おど》しだ」

「脅し」

「頭でっかちの研究員ひとり、ちょっと脅せばもう馬鹿なことをする気をなくすだろう。そう考えたんだろうな」

「それならどうなるの」

「貢が怯えたら――脅しに応じそうな態度を見せたら、三、四日で帰ってくるだろう」

「脅しに応じそうになかったら」

「応じるまで押さえとくだろうさ。その時は『ちょっとした脅し』じゃなくなってるだろうけどね」

「だ、駄目だよ。貢のことだからそう簡単に脅しに乗らないだろうしさ。第一、新月は明日だ。時間がない」

「時間がない」

哲也は腕時計を見た。

「三時間として、九時」

「何が」

哲也が人差し指を曲げて噛んだ。

「なにしてんの」

その声にかぶさって、哲也の指笛が澄んだ音で鳴り響いた。

「えっ、なに、それ」

路地のそこかしこから、廃屋と思えるビルの中から、錆《さび》だらけの非常階段の裏から、廃車にしか見えない路上駐車された車から、湧き出るように男たちが姿を現した。どれもこれも、全身から暴力の気配を撒《ま》き散らしているような男たちだった。

「あ、あの」

総勢三十名あまり。その中にはソーメーを脅した二人もいた。

「九時に」

哲也が言った。

「ここに貢を連れて戻ってくる」

「えっ、あの、どうやって」

「公安五課ならだいたいの手口は知ってるさ。脅し程度に何をするかもね。いくぞ」

最後の科白は男たちに向けて言ったようだ。

「じゃあな」

手を振り、哲也はソーメーに背を向けた。

ぱんっ、と手を鳴らす。

今度は全員がばらばらと散っていく。

入れ替わりに大きな獣のようなバイクが来た。エンジン音までもが咆吼《ほうこう》のようだ。

哲也の正面で真横に停まり、乗っていた男は飛び降りると哲也に一礼した。

哲也がそれに跨る。

一際大きな排気音がした。

前輪を中心に九〇度回転する。

テールランプがソーメーの方を向いた。

砂塵が舞い上がる。

巨獣が駆けた。

一頭だけではない。

哲也のバイクを先頭に、さっき散った男たちの乗ったバイクがそれに続く。

「かっちょいい」

思わずソーメーが呟いた。

去りゆくバイクの群れをしばらく見送る。

そして腕時計を見た。

「三時間……こんなところで何をしてりゃいいんだよ」

溜め息をついて、それから内ポケットの携帯電話を取り出した。

「あっ、慎太郎。お父さんですよ。ちょっと今日は遅くなりますからね。お母さんに言っておいてね」

電話を切ると、男たちが座っていた階段に腰を下ろした。

再び大きな溜め息をつく。

哲也が貢を連れて帰ってきたのは、きっちりそれから三時間後だった。

第五章　バッカド――恐怖あるいは峻厳

1

「はいはいはい。君たちの言うことはよくわかったから。ええ、そこから出てきなさい」

憮然《ぶぜん》とした顔で田代部長はそう言った。

貢の研究室の前だ。

腕組みして扉の前に立った呪禁局部長は、扉に掛かった辻井貢のプレートを見て不快そうに鼻を鳴らした。

貢とソーメー、それに哲也の三人が研究室に潜り込んだのは昨夜の十一時過ぎだった。どうやら貢が公安に連れて行かれたという情報は、警備にまでは伝わっていなかったようだ。貢のＩＤカードは有効だったし、二人の「被験者」を登録すれば、三人一緒に実験室に入ることは簡単なことだった。

もし新月の夜に霊的発電所に大事故があったら。最悪の場合を想定して、千人の住人が門化することだけでも防ぐために、不眠不休で三人は作業を続けた。

絶対的に時間が不足していた。貢が思いついたのは、ソーメーの血液から採取したナノ呪符に、少し異なる術式を加えることだ。それにどこまで門化を食い止める力があるのか、貢にも一〇〇パーセント自信があるわけではなかった。しかし限られた時間で限られた材料で出来ることには限界があった。が、何もせず手をこまねいているよりはずっとましだ。

貢は抗門化効果のあるナノ呪符を造りだし、それを即席の培養ケースで増殖させていた。適量を蒸留水に溶かし、集めてきたペットボトルに詰め込む。

徹夜で作業を進めていたら瞬《また》く間に朝になった。

定時になれば他の研究員たちがやってくる。貢は彼の研究室に閉じこもったまま、しばらく中に入らぬように命じた。やがて呪具開発課の課長がやってきた。課長は多少なりとも事情を知っていたようだ。

貢が研究室にこもっていることは、即座に呪禁局本部部長へと伝わった。

田代部長が扉の前に来て貢の説得をはじめた時には正午を過ぎていた。

「いいかね。今のところわたしはどこにも連絡していない。警察にも、公安にも。だから今なら君の業績に傷が付くことはないんだね。しかし、これ以上ことを大袈裟《おおげさ》にすると、君にもそれなりの責任を取ってもらわなければならなくなるわけだ。そうなると、まあ、呪禁局にいられなくなることもあるわな。いや、だいたいだね、公安の手を逃れてここに来たという時点ですでにことは大袈裟になっているわけだから」

扉の向こうから貢が答えた。

「どうして僕が公安に連れられて行ったことを知ってるんですか」

「えっ、そりゃあ、あれだ。公安から連絡があったからですよ」

怒ったように部長は言った。

「その公安の人間なんですが、どうして僕が霊的発電所に関しての研究を続けていると知っていたんでしょうか」

「そりゃあ、まあ、ああいう部署だからいろいろと手があるんだろうさ」

「わたしが霊的発電所の致命的欠陥を発見したことも知っていました。これはどうして知ることが出来たんでしょうか」

「だからだね、それは公安なんだから、そういうことのプロなんだから、なんとかして知ったんでしょうよ」

部長は苛立ちに頬をひくひくさせていた。

「僕は霊的発電所の研究も一人で進めてきましたし、その致命的欠陥に関しては、まとめた結果を一人の人間にしか見せていません。部長、そうですよね」

「君はいったい何を言いたいわけ」

くんくんと不快そうに鼻を鳴らす。

「部長が僕を公安に売った、と思っているんですよ」

「そりゃ勘違いだ」

馬鹿馬鹿しい、と笑いながら部長は言った。が、冷や汗がだらだらと額《ひたい》から流れている。

部屋の中はしんとしている。他の研究員たちが仕事の手を止めて聞き入っていることは間違いない。その視線を部長は背中にひしひしと感じていた。滅多《めった》なことを口に出来ない。

「公安というものはだよ、そういう、なんていうんですか、ほれ、スパイ活動に長《た》けているわけですよ。ね、だから、君の行動などは筒抜けなわけだったんです。そうそう、スパイ活動だから」

「彼らが部長に報告したことしか知らなかったのはどうしてでしょうか。それ以降にわたしが研究を続けた結果得たデータは何一つ知らなかった。もし僕の研究がなにもかも筒抜けだったのなら、報告書にまとめてからのことも知っているはずですよね。しかし公安の人間は、部長に報告したこと以外のことは何も知らなかった。おかしいじゃないですか」

「はいはい、なるほど、君の言いたいことはだいたいわかった。でもね、それは勘違い。うん、勘違いだな」

部長は一人頷いた。

「どこがどう勘違いなんですか」

「どうっていわれても、……そうそう、まあ君の思い違いとかね、そんなことがあるわけだよ」

扉が開いた。

部長は倒れるように後退《ずさ》る。

汚れた白衣を着た貢が出てきた。

「部長、部長にお伝えしたように、現在の霊的発電所がテロ行為などで暴走した場合、全国的な、いや、世界的な災害を引き起こすでしょう。それは人類壊滅の危機だといっても良いでしょう。そして新月である今夜、あそこがテロの対象となっている可能性は非常に高い。例のサイコムウですよ。そのことはもちろんご存じですよね」

「はいはいはい、それはそうなんだが――」

「時間がありません。部長には決断をお願いしたい。取るべき方法は二つ。ひとつは微笑町を閉鎖し、住民を避難させることです。発電所の影響下にある、ナノ呪符に感染している人たちが真っ先に危険にさらされます。どれだけの範囲に影響が及ぼされるのかがわからないのですが、少なくとも県外には避難する必要があるでしょう」

「はいはいはい、なるほど。でもね――」

「そしてそれが出来ないなら取るべき方法はもう一つしかありません。僕はワクチン呪符とでもいうものを造りました。これを経口でも良いですから服用してもらうことです。すべての町民にですよ」

「はいはい、君の言うことはよくわかりましたがね、しかし――」

「しかし、などと言っている暇はありません。今すぐどちらかをお選びください」

「はいはいはい、君の気持ちはわかった。しかしね、それはどちらも無理だよ。いずれにしてもわたしの独断で出来ることじゃない。今から許可を願い出たとしても、今夜までに許しが出るとは思えない。だからまあ、いずれにしても無茶な話でね」

扉を開いてソーメーと哲也が顔を出した。

「貢、詰め終わったぞ」

ソーメーが言った。

「ありがとうございます」

貢は後ろを振り返って頭を下げた。それから部長を睨み付けた。

「部長、ワクチン呪符の準備が出来ました」

貢は首から垂らしていたＩＤカードを外した。それから白衣につけられたバッジを外す。

その二つを揃えて、部長の手に握らせた。

「はい？　えっ？　これはなんですか」

「わたしの独断でワクチン呪符を配布します。協力は求めません。我々だけでそれをします。一切これは呪禁局と関係がありません。これで結構ですね」

「はいはいはい、それはつまり君が呪禁局を辞めるってことだね」

「ええ、そうです」

「はいはい、それならまあ」

「じゃあ、そのことについては黙認願えますか。その後はわたし個人で責任を取りますから」

「いや、それは約束出来ないなあ」

「もし、わたしを止めて大災害が起こったら、今ここでみんながこの会話を聞いていたわけですから、その責任が部長に掛かってきます。それでも良いですか。僕を止めなければ、失敗すれば僕の責任だし、成功すれば部長の手柄にすることも可能です。どうですか」

「ん、まあ、それはなあ」

「よろしいですね」

「はいはいはい、わかりましたわかりました」

「それともう一つ言っておきたいことがあります」

「はいはい、何でしょうか」

「はい、は一回です。何度も繰り返すと相手に失礼です。それでは失礼します」

研究員たちがこっそりと拍手をした。

「さあ、行きましょう」

哲也とソーメーが台車を押して出てきた。台車には大きな段ボール箱が七つ載っかっていた。

「いいかね」

背後から部長が怒鳴った。

「今から君のすることに、一切呪禁局は関与していないからそのつもりでな」

その声を背に、三人は研究棟を出た。

誰にも止められることなく、エレベーターで地下の駐車場へと向かう。真っ白のRV車があった。ソーメーの車だ。それに七つの段ボール箱を次々に積み込む。さすがの大容量を誇るRV車ももう何も詰め込めない。座席をスライドさせて狭くなった運転席に、ソーメーがほぼ球形の身体を押しこんだ。貢が助手席に乗り込む。その助手席までソーメーの肉がこぼれている。

哲也はその隣に停めてあった巨大なバイクに跨った。

呪禁局から微笑町まで、わずか二十分ほどの距離だ。三人が微笑町にたどり着いたのは午後二時丁度だった。

2

万雷とはまさにこのことだろう。うねるような拍手の音が聞こえる。それに押されるようにして宇城は舞台を下りた。柔和《にゅうわ》な笑みが満足げだ。

夕方の二度目の講演が終わったのだった。

宇城は控え室に戻って、簡素なパイプ椅子に腰を降ろした。

テーブルの上にあるミネラルウォーターのペットボトルを摑んで一口飲む。ずいぶん昔に酒を断ったのだ。口に含みゆっくりと喉を通す。喉から水が染みこむのを存分に愉《たの》しんだ。

「素晴らしかったですよ」

扉から入ってきた男が、感激した声を上げた。

「毎回毎回聞いているんですが、それでも感動してしまいます」

「ありがとう」

宇城は微笑んだ。彼は宇城の秘書なのだが、同時に熱心な彼の信者でもある。

「今日はもうこの後には仕事を入れておりませんが」

「ああ、それでいいんだよ」

「あの」

言ったきり秘書が黙った。

宇城は彼の顔を見た。男は目を逸らす。

「何だね。どうした、君らしくないな」

「はい、あのですね……これからどうされるわけですか」

「これから——プライベートの時間だよ。本を読んだり、食事をしたり。それがどうかしたかい」

「いえ」

秘書はまた黙り込んだ。

宇城には彼が何を言いたがっているのか、だいたい想像がついた。彼は疑っているのだ。宇城がボーアマンに関係しているのではないかと。

ずっと宇城に付き添ってきた男だ。宇城が人払いをして一人になりたがるとき、それがボーアマンの出現する時であることに気づかないわけがない。

公民館から出て駐車場へと向かう。

秘書は三歩離れてついてきた。

運転席に乗り込もうとする彼を、宇城は制した。

「ここまででいいですよ」

「そうですか……はい」

やはり何かを言いたそうな秘書をおいて運転席に腰を降ろすと、宇城は言った。

「君が必要になったら、その時はわたしが言うよ。君が頼りになる存在であることはわたしも知っているし、信頼もしている。だから時が来れば君に手伝ってもらうこともあるだろう。その時になれば君に教えるよ」

秘書はにっこりと笑い、深く頭を下げた。

「ありがとうございます」

宇城は車を出した。

ばれてはならない。

宇城は自身がボーアマンであることをそう思っているし、そうしてきた。しかし誰かにそれを告げたくて堪らなかった。だからこそ、どこかで破綻《はたん》が生じるのを期待しているところがあった。それでなければ、ここまで無防備にボーアマンへと入れ替わろうとはしないだろう。

今のやりとりで宇城がボーアマンであることに確信を持ったであろう秘書を後に、車は廃工場へと向かう。

浮かれている。

一言で言うとそうなるだろう。宇城はわくわくしていた。彼の全能感はますます強くなっていた。何をやっても成功するのだと思っていた。世界を掌握している気分だった。

廃工場が近づいてきた。

敷地を囲む錆びついたフェンスが見えてくる。車をいつもの位置に停め、宇城は降りた。フェンスの裂け目を押し開け、中へと入る。湿った音を立てる腐植土を踏みしめ、工場へと進む。

工場へと入った宇城を迎えたのは、亀に似た小さなラジコンカーだった。六本の脚でちょこちょこと駆け寄ってくる。と、頭に当たる部分が持ち上がり、レンズの目が宇城を見上げた。

「なかなか良い出来でしょう、シルバー」

ブラックがリモコンを片手に笑った。

「これに映ったものが全国に流されることになります」

「こっちの方も良い調子です」

イエローが言った。

「もうすぐ完成しますからね」

ピンクが言った。

兄妹のように見える二人は、仁王立ちの赤い巨人の周りを工具を持って忙しく働いている。

「どうですか、レッド」

イエローに促され、赤い巨人——米澤は顔を左右に動かした。

「さあな、俺にはわからん」

素っ気ない。

「レッドの見るものが全国に流れることになるんですよ」

イエローが言った。

「だからよけいなものを見ちゃ駄目ですよ」

ピンクが付け加えた。

「発電所のどこによけいなものってのがあるんだ」

米澤はピンクを見た。

「えと、わたしのお尻とか」

「見るか、そんなもん」

「そんなもんって……」

宇城がぽんぽんと手を叩いた。

「さあ、いよいよ出陣の時が近づいております」

満面の笑みだ。遠足を目前にした子供のように宇城ははしゃいでいる。

「とうとう、あのサイコムウと我々は直接対決することになります」

「あのなあ」

米澤は黙っていられなかった。

「あんたの行動力には感心するし、その情報収集能力が素晴らしいのもわかる。しかし、なんであんたにはサイコムウの行動がそこまで正確に予測できるんだ」

「おかしいですか」

「おかしいなあ。場所が予測できるのはまだわかるが、なんで正確な時間までわかるんだ。まるで……」

「まるで——何でしょうか。あなたが何か疑問に思っているのなら、正直に言ってください。同志の間で隠し事は良くない」

宇城は米澤のレンズの目をじっと見つめていた。靄の掛かったようなおぼろな瞳だ。それがゆらゆらと輝き揺れているかのように米澤には見える。

そう、隠し事は良くない。

米澤は頭の中で宇城の科白を繰り返した。

「これって、あんたの自作自演なのか。つまりあんたとサイコムウは仲間なのか」

「そのとおりです」

悪びれることもなく宇城は言った。

「確かにボーアマンは一時代を築いた番組だし、みんながその名を知っているでしょう。ですが、だからといって我々がボーアマンを名乗った途端にサイコムウという悪役が現れる確率は低いです」

「そりゃまあ、そのとおりだが、あんまり露骨なマッチポンプなんで、そんなことはないんじゃないかと思っていた。しかし、しかしそれなら、何人もの死傷者を出しているサイコムウのあのテロはあんたの指図《さしず》だということか」

「そういうわけではありません」

「なぜだ、おかしいじゃないか。サイコムウはあんたの指示で……」

宇城はじっと米澤を見つめて微笑んでいた。

ゆらゆらと瞳の中で光が揺れる。

その揺れが米澤には心地よい。

入眠の瞬間の快楽に似ている。重く暖かな泥の中に沈んでいくような心地よさだ。

「おかしくはないですよ」

宇城は言う。

その声がじわじわと米澤の頭の中に染み入ってきた。

「ちっともおかしくない」

「何故だね。何故おかしくない」

尋ね、米澤は答えを待つ。餌《えさ》を待つ犬のように、彼を納得させてくれる回答が宇城の口から語られるのを待つ。

「遠大な計画でした」

夢でも見るように宇城はうっとりとした声でそう言った。

「わたしはずっとボーアマンを現代に生み出すにはどうしたらよいかを考えてきました。それが科学の復権に繋がると考えたからです。そしてわかったんですよ。ボーアマンが生まれるのには、サイコムウが必要だということがね。全能であるはずの神が悪魔を必要とするのと同じですよ。ここまではわかっていただけますか」

自分でも意識せぬままに、米澤は深く頷いていた。

「だからわたしはサイコムウを造りだしたのです。社会に警告するための道具として。確かに彼は罪を犯しました。わたしが直接指示したことではなかったとはいえ、それがわたしの罪であることを否定しません。まったく馬鹿げたマッチポンプだと、わたし自身思います。道化だと言ってもいい。しかしそれはどうしても必要なことだったんです。わたしのしていることは確かにおかしなことかもしれません。しかしねえ、それはこの世の在《あ》り方そのものがおかしいからなんですよ。普遍の学問である科学が、ここまで軽んじられる時代というもの自体がおかしいんだ。科学的に正しいことを、否定する人がいる。そういう人に科学的にそれが正しいことを説明するとします。そうしたら彼らの言う科白は決まっているんだ。『難しいことを言われてもわからないなあ』」

そうそう、と米澤は頷く。

「そう言われたらもう何も出来ません。それはもう理解することを否定しているわけですから。そして彼らはわからないと言いつつ主張する。『でもあなたの言っていることが正しいとは思えない』

「しかもそう言うときはたいてい小馬鹿にした薄ら笑いを浮かべていたりするんですよ」

ブラックが付け加えた。

「挙《あ》げ句の果てに我々の科学的に正しい言動を、人の心がわかっていないだの、文化的なことが理解できていないだのと難癖をつける。確かにオカルトは科学と矛盾した結果を招いたりします。しかしそれが科学の否定に直接繋がるわけではない。にもかかわらず、科学そのものが否定されかねない。わたしには、それは社会が狂っているからだとしか思えない。だからわたしは狂った社会を正そうと決意しました」

米澤は拍手したいような気分だった。が、それでも言いたいことは最後まで言っておくつもりだった。

「しかしそれにしても――」

「それにしてもサイコムウのしていることは非道過ぎる。そうでしょ」

米澤は再び頷く。

「そのとおりです。あれはわたしの手を離れて暴走し始めている。もうわたしの言うことに耳を貸そうとはしない」

絶望を表現するかのように宇城は深く溜め息をついた。

「それがオカルトというものの本質じゃないかと、わたしはそう思っています。オカルトは科学とは異なり、動きだしたものに対する歯止めがない。オカルトにはそういう暴走を食い止める仕組みが最初からないのですよ。すべてのオカルトには暴走を許す萌芽《ほうが》が必ず秘められているのだと、わたしは思います」

「シルバーは苦悩されました」

ブラックが宇城を守るかのように、米澤との間に割って入った。

「コントロール不能に陥ったサイコムウの犯した罪によって、その手が汚れてしまった。その罪を一身に引き受けて苦悩されていたんですよ。しかしね、シルバーは科学というものを守る礎《いしずえ》となるために自らの手を汚したのですよ。結局は誰かがそれをしなければならなかった」

少年のような真摯さで、ブラックは宇城について語った。

「そうなんですよ」

自分自身にブラックは頷いた。

「誰かが手を汚さねばならなかったんだ。そしてシルバーはそれをなされた。我々には出来ないことです」

高揚して語るブラックの肩に、宇城はぽんと手を置いた。

「手を汚すのはわたしだけで充分です。この年寄り一人でね。おう、そうだ、ご存じですか。ボーアマンがリメイクされるらしいですよ。この時代に、とうとう科学戦隊が復活したわけです。我々のしていることは無駄じゃなかった。その影響は大きいですよ。子供たちに聞くと、以前は呪禁官になりたがる子供が圧倒的だった。が、今ではボーアマンに、そして科学者になりたいという予供がどんどん増えてきている。我々のしていることが実を結びつつあるわけですよ」

ボーアマンの流行がそのまま科学の復興に繋がるわけではない。しかしテレビでボーアマンのテーマが流れていると、米澤も嬉しくなるのだった。

「さあ、もうすぐ時間だ」

ゆっくりと走ってきた銀色のバンが、米澤らの前で停まった。扉が開くと、すでに派手な色のユニフォームに着替えたイエローが出てきた。

「乗ってください」

後部扉が開いた。中からスライドしてきた鉄板がモーター音とともに降りてくる。米澤の巨体を積み込むためのリフトだ。

「いよいよだなあ」

「とっとと乗った乗った」

宇城がブラックの尻を叩いた。

最後にピンクが乗り込み、ボーアマンを乗せた銀の弾丸号は微笑町へと向かったのだった。

3

壁のほとんどがモニターで埋まっている。そこに映し出されているのは発電所の内部だ。スイッチを切り替えることで、施設内のほとんどの場所を映し出すことが出来る。

ここは警備室だ。

「これ、なんですか」

若い警備員が大きなトランクを叩いた。

「人が一人、まんま入れそうですよね」

「そのとおりだよ」

答えたのは部隊長だ。

「えっ？」

「死体が入っているからな」

「嘘でしょ」

ひきつった顔で若い警備員が言う。

「冗談に決まってるじゃないか」

若い警備員と並んで椅子に腰掛け、モニターを眺めていた年嵩《としかさ》の警備員が苦笑した。二人ずつ一日三交代で発電所の警備をしている。呪禁局の人間は昨日から警備に加わった。呪禁官に見張られているような気がして、二人ともいささか緊張しているようだった。

「でも、なんか呪禁官の持ち込んだ荷物だと、なんか不思議なものが入ってそうじゃないですか」

顔を赤らめ警備員が言い訳する。

「死体は別に不思議なものじゃない」

にこりともしないで部隊長はそう言った。

「まあ、そりゃそうですが」

若い警備員は言いながら煙草を取り出してきた。

「本当はここ禁煙なんですけどね」

そう断って煙草に火を点けた。

「せめてこれぐらいの楽しみがないとね」

年嵩の警備員も煙草に火を点けた。

「部隊長殿は煙草を吸わないいんですか」

若い方の警備員が尋ねた。

じっとモニターを見つめていた部隊長が振り向いた。

「昔は吸ったんだがね」

「やめたんですか」

「死にかけたんだよ。九死に一生を得たという奴だ。そういう経験をすると臆病になるものさ」

「そういうもんですかねえ。俺もそんな経験をしたら煙草がやめられるかなあ」

「試してみるか」

「ええっ、いくらなんでも禁煙のために九死に一生なんて経験はしたくないですよ」

呪禁官の制服である黒い外套を、部隊長は着込んだままだ。その懐に手を入れる。と、そこから長い抜き身の剣を抜きだした。

「わあ、魔法みたいだ」

若い男がはしゃぐ。

「あっ、本当に魔法なんですよね」

「剣は風を意味する」

言いながら部隊長は剣先で床に円を描いた。

「何が始まるんですか」

年嵩の警備員が言う。ただひたすらモニター画面を見続ける仕事の中に、降って湧《わ》いたショータイムだった。

「君たちが禁煙出来るように魔法をかけるのさ」

「そりゃあ、楽しみだ」

若い警備員は小さな拍手をした。

「我が心は風の王国へと拡がる」

凛《りん》とした声が部屋に響く。

二人の警備員は興味津々で成り行きを見守った。

「形なき風のなかに幻と声が現る。閃《ひらめ》き、はねあがり、回転し、渦巻きながら声高に叫びたり」

切っ先が、描いた円の中に五芒星を刻む。

「オー・ロー　イー・バー　アー・オー・ゾド・ピー」

空調だけが静かに鳴っていた閉じた部屋の中に風が吹く。虫の這うような音を立てて週刊誌のページが捲れた。

「大いなる東方の四辺形の名と文字において、東の物見の塔の天使たちよ、我汝らを召喚す」

波動《バイブレーション》を生じさせる声が、わん、と部屋に響いて、消えた。続く静寂に、水を満たしたコップがぴりぴりと震えている。

その波紋もすぐに収まった。

「本来なら」

部隊長が声を出す。

その声を聞いて二人の警備員が堪えていた息を漏らした。

部隊長の話は続く。

「もっと複雑な術式をしなければならないんだ。最初の頃はわたしもそうしていた。しかし慣れればどこを略して良いのかがわかってくる。それもまあ、自分の力量に応じてのことなんだがね」

少し誇らしげに部隊長は言う。

「しかし略するといっても最近の『スペルズ』は噴飯ものだ。あんな阿呆が喋るような呪文でまともな効果があるとは思えない。『クリハラ文字』にしても同罪だ」

「でも、この霊的発電に使われているのはクリハラ文字ですよね」

若い警備員はそう言ってから、付け加えた。

「ところでさっきの魔法でわたしたちは禁煙できるようになったんですか」

年嵩の警備員は手にしたままだった煙草を、おそるおそる吸ってみる。

「あれ」

紫煙を吐き出しながら警備員は言った。

「吸えちゃいますけど。うまいし」

「さっきも言っただろ」

部隊長は長剣を再び外套の中へと仕舞った。

と、同時に羽音がした。

テーブルの上の雑誌が吹き飛ぶ。そしてあり得ないほどの黒く大きな鳥が現れた。

漆黒の翼を二、三度羽ばたかせ、きょとんとした黒い瞳で、二人の警備員を代わる代わる見た。

「言っただろう。九死に一生を得るような体験をすると禁煙出来るって」

さして広くない部屋の中に、二羽目の巨鳥が降り立った。続いて三羽目が現れるのと、二羽の黒い鳥が警備員に襲いかかるのは同時だった。

「大丈夫だよ。煙草は絶対にやめられる」

大きなトランクの鍵を開きながら部隊長はそう言った。

悲鳴は一瞬だった。

血がゆっくりと床を流れていく。

部隊長はトランクを開けた。

中に入っていたのは、部隊長が言ったとおり死体だった。その身体には鎧のように金属片が打ち付けられている。

「やあ、不死者」

部隊長が呼び掛けると、死体の目が開いた。

「君の出番だ。せいぜい暴れてくれたまえ。しかしいくら暴れても、わたしの造った結界からは逃れることが出来ないがね」

不死者は白濁した目で部隊長を見ると、唇の端を吊り上げた。

笑ったように見えたが、部隊長はそれには気づかなかった。

4

「厭な感じがする」

少女は人差し指と中指でしきりに唇を叩きながらそう言った。タッチパネルの上に行儀悪く座って、足をばたばたさせている。中身が三十を過ぎた成人女性であるとは、知っていても思いにくい。

パネルの展示や、ボタンを押して霊的発電の仕組みを知ることのできるモニター画面がある、一階の見学者のためのスペースに彼女たちはいた。

「煙草、吸いたいんでしょ」

ギアは少女の横に立って言った。

「さっきから口の前で煙草を吸う真似ばっかりしてますよ」

「たまらんね」

愛らしい声で少女は――龍頭は言う。

「苛々するのはそのせいばかりじゃないが」

龍頭は目を細め、不可視の何かを探るかのように周囲を見回した。

「今日、襲撃があると思いますか」

「来るだろうね。わたしの直観がずっと警告しつづけているから」

龍頭の直観は、単なる直観を超えた超常的な力だ。オカルトが力を持った今でも、未来のことを正確に知ることは不可能だ。しかし、それを警告という形で予測できる、こういった個人の危機予測は、唯一の時間を超えることの出来るオカルト能力なのだ。

「それって、やっぱりサイコムウなんでしょうか」

「おそらくね」

人差し指と中指を伸ばした間から息を吸い、吐く。

それから小さく舌打ちした。

「なんでどこもかしこも禁煙なんだ」

「仕方ないですよ。身体に悪いんですから、やめればいいじゃないですか」

「死んだ方がましだ。死んだってやめないのは、実証されているしね」

「なるほど」

本気で感心してギアは頷いた。

それから思い出して言った。

「サイコムウがここに侵入するのはそう簡単じゃないですよ。ここの呪的防衛はほぼ完璧ですから。だからサイコムウよりも、むしろ科学主義者の襲撃こそ注意すべきなんじゃないでしょうか」

「そうだな。単純にロケット弾だの爆薬だのを使った攻撃には弱そうだよな。しかしそういうテロにはわたしたちも為《な》す術がないわけだ。サイコムウが攻めて来ると思っているからこそ、我々はここで待っているんだから」

「確かにそうなんですが――」

「攻めて来るのはサイコムウだよ。奴は、たとえ困難であろうと必ずここに来るはずだ」

「どうしてそんなことを言えるんですか」

「どうしてだろうな」

他人事のようにそう言うと、龍頭は再び煙草を吸う真似をして、大きく深呼吸した。

「わたしには、ああいう犯罪者の気持ちが何となくわかるんだ。……きっとわたしが、そこに近いところにいるからだろうな」

「ええっ」

ギアが声を上げた。

「龍頭さんは犯罪とは対極にいる人じゃないですか」

「見たらわかる、か」

「ええ、見たらわかります」

ギアは胸を張ってそう答えた。

「ちょっと頭をここに出してごらん」

龍頭は胸の前を指差した。

ギアは屈《かが》んで、頭を龍頭に突き出す。その頭頂部を龍頭はぐりぐりと撫で回した。

「何ですか、これは」

少し顔を赤らめてギアは言った。

「坊やの正しい心に感激して頭を撫でたんだ。悪いか」

「悪くはないですけど」

ギアはなんとなく周囲を見回した。誰もいない。

「でも、なんかおかしいですよ。子供に頭を撫でられているなんて」

「見れば誰だってわかるさ。おまえの方が子供だってことが」

「わかりません」

むっとしてギアは言った。

「人とはわからないものだ。わかったような気でいると手酷い目に遭う。いずれはな。しかし出来るならわたしも、おまえのように無防備に人を信じてみたいよ」

「僕はそんなに単純じゃありません」

「そうだな。単純じゃない。で、今何時だ」

ギアは袖をまくり時計を見た。

「もう八時を回ってますね。新月の夜だ。奴はいつ頃来ると思いますか」

「さあな、そこまではわからないが、襲ってくるのは間違いなく今夜だろうな」

「どうやってここに入ってくるつもりでしょうか」

「一番考えられるのが」

龍頭はパネルから降りて立った。

「なんですか」

「もうここに入っている可能性だな」

「どういう意味ですか」

「警備が強化される三日間の前に侵入をすませている、とか、警備員や職員になりすましている、とか。あるいは本当の警備員や職員の中に手引きする人間がいるとか」

「それは……たいへんだ。もしそんなことがあったら……」

龍頭の科白ひとつで、ギアは浮き足立ってしまった。

「そう、たいへんだ。もちろん真っ先にそういう可能性を考えて、職員や警備員の身元を洗い直したらしいけどね。しかしそれでも、この三日のうちに外から侵入するよりはあり得るような気がする。まあ、これもわたしの直観なのだけど。とにかく制御室に行ってみるか。内部から手引きするならまずあそこだからな」

「行きましょう行きましょう」

龍頭の手を引っ張って、ギアは地下二階の中央制御室へと向かった。

エレベーターを降りると、目映《まばゆ》い純白の世界に出る。影がどこにも生じないように設計された真っ白な廊下だ。どこにも目印がなく、これだけでも上下左右の感覚が揺さぶられる。地下二階も地下一階と同じ白い迷路なのだ。ぐねぐねと曲がる廊下はいくつにも分岐し、霊的な影響から内部と外部を隔てるように出来ていた。

猿に似た人工地霊の導きで、二人は迷路を進んでいく。招かれた者だけを導く人工地霊なしでは、永遠に白い廊下をさ迷うことになるだろう。

幾つめかの四つ辻だった。今までと同様に、一方の通路を指差す人工地霊がいた。そして人工地霊の隣。

そこでギアたちをじっと見つめているものがいる。

鬼だ。

小さな小さな、直立したネズミほどしかないそれは、額の中央から一本の角を生やしていた。

「鬼、ですよね」

ギアが尋ねた。

「みたいだな」

龍頭が答える。

ぎゅるるるるる。

鬼が甲高い声で一鳴きした。

ギアは外套のポケットに手を入れた。呪句を刻んだコインを握る。

「待て」

龍頭が言った。

ギアを抑えて前にでる。

「れんごーん、れんごーん」

鬼が言った。

「れんご……ん？」

ギアが聞き返す。

「これは――召鬼法で召喚された小鬼だ」

「こんなものがどうして。えっ、まさか、もう誰かが侵入したんでしょうか」

しっ、と龍頭が人差し指で唇を押さえた。

小鬼がまた言う。

「うだぎりぃだじょ。うだぎりぃだじょ。ぶぅたぁい」

そこまで言った途端だ。小鬼の身体は赤い飛沫となって四散した。内部から爆発したように見えた。

今まで小鬼のいた場所に、一枚のコインが転がっている。ギアがポケットの中で握っているコインと同じ物。五芒星形が刻印された呪禁官の呪的武器である。

「何をしている」

背後から声が掛かった。

振り向くとそこに部隊長が立っていた。

「貴様らは馬鹿か。何をのんびりと見ているんだ。そんなものがいるということは、すでにどこかの警備網が断たれたということだ。一階へ行け。正門口を調べるんだ」

怒声にギアが項垂れる。

「部隊長はどこに」

龍頭が言った。

「わたしは中央制御室を見てくる」

「一人で大丈夫ですか」

「救援も呼んだ。すぐに別の部隊がここに到着する。おまえたちは不審者がいないことを確認しながら一階正面出口へ向かえ。安全を確認したら連絡をくれ」

「了解」

直立不動の姿勢でギアが言った。

二人はその場で回れ右をして、今来た廊下を後戻りし始めた。

すぐに龍頭が足を止めた。背後を見る。もう誰もいない。

「どうしたんですか」

「戻る」

「えっ、戻るって」

「中央制御室へ向かうんだ」

「でもそっちは部隊長が——」

「さっきの小鬼を思い出せ」

目の前にいる少女が龍頭であることは理解しているが、やはり幼い少女に命令されると一瞬躊躇《ちゅうちょ》してしまう。

「えっ、あっ、はい」

小さな動揺を隠してギアは返事した。

「何か気づいたか」

「やはりサイコムウの使う小鬼なんでしょうか」

「サイコムウの使用する魔術は基本的にはエノク魔術だ。しかし、あの小鬼は召鬼法で召喚された鬼だよ」

「えっ、どういうことです。それじゃあ、サイコムウが侵入したんじゃないってことですか」

「おそらく小鬼もどこかから侵入したんだろう。霊的防衛がどこかで破れているのは間違いないと思う。が、小鬼がそれをしたとは思えない」

「でも……」

「小鬼が最初なんと言ったのか覚えているか」

「はい、ええと、れんごーんって」

「『伝言』だよ。誰かからの伝言を伝えに来たんだ、あの小鬼は」

「伝言……なるほど」

「誰かが我々に何かを伝えたくて小鬼を放ったんだ。だから術者は離れたところにいるはず。ということは、ここの厳重な霊的防衛をあの小鬼だけで突破したことになる。あの小鬼にそんな力はない。小鬼は誰かが破った穴から、どさくさに紛れて侵入したんだ。最初に霊的防衛を破った者がいるんだ」

「それが誰なのか、わかっているのですか」

ギアの質問には答えず、龍頭は話を続ける。

「あれは次に言った。『裏切りだ』とな」

「そ、そんなことを言ってましたっけ」

「鬼の言葉をあまり聞いたことがないのか」

「ええ」

「小鬼には特有の喋り方があるからな。あの鬼は『うだぎりぃだじょ』と言っていたんだ」

「うだぎりぃ、裏切り……どういうことか、僕にはさっぱり」

「その次にアレは言った『ぶたい』」

「ぶたい？……そう言えば破裂する寸前に『ぶぅたぁい』とか、そんなことを言ってたかなあ」

「あの小鬼に覚えがある」

「えっ、本当ですか」

「使役する鬼は持ち主に似るんだ。喋り方ひとつにしてもな。召鬼法の使い手でわたしは一人、あの鬼を使っている人間に心当たりがある」

「誰ですか」

「雨宮リルル」

「……あっ、なるほど。裏切りだじょ、って、そう言ってたんですよね」

「今気づいたのか」

「すみません」

頭を下げた。

「謝ることでもないが……。誰の使役した小鬼かがもしわかっていなかったとしても、あれが我々に危害を加えるような危険な鬼なのかどうかは、まともな訓練を受けた呪禁官ならすぐにわかるはずだ。あれには害意も敵意もなかった。しかし部隊長はそれを問答無用で消し去った」

「敵意がないことを知りながら、ですか」

龍頭は重々しく頷いた。

ギアも彼女が何を言おうとしているのか、薄々感づいていた。しかしそれは、素直に頷けることではなかった。

「でも、小鬼が外部からの侵入者であることが確実なら、部隊長がそれを排除するのは当然じゃあないですか」

「小鬼に尋ねれば、いや、尋ねなくともその組成を解析すれば、誰によって造られ、どこから侵入したのかぐらいは判明しただろう。部隊長であれば、当然それぐらいのことはわかっていたはずだ。にもかかわらず部隊長は問答無用であれを消した」

「そう言えばそうかもしれませんが……」

「思い出せ、小鬼がなんと言おうとしていたのか」

「えっ、それは『裏切りだ』でしょ」

「それから」

「それから、ああ、ぶたい……まさか、龍頭さん」

「そう、やっぱり制御室へ行ってみよう」

二人はもと来た道を引き返した。

5

ワックスで磨き上げられたぴかぴかのRV車が、ゆっくりと夕暮れの町を進んでいく。併走するのは大排気量のバイク。

窓から漏れる家々の明かりが奇妙に懐かしく寂しい町。微笑町だ。

車が停まった。バイクが並ぶ。

扉を開いて中から身体をひねり出してきたのはソーメーだ。白衣を着ている。本来はゆったりと造られているであろう白衣のボタンが弾けそうだ。

地図を片手に助手席から出てきたのが貢だ。

「凄いものですね。もう五分の四配布しましたよ。途中で学校や役所なんかで大量に配布できたおかげですよ。それでなかったら今日中に配布することは不可能でしたから」

「あと何軒」

「四十四軒」

貢の科白に、ソーメーが大きく溜め息をついた。

「まだ五十軒ちかくあるの」

「四十四軒です」

「同じだよ」

バイクを降りた哲也が段ボールをひとつ台車に載せて運んできた。

「さあさあ、早く済ませようぜ」

アルミの魔法瓶を肩からかけ、ソーメーは近くの家のインターホンを押した。

「はい、どちら様」

「霊的発電プロジェクト委員会の方から来ました」

ソーメーが言った。

しばらくして玄関の扉が開いた。

出てきた中年女性に、ソーメーはにこやかに笑いかけて言った。

「ちょっとお時間を拝借いたします。ええと、奥様でらっしゃいますね」

「ええ、まあ」

「奥様の柳好子《やなぎよしこ》さん」

ファイルを見ながら貢が言った。

「で、こちらにお住まいなのはご主人の柳庄一《しょういち》さんとお嬢ちゃんの真美《まみ》さん、ですね」

貢が顔を上げ、真剣な顔でそう尋ねた。

「ええ、そうです」

「皆さん、おられますか」

にこやかに尋ねるのはソーメーだ。

「今ですか」

「そうです」

「ええ、みんなおりますけど」

「良かった。私どもはこういう者でして」

ソーメーが名刺を一枚出す。

そこに書かれている住所はでたらめだが、電話番号はソーメーの家のものだ。

微笑町に入ってから、ソーメーの家族のところに真っ先に出向いた。そこで事情を説明しワクチン液を飲ませた。そして電話での問い合わせがあったら、適当に答えてくれと頼んだのだった。霊的発電プロジェクト委員会の名刺は、ここに来るまでにつくってあった。それはもしものための処置であり、出来ればそんなことがなければいいのだが、とソーメーは思っていた。が、家に連絡してみると、やはり幾つかの問い合わせがあったようだ。

「じゃあ、これをお願いします」

お猪口《ちょこ》のような小さな紙コップをソーメーは取り出した。

「ちゃんと人数分あるはずです」

「これは……」

「呪符カプセルを呑まれてからどれぐらいになりますか」

「ええと、二年目ですか」

「そうですね。長い人で二十八カ月。短い人でも二十三カ月、服用してから経っているはずです」

淀《よど》みなくソーメーは説明をする。もう何百回となく繰り返しているのだから当然なのだが。

「間違いなくナノ呪符は定着して増殖しているはずなのですが、ここにきて初期呪符カプセルのナノ呪符に根本的な障害が発見されました」

「障害」

女の顔が不安に曇《くも》る。

嵩《かさ》に掛かってソーメーが言う。

「そうです、障害です。今のところそれでどうなるということはないのですが、三十カ月を目処《めど》としていろいろと身体に支障が現れる可能性があります」

「三十カ月ですか」

「そうです。まあ、誤差はあるでしょうが、とにかくやがて支障が現れることは間違いないわけです」

「それで、あの、どうすれば良いんでしょうか」

「ああ、ご心配なく」

紙コップに銀の魔法瓶からわずかな透明な液体を注いだ。

「これがナノ呪符アップデート版です。さっ、飲んでください」

「あっ、はい」

ソーメーに促されるままに女はそれを飲み干した。

「あと二つですね」

紙コップを二つ渡す。

「ええと、ご家族は奥におられるんですよね」

「ええ、そうですけど」

「じゃ、わたしが直接説明させてもらいますよ。失礼、お邪魔します」

いつの間にか玄関に入り込んでいたソーメーは、

さっさと靴を脱いで中に入っていった。

この調子ですでに二百世帯、七百数十名にワクチンを飲ませていた。すべてソーメーの口八丁のおかげと言うべきだろう。すぐに相手を自分のペースに巻き込んでしまうその話術は、特殊能力と言ってもいいほどだった。

「どうも、ありがとうございました」

頭を下げながらソーメーが出てきた。

外で待っていた貢と哲也に言う。

「さあ、次だ」

隣の家へと向かう。その時だ。

サイレンの音が聞こえた。

パトカーだ。

みるみる三人に近づいてきて停まった。

中から警官が二人、出てきた。

「ちょっと、すみません」

ソーメーに呼び掛けた。口調は丁寧だが緊張している様子がありありとしていた。

「なんでしょうか」

愛想笑いを浮かべてソーメーが言った。

「住民から通報がありましてね、霊的発電プロジェクト委員会の方から来たと言って、何か怪しげなものを飲まされたとか」

「へえ、おかしなことをする人がいるもんだな」

「白衣を着て非常に太った男で、肩から銀色の魔法瓶を掛けていたとか」

「それって、あの……」

ソーメーの額からだらだらと汗が流れ出した。

「念のために委員会の方へ問い合わせたらしいんですよ。そうしたら委員会の方ではそんなことをしていないと」

「それはですね」

「ちょっとご同行願えませんか」

二人の警官は今にも飛びかかってきそうだ。

「それは――」

さらに大量の脂汗《あぶらあせ》をソーメーが流し、哲也が堅く拳を握りしめたその時だった。貢が一歩前に出て二人の警官にIDカードを見せた。

「呪禁局の者だ」

五芒星の描かれたカードの効果は覿面《てきめん》だった。二人の警官は直立不動の姿勢を取って敬礼した。

「ご苦労様です」

「これは極秘の潜入捜査なので黙っていてもらいたいのだが」

「それは――あの、我々は聞いておりませんが」

「君も知っているだろう。昔から警察と呪禁局があまり仲良くしていないことぐらい。連絡の行き違いはいつものことだ。ある凶悪な呪術師がこのあたり一体に呪いをかけた。誰にかけたのかがわからないが、その呪いが効力を表すと、とんでもないことになる」

「とんでもないこと、といいますと」

「場合によってはこの世が終わる」

「この世が……」

警官がごくりと唾を飲み込んだ。

「そのことを公表してはパニックになる。だからこうして、町の全員に呪いを解く魔法の薬を配っているんだ」

「それはご苦労様です」

「さっきも言ったようにあくまで極秘任務だ。誰かに漏らされては困る。わかるね」

「はい」

「それじゃあ、行って良し」

「はい、失礼しました」

警官たちは再び敬礼して、パトカーへと戻っていった。

「あれ、IDカードって部長に返しちゃったよね」

「期限切れのカードですよ。もしもの時に使おうと思って、引き出しの中に入れてあったのを持ってきたんです」

貢は照れくさそうに笑った。

「それにしても凄いなあ、呪禁官の力は」

ソーメーが心底感心したようにそう言った。

「警官がみんなああなるとは限らないけどね。我々に反感を持っている警官もたくさんいますから。まあ、若い警官だったから、もしかしたら通用するかと思ったんですよ。あんなに上手くいくとは思いませんでした。さあ、続けましょう。もう、かなり遅い。真夜中になってから回るわけにいきませんしね」

「よっしゃ」

ソーメーは早速隣の家のインターホンを押した。

本当に時間は押し迫っているのだった。

6

広大な空間の中を二人の呪禁官は歩いていた。パトロールしているはずなのだが、何故か当てもなく彷徨っているような気になる。発電所の地下一階は遠近感を狂わせるほど、何もかもが巨大だった。

読経の音が重く低く響いている。

それ以外には二人の足音しか聞こえない。

一人がクトゥルーと名付けられた陰陽炉を見上げた。つい、脚が止まる。金属パイプと配線がメデュウサの髪のように絡み合うそれは、異世界の奇怪な生物のように見えた。

「不吉だな」

男が言った。

「言うな」

すかさずもう一人がそう答える。そう答えると言うことは、同じことを考えていたからに他ならない。

「行くぞ」

陰陽炉を見上げたまま佇む男の腕を引く。

二人が回廊を再び歩き始めた、その時だった。

前から奇妙な人物が近づいてきていた。緩《ゆる》やかな動作であるにもかかわらず、それはあっと言う間に二人の目前に立っていた。まるで今そこに生まれたように、それは唐突に二人の前に現れたのだった。

マントのようなものを身にまとっている。

その下は裸だ。その肌は銀に輝く鱗のようなもので覆われていた。

ひょこひょこと、それは身体を左右に揺らしながら二人に近づいてくる。

不死者だった。

「誰だ」

誰何し、二人はともに杖を構える。

それが厳重な警戒を越えて入ってきた侵入者であることは明らかだった。

二人から殺気がゆらりとたちのぼる。

が、そんなことなど知らぬ顔で、それは近づいてくる。近づけば、それが身につけている銀の鱗の正体がわかった。

何十枚もの金属片だ。金属片がネジで直接身体につけられているのだ。そこには奇妙な文字がびっしりと刻まれてあった。

二人の呪禁官は、即座にそれがエノク文字であることを知った。サイコムウがエノク魔術を使うことは知らされている。

敵であることを確信して一人が声を張り上げた。

「止まれ」

呪禁官ほどの術者になると、こういった命令の言葉そのものが呪的な力を持つ。止まれ、という命令は単なる言葉ではなく、他者に影響を与える呪詛でもあるのだ。

が、それは制止の声も聞こえないようだった。

まっすぐ彼らの方へと歩いてくる。

呪禁官の一人がヘブライ語の聖句を唱えはじめた。たいていの人工精霊を退ける力を持つ聖句だ。同時にもう一人の呪禁官が、他の部隊員に伝えるべく、耳の奥にいる肉の塊を指でつついた。それは人工的に造られた霊的な蟲であり、生きた通信機なのだ。特有の振動があって、他の呪禁官へと繋がったことをしらせる。

と、風が吹いた。

黒い風だ。

頭部に衝撃を感じ、彼は倒れそうになった。

何者かに頭の側面を殴られたのだと思った。

殴られたとおぼしきところを手で押さえる。

熱く血が迸《ほとばし》っていた。

そして見た。

床の上に転がっている己の耳朶《じだ》を。そして血にまみれ、半ば潰された生きた通信機を。

彼は悲鳴ひとつあげず、鱗の男に向かって五芒星が刻印された硬貨を放った。

それは不死者の額に当たった。

岩をも砕き、霊的存在には致命的な影響を与える硬貨が、しかし金属的な音とともに跳ね返った。

不死者は強力な呪力で守られているのだ。

跳ね返ったコインが床に落ちる前に、もう一人の呪禁官は杖を構えて不死者に掛かっていった。

横から、またもや黒い影がぶつかってきた。

その時二人はその黒い影の正体をようやく知った。

それは真っ黒な鳥だ。

それも大型犬ほどもある恐ろしく大きな鳥。

耳を千切られた男は、その鳥めがけて杖を放った。

聖別された杖は、矢のように鳥の身体を貫いた。けたたましい悲鳴とともに、鳥の身体が消滅した。

黒い羽毛が周囲に散る。

やった、と一瞬喜色を浮かべた二人だが、頭上から聞こえる羽音に天井を見上げ、ともに蒼褪めた。天井近くで数十羽の黒い鳥が雲霞《うんか》のように群れて飛んでいる。

それが一斉に降下してきた。

一羽二羽は杖で倒した。硬貨で蹴散らした。

が、それだけで防ぎ得る数ではない。

群がる鳥に、たちまち黒い山が二つ出来た。

尖った嘴が目を耳を喉を突く。肉を啄《ついば》む。聖句を唱える余裕さえない。

一人の呪禁官が、黒い山から這いだしてきた。両耳が引き千切られ、片目は眼球が抉りとられていた。

手に握っているのは短剣ひとつだ。

血みどろの呪禁官は立ち上がり、走る。

いや、走ろうとした。

その目の前に、鱗の男が立っていた。

腐臭が鼻をついた。

死者？

ならばブゥードゥーの秘法によって生み出されたゾンビか。

それなら恐れるほどのことはない。これがあの鳥を操っているのではないのだ。

男はそう判断した。

ゾンビは術者の命じることに諾々と従うロボットでしかない。

男は短剣を掲げ、それの脇を走り抜けようとした。止めにきたなら喉を切り裂くつもりだった。

が、それは彼の考えていた以上のスピードで襲いかかってきた。

短剣で不死者の喉を狙う。

が、それはあっさりとかわされた。

片目を失い、遠近感が狂っていたことも関係しているだろう。が、不死者の動きはたとえ両目で見ていたとしても捉えられぬほど素早かった。

不死者は最小限の動きで切っ先をかわし、短剣を持って伸ばした腕を捕えた。

凄まじい力だった。

肩から肘をしっかりと押さえられ、土中に埋められたかのように動きがとれない。

蒼褪めた顔面が、彼のすぐ傍にあった。濃厚な腐臭が鼻をさした。

それの唇が歪んだ。

笑ったように見えた。

笑ったのであるなら、それはゾンビなどではない。生ける死者でもない。それらに感情などないからだ。

男は拳を固めて、その鼻に叩きつけようとした。不自然に身体をひねっての、威力のないパンチだった。

不死者は避けなかった。

ただ大きく口を開いただけだ。灰色の口腔がはっきりと見えた。

拳がその口に飲まれた。

そして口が閉じる。

手首に食い込んだ歯が、みちみちと皮膚を破り肉を貫く。

手が喰われようとしていた。

呪禁官としての誇りも何もなかった。

男は長々と悲鳴を上げた。

その顔に、反対に鱗の男の拳が埋まった。比喩《ひゆ》ではない。本当に埋まった。

息絶えた男を無造作に投げ捨てる。

カラスたちが羽音とともに一斉に飛び上がった。黒煙のようなそれが、吸い込まれるかのように、開いたままの非常口へと消えていった。

と、不死者は陰陽炉を見上げた。

陰陽炉は円形の巨大なプールの中に浸かっている。プールはコンクリート製の壁で囲まれていた。壁の高さは三メートルあまり。鎧の男は一挙動で壁の上に飛び上がった。

透明な水で、そこは満たされている。清浄な水は霊的な力を吸収するのだ。

不死者は躊躇なくプールに飛び込んだ。金属片をつけたまま、男は陰陽炉へと泳ぐ。

マングローブの根のように絡み合い、瘤《こぶ》をなしているパイプにしがみつき、這い上がった。

その金属パイプのひとつに、不死者は掌を当てた。

白煙がたちのぼる。

ぐずぐずと金属が溶けているのだ。

掌の形に空いた穴から光が漏れた。陰の気に着光されたものだ。

金臭い臭いが拡がった。

男はその穴に顔を近づける。青黒い唇を開き、その光を口腔に浴びる。洩れる光は、まるで液状であるかのようにその口の中に吸い込まれていった。

男の喉が上下する。


するりとマントが身体から滑り落ちた。

恐ろしい勢いで不死者から弾丸のように飛びだすものがあった。

それは壁に当たり、大きな金属音を立てて突き刺さった。

エノク語の呪句が書かれた金属リベットだ。それは不死者を死者の肉体に縛り付けておくための最後の杭だった。

腐汁とともに、リベットが次から次へと吹き飛んだ。金属片がばらばらと床に落ちる。

腐った頭部の皮膚が、まばらな毛髪とともにずるりと滑り落ちた。桃色の皮膚がその下にあった。微速度撮影された植物の発芽を見るように、そこに黒々とした毛髪が生えてくる。

ほとんどの金属片が落ちてしまった。青ざめた皮膚に血の気が戻る。

もう彼は鱗の男ではなかった。

霊的発電所の襲撃のために、大鴉を連れて別働隊として動かすために部隊長が危険を冒して連れてきた男。

不死者は今完全に復活を果たしたのだった。

7

発電所の敷地の周囲には高さ三メートルのフェンスが張り巡らせてある。防犯のために微弱な電流が流され、それが断たれると警報が鳴り響き、警察に連絡がいくようになっている。と同時に、フェンスに使用されている金網は聖別もされている。霊的発電所は結界の中に封じ込められているのだ。

フェンスの前に一台のバンが停まった。その天井が開いて、パラボラアンテナが突き出てきた。

次に後部扉が開き、リフトに乗った赤い巨人が降り立った。米澤だ。

続いて身体にぴったりとしたコスチュームを着た仮面の男女が現れた。それぞれに色分けされカラフルだ。

逞《たくま》しい筋肉を露にした真っ黒のコスチュームの男、ブラックが金属の棒を二本手にしてフェンスの前に立った。二本の金属棒はコードで繋がっている。

イエローとピンクがその棒を手にすると、タイミングを合わせて同時にフェンスに貼り付けた。

二本の金属棒の間の金網を、ブラックが金属用のハサミで断ち切っていく。

大きく開いたフェンスから最初に入ったのはシルバー、こと宇城だ。

「おおよそのオカルト系列の建物は、物理的な攻撃に対する防御がなっていない。確かに呪的防衛はこそ泥の意志をくじくかもしれない。たまたまそこを襲う事故からは守れるかもしれない。だがね、霊的防衛などというものは、はじめから科学的な手段で計画、実行する侵入者に対しては、なんらそれを阻止する手段を持たないものだ。だから諸君、恐れることも不安に思うこともない。我々は勝利を収めるのだよ。科学の力でね」

歩きながら、誰に言うともなく宇城は話し続けた。

その後ろに米澤の巨体がある。その後ろから長い柄の戦斧を持ったブラックが、最後尾にイエローとピンクがついていく。

敷地内で見る鉄塔は、天を突くかのようにそびえ立っていた。米澤は神に挑んで天を目指した塔のことを思い出した。

その正面玄関へと、ボーアマンたちは進んでいく。逃げも隠れもする様子はない。何しろ彼らは正義の味方なのだから。

玄関に近づくと、黒く染みのように二つの人影が倒れていた。


「これは……」

米澤が絶句した。

黒い外套はぼろぼろになり、杖は折れ、短剣を握りしめた腕はあらぬ角度に曲がっている。顔は原形を留めぬ赤い肉の塊だ。そしてその腹は大きく縦に裂かれ、そこから内臓が引き出されていた。

「この外套は、確か」

米澤の言葉を宇城が続けた。

「そう、この外套は呪禁官のものだ」

「死んでいる、よな。これはどう考えても」

「サイコムウだよ」

宇城は溜め息をついた。

「彼の呪的な力は相当なものだ。しかしね」

振り返り米澤の肩を叩いた。

「我々には科学がある。大丈夫。何も心配することはない」

心配することはない。

宇城のその言葉が湧き水のように身体の中にしみ入る。すると不安がたちまち失せていくのだ。

塔の正面入り口は目の前だ。

「何も警備がされていないようですね」

「サイコムウがすでに潜入しているからね。彼が警備を破ってしまったんだ。さあ、急ごう。彼が発電所を乗っ取ってしまう前に」

正面玄関の扉は簡単に開いた。鍵すら掛かっていなかった。見学者と変わらない気楽さで、米澤たちは施設内へと入っていった。

ブラックが抱えていた亀そっくりのラジコンカーを床に置く。それは車輪のついた六本の脚でスムーズに床を走った。首を左右に動かしてきょろきょろと周囲を見回している。

この亀と米澤に、ビデオカメラが仕込まれてあった。カメラの捉えた映像は中継車でもある銀の弾丸号に届けられ、そこから周辺都市のテレビに強制的に割り込む、いわゆる電波ジャックをすることになっている。

自ら情報を発信するのは、ボーアマンとしても初めてのことだった。

米澤が指差した。

「あそこにも」

見学客のためのブースに、死体が二体転がっていた。どれも呪禁官の黒い外套を着ている。

広いロビーに、血の臭いが濃い。

地下に通じるエレベーターへと向かう。そこに行くまでに二体、エレベーターの前に腕を伸ばして倒れている死体が一体あった。これもみな呪禁官たちだ。

呪禁官はただの飾りではない。その誰もが厳しい訓練に堪え、毎日の戦いの中で鍛えられた魔術戦士たちだ。その呪禁官を短時間にこれだけの人数屠《ほふ》ってしまったのだ。サイコムウの呪的な力の大きさは米澤たちにも明らかだった。

「いいかね。いよいよサイコムウとの直接対決だ。この惨状を見てもわかるだろう。簡単に勝てる相手ではない。しかし所詮相手は呪術師だ。魔術を使う輩《やから》だ。我々科学を知る者の敵ではない」

エレベーターの扉が開いた。

五人の科学の使徒たちが乗り込んだ。目的は地下二階の中央制御室だった。

が、エレベーターは地下一階で停まった。

みんなが一斉に武器を持って身構えた。

米澤は前腕の中から銃身をスライドさせた。七・六ミリの弾丸を一分間に六百発撃つことが可能な機銃だ。

扉がゆっくりと開いていく。

そこに立っているのはマントを羽織った男だった。

闇のように黒い髪から水が滴っている。

それは生えかわったようなピンクの舌で唇を舐め、言った。

「わかるのか、おまえたちに」

イエローがエレベーターの「閉」ボタンを連打した。

しかし扉は閉じない。

「誰だおまえは」

ブラックが戦斧を持って前に出た。

「わたしは恥辱の中にあった。誇るべき不死の魂は腐敗した肉に閉じこめられたのだ。永劫《えいごう》に生きるわたしにとって、それはわずかな時でしかなかったかもしれない。しかし、時は比較などできるものではない。その恥辱の時はわたしにとっては永劫と変わらぬものだった。わかるのか、おまえたちに、このわたしの怒りが」

「君は誰だ」

ブラックを押しのけ、宇城が前に出た。

宇城にとって、彼は意外な人間だった。計画ではサイコムウと彼の鴉がボーアマンを迎えるはずだった。

サイコムウは宇城にも不死者を幽閉していることを秘密にしていたのだった。

「我が名は不死者」

男は胸を張った。

「いいかね」

宇城はいつもの堂々とした口調で言った。

「我々は今から地下二階へと向かう。もし君がその邪魔をするつもりなら、それなりの覚悟をしなければならない。わかるね」

「なるほど、覚悟か。それはおまえたちにこそ必要なものだよ。わたしはこの世のすべての闇を統《す》べるもの。おまえたちに闇と争う覚悟がある者はいるのか」

言うと男は、半眼になって呪句を唱えはじめた。

「ひと、ふた、みよいつむななやここのたり、ふるべ、ゆらゆらとふるべ」

物部《もののべ》氏の祖神である饒速日《にぎはやひの》命《みこと》が高御産霊《たかみむすびの》尊《みこと》によって授けられたといわれる呪句。

布瑠《ふる》の言《こと》である。

奇跡を引き起こす力があると言われている、古神道の秘法だ。

「そんな呪文が如何《いか》ほどの力を持つかっ！」

宇城が怒鳴った。

それと同時に、米澤は機銃を撃っていた。

その呪句の意味など皆目知らないのだが、彼はあらゆる呪句が単なる虚仮威《こけおど》しではないことを知っていた。

銃声を聞きながら、目眩《めまい》がした。

ありとあらゆるものがぐにゃりと変形していく。

その中で時もまた柔らかく溶けていく。

幾つもの弾丸が宙空に浮かんでいた。大気が陽炎《かげろう》のようにゆらゆらと揺れている。海面のように見えるそこで、七・六ミリの弾丸が魚のように躍っていた。

亀型のロボットが、空き缶でも握りつぶすようにぐしゃりと潰れた。

最初に悲鳴を上げたのはピンクだった。

米澤が悲鳴の方向へと視線を移す。

じれるほどにゆっくりとしか視線が移動しない。

そして彼の隣で、ピンクが上下に引き伸ばされていくのが見えた。

歪んだ鏡に映るように、彼女の身体は上と下に長く伸ばされていくのだ。

まるで餅だった。

腰のあたりがどんどん細くなる。細くなってとうとう堪えきれずぷつりと切れた。

咆吼が聞こえた。

米澤がまたゆっくりと視線を動かす。

吠えたのはブラックだった。

獣の咆吼とともに、彼は戦斧を不死者へと叩きつける。

不死者の頭へとまっすぐ叩き下ろされたはずの戦斧は、しかし床を削った。

立つ不死者の足のすぐ横だ。

引き延ばされた時間の中でさえ、男が斧を避けるところを見ることはできなかった。

不死者は路傍の石を見る目でブラックを見ている。

戦斧がブラックの手から落ちた。

彼の身体はねじれていた。まるで雑巾《ぞうきん》のように。

見たくなかったが目を離せなかった。

米澤の目の前で、ブラックの身体は飴《あめ》のようにねじられる。皮膚が裂け、筋肉がはぜ、骨が砕けた。

その音が聞こえた。その臭いがした。

やがて肉や腱《けん》でつくられた奇怪なオブジェとなったブラックが床に倒れた。

米澤は銃を上に向けた。

悪夢の中で動いているようにゆっくりとしか動け

ない。

それでも銃口は天井を指し、米澤は引き金を引いた。

不死者はただ成り行きを見ているだけだった。

連射された弾丸は天井に大穴を空けた。ぱらぱらと樹脂製の板をばらまく天井へと、米澤は次に左腕を向けた。

手首がかたりと下に落ち、そこに大きな穴が空いた。

「また後でな」

轟音とともに、彼の肩に開けられた幾つものスリットから炎が噴き出した。

手首の穴から白煙を引いて発射されたのは三・五インチのロケット弾だ。

どん、と鈍い音がして、エレベーターが激しく揺れた。

そして次の瞬間、エレベーターは落下を始めた。

ケーブルがロケット弾によって断ち切られたのだ。

エレベーターはたちまちのうちに地下二階にたどり着いた。

8

ギアと龍頭は、重い鉄の扉の前に立っていた。地下二階の中央制御室のあるフロアに出るための最後の扉だ。

扉横には小さなスリットがある。ギアは手にしたＩＤカードをそこに差し入れた。

「現在すべての入室を拒否しております」

女性の声がした。

「どういうことだ」

何度もスリットにカードを差し入れる。そのたびに入室を拒否していると言われる。

「もうわかっただろ」

龍頭はそう言って、しつこくカードを差し入れようとするギアの手を押さえた。

「もう間違いない。部隊長は何らかの行動に出たんだ」

「しかし」

「他の捜査官に連絡してみろ」

言われてギアは耳の中の蟲をつついた。

ぶうん、と振動が伝わる。

「葉車です。誰か応答願います。葉車です」

何の返事もない。

「さっきわたしも試してみたんだ」

少女は溜め息をついた。

「おそらくもう」

「おそらくもう、なんですか」

怒ったようにギアが問う。

「全滅だよ。我々をのぞいて」

平然とした顔で少女は恐ろしいことを言った。

「そんな馬鹿なことが」

「それでは何故連絡に応じない」

「ちょうど喋ることの出来ない状態にいるんですよ」

「全員がか」

ギアが黙り込んだ。

「それはつまり部隊に何かがあったということだ。たとえ全滅でないにしろ、何かがあったのは間違いない。……良くない何かが」

その途端だった。

ごうと地響きがした。

廊下全体が大きく揺れる。

「ほらな」

龍頭が肩をすくめた。

「今のは――」

真剣な顔のギアに、龍頭は言う。

「あれがなんだかわからんが、今はとにかくこの扉の向こうに行くことが先決じゃないか」

「でも――」

「中央制御室を占拠されることが一番まずい」

「そうですよね」

目の前にいるのは少女だ。その姿を見ていると、結局説得されてしまう自分が情けなく思える。

「しかし、ここをどうやったら開けることが可能でしょうか。それなりにテロの侵入を阻止するために造られています。そう簡単にこれを開けることは出来ないと思いますが」

「基本は交渉さ」

龍頭は耳を指でつついた。

「部隊長、そこにいるんでしょ」

龍頭が言った。ギアも慌てて通信用の蟲を目覚めさせる。

「中央制御室に入ったんですか」

ギアは返事を待った。


すぐにそれは返ってきた。

「やあ、龍頭くん」

「部隊長ですね」

「今、制御室の中にいる」

「フロア前の扉にいます」

龍頭は扉の上のパネルを見上げた。

「L４の１１２です」

返事はない。

「部隊長」

龍頭が言う。

「あなたがサイコムウなんですよね」

「さあ、どうだろう」

部隊長は喉の奥で笑った。

「扉を開けてもらえませんか」

「駄目だ」

ざらついた不気味《ぶきみ》な声がそう言った。

ギアはその声を聞いたことがあった。

「サイコムウ……」

「発電所は占拠した。スイッチひとつで炉は暴走をはじめる。このことはすでに各マスコミへと伝えてある。あとは警察からの連絡待ちだ。君たちにできることは、もうないんだよ」

今改めてその声を聞くと、ギアには機械によって声を変えているとしか思えないのだった。

背後から足音とモーター音が聞こえる。

ギアが振り返った。

真紅の巨人がいた。

巨人にすがるようにして隣に立っているのは、銀色のコスチュームを着た男だ。黄色いコスチュームの男は装飾的な長剣を杖代わりについていた。

三人がゆっくりとギアたちの方へと近づいてきた。

龍頭が通信をオフにした。ギアがそれを見習う。たとえこれがサイコムウの仕組んだことであったとしても、いらぬ情報をサイコムウに知らせぬための処置だ。

三人はギアたちの前で立ち止まった。

巨人を掴んでいた手を離し、銀色の男が胸を張って言う。

「わたしはビッグバン、ことボーアシルバーだ」

「僕は」

苦しそうな声で男が言った。

「核力兄のボーアイエロー」

彼は脚を骨折しているようだった。

「わたしは」

赤い巨人はそこまで言って黙り込んだ。

「知ってるよ」

沈黙を破ったのはギアだ。

「ボーアレッドだ」

「……君は葉車」

「僕を知ってるんですか」

「……いいや、知らない」

米澤は慌てて首を横に振った。

「ちょっと人数が足らないようだな」

そう言ったのは龍頭だ。

「上で何があった」

「呪禁官の死体を見た」

米澤が答えた。

「全部で八体だ。死体にしか出会わなかった。あいつ以外」

「あいつ？」

ギアが尋ねると、米澤が答えた。

「不死者だと、そいつは名乗ったよ」

「ノスフェラトゥ？　あの、あの事件の時の」

不死者の存在を誰もが知ったあの事件。それは不死者が天使の軍団を召喚しようとしたために、世界が破滅する寸前までいった事件だ。

まだ呪禁官養成学校の生徒だったギアたちが、そして米澤が、それにかかわった。いや、彼らが世界を救ったのだ。不死者と命を懸けて戦うことで。

「そうだ、あの事件のノスフェラトゥだ。生きていたんだ」

淡々とした声でそう言う米澤を見て、ギアはそれを思いついた。

「もしかしたら、あなたは米澤さん。刑務所を脱獄したと聞いてましたけど」

「違う」

少し音量を上げて米澤は言った。

「わたしはボーアレッドだ」

「その扉の向こうにサイコムウがいるのかね」

宇城が割って入った。

「ああ、そのようだな。しかし、なんであんたたちはここにサイコムウがいることを知ってるんだ」

少女にそう言われ、宇城はその前にしゃがみ込んだ。

「お嬢ちゃん、我々は科学の力でそれを知るのです。

科学をもってすれば、次にサイコムウがどこを襲うかなどということはあっさりと判明するんですよ」

仮面で隠れて表情は見えないが、おそらく甘い笑みを浮かべて説明しているのだろうという声だった。

「あんたとサイコムウが友達だからってわけじゃないと言いたいのか」

龍頭がそう言うと、何事もなかったかのように宇城は立ち上がって言った。

「さあ、レッド。この扉を破壊しなさい」

「離れていろ」

米澤が言った。

ギアと龍頭は素直に従った。

宇城たちとともに廊下を戻り、曲がり角の向こうで頭を抱える。

米澤が左手を扉に向けた。

手首がスライドし開いた穴から、白煙とともにロケット弾が射出された。

轟音とともに分厚い扉がはじけ飛ぶ。

飛んできた破片が米澤の身体にあたり、不快な金属音を立てた。

舞い上がる塵埃《じんあい》が収まらぬ間に、激しい警告音が鳴り響き、すぐに停止した。

「よし、いいぞ」

米澤が手招きした。

扉の向こうにあるのも、やはり目映いほどの真っ白な廊下だ。この廊下をまっすぐ進めばすぐに中央制御室に行き当たる。

米澤を先頭に彼らは廊下を進んでいった。

半ばまで進んだときだった。

制御室の方から闇が飛翔してきた。

大鴉の群れだ。

米澤の機銃が火を噴いた。

破裂音とともに黒い羽根が炸裂したように散る。

続けて宇城が銃を撃った。

実際のドラマで使われていた銃のデザインそのままの奇怪な銃だ。だが銃口から飛び出すのは本物の弾丸だ。一羽、また一羽と大鴉を仕留めていく。

鳥の数は半端ではない。それだけ落とされてもなお、弾幕を越えて飛んでくる。

片脚を引きずりながらも、ボーアイエローは長剣で飛来するそれの翼を、首を、胴を、切り裂いた。

ギアの錫杖が振られる。

龍頭は、その仮初《かりそ》めの身体を使って驚くほどの距離を跳び、鳥たちを蹴落とした。

無限に続くかと思えた鳥たちの数が、目に見えて減っていく。

やがて床に落ち、残った翼をばたつかせている一羽をのぞいて、すべての大鴉が羽根を残して消えた。

再びしんとした廊下を、彼らは歩いていく。

「レッド。しっかりとわたしを見ておくんだよ」

中央制御室を前に宇城はそう言った。つまりしっかりと撮影してくれと言っているわけだ。

硝子張りの扉の向こうが制御室だ。

その扉は開かれており、そこに男が立っていた。

蜘蛛のように細長い四肢を持った男――サイコムウだ。哀しげな表情の仮面をかぶっている。

「ようこそ、みなさん」

前に出ようとした龍頭を彼は制した。

「制御室にはわたしの子供たちがいる」

整然と並んだ机の上に端末とモニターが置かれてある。制御室は、まるでどこかのオフィスのようだった。

そしてそれらのテーブルのひとつに、巨大な黒い鳥、大鴉が二羽止まって翼を繕《つくろ》っていた。

「子供たちは優秀でね、足と嘴を使って陰陽炉を自在に操作できる。そして、どこをどうすれば陰陽炉が暴走を始めるかも知っている。わたしの合図ひとつで、子供たちはそれを始めるだろう」

「何が望みなんだね、サイコムウ」

宇城が皆を押しのけ一歩前に出た。

「この世の終わりだよ。人と人の手によってつくりだしたすべてのものが滅びること。それが望みだ」

「嘘だ、サイコムウ」

よく通る声で、宇城はそう言った。

「君はこの世の終わりを望んでいるわけではない」

「何故だ。何故おまえにそんなことがわかる」

「君が本気でこの世の終わりを望んでいるなら、もうとっくに陰陽炉を暴走させていただろうね」

「うむ……」

サイコムウは絶句した。

「君はそんな人間じゃないんだよ。君は世間を恨みこの世を呪っている。しかしそれでも、世界を愛しているんだ」

「違う！」

「わかっているよ」

宇城は一歩ずつ部隊長へと近づいた。

「こんなものとりたまえ。君には似合わない」

宇城はそっと手を差し出し、サイコムウの仮面をとった。彼はされるがままだ。そして仮面の下から現れた顔は、間違えようもない部隊長の顔だった。

部隊長はじっと項垂れている。

駄目だ。

ギアは心の中で思った。そんなことで部隊長が許されてはならない。なぜならあの男が、龍頭を殺したのだから。

ギアは拳を握りしめた。掌は滴るほどに汗をかいていた。

納得するな。

ギアは小さな声でそう言う。

こんな男の説得に応じるな、と。

「君にはそんなことは出来ない。さあ、あの鳥を帰すんだ。もといたところへ」

宇城は部隊長の肩をしっかり抱いた。

そして背後を、部隊長は制御室の中の大鴉を見た。

その時だった。

笑い声がした。

悪意そのものの笑いだった。

皆が一斉に笑い声の方を向いた。

「不死者」

宇城が呟いた。

その時には米澤は左手を挙げていた。

ロケット・ランチャーとなる左手を。

「伏せろ!」

米澤が叫ぶ。

全員が頭を抱えて床に伏せた。

不死者以外は。

白煙とともに米澤の左手から飛び出したのは鳩《はと》だ。

純白の鳩は不死者へと羽ばたき、その腕に止まった。

「誰にもわたしを傷つけることは出来ない」

不死者はその鳩を掴み、床へと叩きつけた。片翼をばたつかせ、鳩は床をぐるぐると回っていた。

悲鳴のような声を上げ、不死者へと走ったのはボーアイエローだ。

片脚で飛び跳ね、剣を振った。

不死者はその剣を素手で受けた。

そしてイエローの手首を掴むと、幼児が人形を投げるかのように、壁に叩きつけた。

暴走する車にはねられたようなものだった。

壁に罅《ひび》が入り、ヘルメットが左右に割れた。

壁に血の痕を付けながら、イエローはずるずると床に沈んだ。

「馬鹿な……何故おまえが」

竹馬のように長い脚で、部隊長は不死者へと近づいた。

「おまえはわたしのつくった結界の中にいるはずだ」

「最初は」

不死者は楽しそうに言った。

「おまえに囚われていた。それは事実だ。おまえと出会った時のわたしは力を失い、あのままなら消えていたかもしれない」

不死者は閉じた掌をぱっと開いてみせた。

「それをおまえに救ってもらった。礼を言うよ」

深く頭を下げる。

「しかしおまえは楽観的すぎた。わたしを支配下における と考えていたんだから」

「本当か」

尋ねたのは宇城だ。

「何故そんなことを」

「彼に聞いても無駄だ。彼は何となくそうしたに過ぎない。彼としては精一杯、わたしをコントロールできる方法を考案してね。彼はわたしを死体の中に閉じこめようと考えた。確かにわたしは死体に憑依するとそこから逃げ出すことが出来なくなる」

「そうだ。そのはずだ。しかもわたしは呪符で何重にも結界を張った」

「たとえこの身体に囚われていようとも、わたしの力は、自由だ」

不死者はうっとりと自らの両手を見つめて、繰り返した。

「自由だ」

そして目の前の部隊長を睨んだ。

「おまえはわたしに導かれ、わたしを救った。わたしが復活するには大量の『気』が必要だった。いや、『気』でも『マナ』でも、呼び名はなんでもいい。とにかく霊的なエネルギーが必要だったのだ。それは一人や二人の生け贄《にえ》で済む量ではない。そしてわたしはこの霊的発電所の存在を知った。だからわたしは力を使って、おまえを動かした。わたしは、わたしの意志でここまで来たんだよ、サイコムウ」

不死者は嘲笑った。

「嘘だ！」

部隊長が叫んだ。

叫びながら、不死者へと飛び掛かっていった。

「愚かな」

殴りかかってきた腕を払う。

バランスを崩した部隊長の肩を突く。

足を払う。

部隊長は芝生《しばふ》に寝転がるように、大の字に横たわった。

不死者は道に落ちた小枝でも拾うように、部隊長の両足首を手にした。

「やめろ」

部隊長の声は弱々しかった。

「やめてくれ」

不死者には彼の言葉を聞く気など欠片もなかったようだ。

無造作に、彼は部隊長の脚を左右に引き裂いた。右脚の付け根から、ベルトを断ち切って義足がもぎ取られた。

「自身の呪いに呪われるがいい」

部隊長は悲壮な悲鳴を上げながら投げすてられた義足を摑んだ。慌てて腿につけようとするのだが、あまりにも焦《あせ》りすぎ、まともに手が動いていない。ズボン越しに義足を腿の切断面に押し当てているだけだ。

すぐに泥を捏《こ》ねるような音がしはじめた。

呪符でもあった義足を失うことで、彼にかけられていた呪いが発動したのだ。

「助けてくれ。頼む。助けてくれ」

部隊長は不死者に土下座した。が、不死者はそれを見ようともしなかった。

「さて、大鴉よ。主人は今からわたしに代わった」

制御室の中で二羽の大鴉が鳴いた。

「勝手な真似を」

背を伸ばし、宇城は不死者に歩み寄った。

「オカルトなどに、この世を好きにはさせん」

派手な銃を不死者に突きつけた。

不死者は握手でもするようにその銃身を握った。

そして愉快で堪らぬ顔で言った。

「おまえは娘を殺した」

宇城の身体が強張《こわば》ったのが、後ろから見ていてさえわかった。

「科学を選んだおまえの過《あやま》ちだ」

「何故……何故そんなことを」

「わたしにはおまえの心の底が見える。はっきりとした形となってな。いくらおまえがおまえ自身をごまかそうと、そこには見えている。おまえの後悔が。娘を自らの過ちで殺してしまったおまえの想いが」

「悪魔！」

叫び、宇城は銃爪《ひきがね》を引き絞った。

爆竹でも鳴らしているような乾いた銃声がした。

それだけだった。

不死者は銃身を握ったままだ。

「言っただろ。誰にもわたしを傷つけることは出来ない。お遊びはここまでだ」

不死者は銃身を突き放した。壁にぶつかり、宇城はぺたりと尻餅をついた。衝撃で銀色の仮面が外れて転がった。そこに現れたのは白髪を乱した老人の顔だ。その目には光がなく虚《うつ》ろだった。

「大鴉たちよ、この世に鉄槌を振り下ろせ」

不死者がそう言った時だ。

瞬《まばた》きする間に、龍頭は不死者の前へと出ていた。

同時に拳を彼の顎へと振り上げた。

微動だにせず、不死者はそれを掌で受けた。

「おまえ……人形だな」

答えず、龍頭は体を落とした。

軸足を中心に片脚で不死者の脚を薙ぎる。

が、それもあっさりとかわされた。

不死者の身体は床から四、五〇センチのところに浮かんでいた。

「そんなことをしている暇はないぞ。今わたしは大鴉たちによって陰陽炉の出力数値を変えた。陰陽炉にはわたしが小さな傷を付けてきた。すぐに陰陽炉は暴走を始めるだろう。すると、どうなると思う。地獄の門が開くんだ。微笑町のすべての住民の身体からな。この世は地獄と化す。まさに文字通りのな」

龍頭は跳んだ。

超人的なジャンプ力で不死者の頭に足刀を叩き入れようとした。が、それもまた彼の腕に弾かれる。

舌打ちし、不死者は掌を龍頭へと向けた。

そこから不可視のエネルギーが放たれる。

龍頭は両腕を十字に組んで頭を隠した。

そこに〈力〉が炸裂した。

前に出ていた左腕が木っ端《こぱ》となって砕けた。

きりきりと龍頭の身体が宙に飛ぶ。

まるでバットで打たれたボールだ。

天井に衝突し、床に真っ逆さまに落ちる。

悲鳴をあげたのはギアだった。

ギアは動けなかった。

不死者の力はあまりにも圧倒的だった。霊的な力の差には唖然《あぜん》とするしかなかった。まるで断崖の淵に立って下を見ているかのように、身体が竦《すく》んでしまっていた。

「王となり人を導いてやろうと思っていたが、その気もとうに失せた。人はあまりにも愚かだ」

愚かだ。

その言葉がギアの頭の中に響く。

人は愚かだ。

かっ、と顔が熱くなった。

単純といえばこれほど単純な感情もない。

ギアは人は愚かだと言われて、腹が立ったのだ。

怒りに火がつけば、怯えていた己に一番腹が立つ。

見れば龍頭が倒れている。宇城は腑抜《ふぬ》けた顔で座り込んでいる。イエローはぴくりとも動かない。ボーアレッドも木偶のように立ったままだ。

そして部隊長は命乞いを続けている。

そのどれもが腹立たしかった。

怒りが恐怖を凌駕《りょうが》する。

不死者は演説を続けていた。

「この世は地獄と化す。勝手に滅ぶがいい。わたしは人が滅びた後に地獄の王となろう。それも悪くないからな」

「人は滅びない」

言ってギアはきりきりと奥歯を噛みしめた。

「また会ったな若造」

「おまえの好きにはさせない。また痛い目に遭わせてやる」

不死者は楽しそうに笑った。

「なるほど、老いた魔術師は死んだのか」

「頭の中を探ったな」

老いた魔術師とはギアの恩師であり、呪禁官創成に関わった偉大な魔術師である荒木義二のことだ。

「おまえは殺さない。地獄にこそおまえは相応しいからな。地獄で思い知れ。人が滅び去ったという事実を」

喋りながら、不死者の姿が煙のように薄れていく。

「地上へと、急いだ方が良いのではないか」

からかうように不死者が言う。

ギアは硬貨を指で弾いた。

五芒星の刻印がされたコインは、しかし薄れた不死者の身体を素通りしてしまった。

そして不死者の身体は完全に消え去ったのだ。

「頼むよ」

いつの間にかギアの足元にまで這ってきていた部隊長が涙を流しながら言った。

「俺を殺してくれ。もう、駄目だ。人である間に俺を」

「あなたが龍頭を殺したんだ」

「そうだ、だからお願いだ。わたしが人の間に――」

部隊長が唸《うな》った。

脚を失ったズボンのすそから、巨大なミミズのようなものが現れる。と、ほぼ同時に下半身が異様に膨張した。

ギアは短剣を取り出した。

これもまた聖別された呪的武器なのだ。

「あなたを怪物にはしない。させるもんか」

言って鞘を払い頭上に掲げた。

「そして殺しもしない」

短剣を胸に当てた。

「アテー」

ギアは聖句を唱える。その波動に押されるように、ズボンの下での動きが収まる。

「マルクト」

切っ先が右肩に向かう。

「ヴェ・ゲブラー」

ギアが行っているのはすべての西洋魔術の基本ともいうべきカバラ十字の祓いだ。

「ヴェ・ゲドゥラー」

ようやく立ち上がった龍頭が唱和に加わった。

「無理だ。そんな霊的防衛では怪物化を食い止めることは出来ない」

部隊長はそう言ったが、脚の動きは完全に静まっていた。

ギアは最後に剣を持った両手を胸の前で組み、言った。

「レ・オラーム・アーメン」

ズボンのすそからのぞいていた触手が、するすると中に消えていく。

「あなたは生きてここを出て、その罪を償うんだ」

ギアは部隊長に肩を貸して立ち上がらせた。

9

「すごいよ、ソーメー」

貢が言った。

「あと五軒。それで終わりだよ」

「自営業者の営業能力を見たか」

ソーメーが胸を張った。張った胸よりは腹の方が出ていたのだが。

「威張《いば》ってないで、最後までやってしまおう」

「はいはい、わかってますよ」

ソーメーはインターホンのボタンを押した。

深夜とは言わないが、住宅街でこの時間誰かが連絡もなく訪れることは少ない。

不審そうな声で誰かと問われる。

最初からテンションを落とすことなく続けてきたソーメーが、にこやかな声で霊的発電プロジェクト委員会の方から来ましたと告げた。

思ったよりもあっさりと扉は開かれ、ソーメーは中に招かれた。品の良い老夫婦が二人きりで暮らしている。

ソーメーは熱弁を振るい、瞬く間に二人の信用を勝ち得ると、ボトルを取り出した。

紙コップに中身を注ぐ。

「これを飲めばもう大丈夫ですよ」

「そうですか。ありがたいですね」

最初に紙コップを受け取ったのは小さな老婦人だ。あまり長身とも言えないソーメーの、喉のあたりまでしかない。

勢いよくコップをぐいと呷《あお》る。

と、そのコップが手から落ちた。

「奥さん」

言いながらソーメーは落としたコップを拾い上げた。

その腕にすがりつきながら老婦人は頽《くずお》れた。

「おまえ、どうした」

駆け寄り掛けた主人がそのまま前に突っ伏して倒れた。

その手が震えている。

その足が震えている。

二人が痙攣を始めた。

手足を細かく震わせ、やがては巨大な手に摑まれ振り回されているかのように、四肢をでたらめに動かし始めた。

「ど、どうしました」

言いながらソーメーは近寄ることも出来ない。飲ませたワクチン呪符が悪い影響でも与えたのだろうか、とおろおろするばかりだ。

やがてぐったりとした老婦人の脇腹のあたりで、陽炎でも起こっているかのように空気が揺らめいた。それはゆっくりと渦を描く。

少し遅れて主人の方も動かなくなり、脇腹のあたりに渦巻きが生じた。

どこかで見たぞ。

ソーメーはそれをじっと見ながらそう思った。

これをどこかで見たことがある。

渦巻きの中心にぽつりと小さな穴が空いた。それは服を通し、奥へと繋がる深い闇そのものだ。

穴は見る間に大きくなっていく。

老婦人の脇腹に空いた穴が拳大になった時だ。その深い闇の奥から、ぬうう、と腕が突き出た。

腐乱して青黒く膨れあがった腕。

明らかに死者のものであるその腕は、ぎくしゃくと周囲をまさぐっていた。

ソーメーは大きく息を吸った。

鼻をつく腐臭にむせる。

主人の腹からも腕が出てきた。

ばりばりと音を立てて穴が拡がっていく。

ソーメーは弾かれたように走り出した。玄関で靴を持って外に転がり出る。

「ゲエー」

潰れたような声でソーメーが言った。

「何、どうしたの」

わけがわからず、貢が尋ねる。

「ゲートレードだよ、ゲートレード」

言いながら慌てて靴を履く。

立ったまま履こうとして何度も失敗し、とうとう地面に座り込んで靴を履いた。

「何ですか、そのゲートレードって」

「だからおまえが言ったじゃないかよ。地獄の門が開くって」

「ああ、門化のことですか」

「そうそう、そのライズドよ」

「それってまさか」

「そのまさかだよ」

ソーメーは哲也に言う。

「逃げるんだよ。急いでこの街から逃げるんだ」

言って車に乗り込んだ。乗り込んですぐ、携帯電話を取り出した。

「あっ、お父さんだよ。ママ、いる？　代わって頂戴。はいはい、わかったわかったわかったからママに――」

助手席に座った貢が言った。

「ソーメー、来た」

窓から外を見る。

さっきまでソーメーのいた家の玄関から、両腕を前に突き出しながらよろよろと現れた物。

それは生ける死者だった。

一体だけではない。

次から次へと玄関から出てくる。

ソーメーは携帯を顎と肩に挟み、アクセルを踏み込んだ。

　急発進した車のハンドルを慌ただしく操作しながらソーメーは言う。

「ママ、逃げろ。とうとう間に合わなかった。慎太郎を連れて逃げるんだ。何も持たなくていい。今すぐこの街を出るんだ」

　併走するバイクから、哲也が合図した。

　ソーメーが窓を開ける。

「これを」

　哲也が何かを投げた。

　開いた窓から入ったそれを、貢が受けた。

「これって……」

　ずっしりとしたそれをおそるおそる摑みながら貢が言った。

　それは大口径の回転拳銃《リボルバー》だった。

10

「いいかね。わたしの娘は科学によって救われたのだよ。わたしはあの時に出来る限りのことをした。そして科学もだ。あの当時の出来る限りの科学的な最先端の治療が行われた。あの時もし呪術医に任せていたら、その時はきっともっと無惨に殺されていたに違いないんだよ。わかってもらえるだろうか。科学は正しい。あの時も今も。科学はいつも正しいんだ」

　米澤に身体を支えられ、宇城はずっと呟き続けていた。銀色の身体にぴったりとした服を着た老いぼれ。どう見ても頭のおかしくなった老人にしか見えないだろう。

　そんな宇城をほとんど抱きかかえるようにしながら、米澤は言った。

「科学が間違っていたことはない。それはそうだ。しかしなあ」

米澤は宇城の肩を揺すった。

「あんたは間違っていたのかもしれない」

ギアと龍頭は部隊長を挟み込むようにして廊下を歩いていた。部隊長はサイコムウになるために長い義足と義手をつけていた。制御室にまで運び込み、それと付け替えたのだ。その脚を失い、今はまたノーマルな手足に交換していた。

三人の後ろに米澤と宇城が続く。ボーアイエローは頭蓋骨骨折ですでに死んでいた。この発電所で生き残ったのはこの五人だけだった。

エレベーターが一階に到着した。

転がっている死体を跨いで皆が順に外に出る。

「おそらく」

龍頭が言った。

「地獄への門が開いても、その影響が微笑町に張られた結界から外に出ることはない。そうだな、サイコムウ」

部隊長が頷く。

「だから、我々は門を閉ざせば良いはずだ」

「不死者のことを忘れていますよ」

ギアが言った。

「不死者も霊的存在です。結界が存在する限り外に出ることが出来ないでしょう。だから彼は外に出るために結界を破るはずだ。彼にとってそれはさほど難しいことではないでしょうからね」

「だとしても、よけいな手間を掛けたりもしないだろう」

そう言うと龍頭は、小さな手で部隊長の肘を摑んだ。

「どうしたら最も効率よく結界を解けるんだ、サイコムウ」

「……奴が、不死者が何の属性を持っているかによ

「そうか、あそこに死体を埋めたのは事実なんだな……」

部隊長は俯き、何事かしばらく呟いていた。

「なあ」

部隊長は後ろを振り返って宇城を見た。

「俺は、俺の記憶はどこまで真実なんだ」

迷い子のように弱々しく、死に逝《ゆ》く者のように悲痛な声だった。

が、今の宇城に人を操る力はなく、彼を説得する言葉もなかった。いや、それ以前に彼を説得するつもりさえ失せていた。

「君の娘に関する記憶はすべて嘘だよ。それはわたしの記憶なんだ。わたしの想い出を、君の中に植え付けたんだ」

「……俺はおまえと、そして不死者にいいように操られていたわけか」

「すまなかった」

る」

「何の属性だと思う」

龍頭が尋ねる。

「おそらく火か風。わからんがね。しかし勘では、火ではないかと思う」

「そうかもね。前の時も火炎の魔法をよく使っていたし」

そう言ったのはギアだ。

「もしそうなら、そして不死者が結界の存在を知っているなら——まあ、知っているのだろうが——風の三角、東の方角へ向かっただろう。火の属性の強い力を持った術者なら、風の三角から結界を破ることなど、敷居を跨ぐほどの意味しか持たないはずだ。そういえば、あそこには黄色に塗った死体を埋めたはずだ。あれはどうした」

「同様の呪力を持った呪符を埋めているはずです」

答えたのはギアだ。

宇城が頭を下げた。

「すまなかった……か」

部隊長は鼻で笑った。

「俺の人生をむちゃくちゃにしておいて、すまなかった、か」

その声に含まれているのは怒りではなかった。絶望に近い諦念《ていねん》と自嘲。

部隊長は今にも潰れそうに見えた。

「ぐちゃぐちゃ言っててんじゃないよ」

言ったのは龍頭だ。

「この世が終わろうとしているんだ。それがわかっているのか、あんたたち」

愛らしいとしか言いようのない少女は、そう言って凄んだ。

「ギア、呪禁局に連絡するんだ。微笑町から住人を退避させないと」

「駄目だ」

部隊長が言った。

「陰陽炉が暴走すれば、ナノ呪符に感染した全住民の身体に門が生じるはずだ。一人でも結界の外に出たら、そこで門が開かれることになる。地獄を結界の中に閉じこめておくことが出来なくなるんだ」

「じゃあ、どうすればいい」

龍頭がギアを睨む。

「潰すしかない」

ぽつりと部隊長は言った。

「潰す？」

「門になる人を、消すんだ。それしかない」

「それって、微笑町の住人を皆殺しにしろってことですか」

ギアの質問に部隊長が頷く。

皆が黙り込んでしまった。

「大丈夫」

部隊長が言った。

「そんなことをするのは悪人だよ」

「どういうことですか」

「それは悪役の仕事だということだ」

部隊長はそう言ってギアを見た。ギアにはそれがいつもと変わらぬ部隊長の顔に思えた。

「部隊長……」

「サイコムウがひとつの町を殲滅《せんめつ》するわけだよ。俺は後々まで伝わる伝説の悪人になれそうだな」

「一人でそんなことが出来るわけがないじゃないですか。住民は千人あまりいるんですよ」

「俺には大鴉たちがいる」

「しかし……もし地獄の門がもう開いていたとしたら、門からは地獄の怪物どもが現れるわけでしょ。それも千の門から現れるわけですから……」

「われわれが後を追おう」

銀の仮面を再び被りながら、宇城は独り言のように言った。

「最後まで正義を果たさねばな」

背筋を伸ばし立ち上がった。

「ありがとう、よく言ってくれました。それでこそシルバーですよ」

そう言って米澤がその隣に並ぶ。

「おまえたちは不死者を追ってくれ。どちらかといえば、そっちの方が難しそうだがな」

米澤がそう言った時だ。突然ベルが鳴り出した。

全員が一斉に身構える。

すぐにベルの正体は判明した。

玄関脇の案内所にある電話が鳴っているのだ。なかなか鳴りやまぬそれに、ギアが向かった。

カウンター越しに受話器を取る。

「あ、もしもーし」

場違いな明るい声が聞こえた。

「こちらは今ちょっと取り込んでましてーー」

言い終える前に、相手は慌ただしく話を始めた。

「お忙しいところ誠に申し訳ありません。そちらに呪禁局の薬車創作くんがおられるはずなんですが」

その声に聞き覚えがあった。

「もしかして、おまえ、ソーメー……か」

「あれ、もしかしてギア」

「そうだよ」

「よかったよう」

ソーメーは甘えた声を出した。

「おまえ、携帯ぐらい持ってろよな」

「こういった任務に就くときは、私的な交信道具は持てないんだ」

「らしいな。おかげでたいへんだったんだぞ」

ソーメーは貢が公安に捕らわれてからのことをざっと説明した。

「ちょっと待て。それじゃあ、門化が始まったのはその何世帯かだけなんだな」

「五世帯な。でも、それでもう充分だよ。化け物がわらわらと出てきたんだぜ」

「それがどの家かはわかる？」

「もちろん」

「それ、教えて。門を片づけなければならないんだ」

どうやって片づけるのかは教えずに、残された家の場所を聞いた。

「で、そっちはどうよ」

ソーメーに促され、ギアもまたここであったことを手短に説明した。

「不死者って……またあいつかよ」

「今どこにいるんだ」

「俺のRVで家の横を通って最短距離で町を出るつもりだ」

「家って、微笑町のどのへんなの」

「国道の近く」

「国道って、もしかして中喜橋筋《ちゅうきばしすじ》のこと？」

「そうそう。町の東端」

「だよな……」

「なんだよ。黙るなよ」

「そっちに不死者が向かっている」

「ぐえっ！」

「俺たちもそっちに向かうから、しばらくそこで待っていろ」

「頼むよ」

情けない声を最後に電話が切れた。

11

「いいですか、門化が始まっているんです。で、我々がほとんどの住民にワクチン呪符を飲ませています。ですから門化する可能性があるのは残りの四世帯、十二人だけです。それ以外の住民の早急な救出を……そうです。何の危険もありません。ですから…………警察？　それは駄目です。霊的な障害に対処できない。呪禁官部隊を……そうです。お願いします。はい」

貢が携帯電話を切って溜め息をついた。

「なんで部長はああなんだ」

「で、どうなの。避難勧告は出してもらえるの」

ソーメーが尋ねた。

「多分ね。救出のために呪禁官部隊を送り込んでもらえるはずだし」

ギアに連絡がついてから、貢たちは車を停めて彼らの到着を待っていた。

「あれ」

そう言ったのはバイクに凭《もた》れて煙草を燻《くゆ》らせていた哲也だった。

その目線の先を見た。

男がいた。

街灯の明かりの下、男はゆっくりと歩いている。

あの家を逃げ出してから初めて出会った人間だった。

「どうする。一応逃げろって警告する？」

ソーメーは貢に聞いた。

「そうだね。信じるかどうかはわからないけど」

「説得なら任せとけ」

ソーメーはどんと胸を叩いた。胸の肉がぷるぷると揺れた。

そしてその男に近づいていく。

遠目ではわからなかったが、かなり汚れた背広を着ていた。もしかしたらホームレスなのかもしれないなあ、と思いつつ、ソーメーは声を掛けた。

「あの、ちょっとすみません」

男はソーメーを見た。

ぞっとするほど鋭い目だった。

ソーメーは思わず言葉を失った。

男が言った。

「おまえを知っている」

しまった、とソーメーは思った。おかしな人間に因縁をつけられたのだと思った。

いや、あの、と言いながら哲也たちのいる方へと後退る。

男は射るような目でソーメーを見つめながら言った。

「おまえはあの呪禁官養成学校の生徒だった」

「……よく、ご存じですね」

ソーメーの脚が止まる。

誰だ。

ソーメーは思い出そうとした。が、どう見てもその顔に見覚えはない。一度も出会ったことのない人物だとしか思えない。

「ほほう、あそこにもいる」

男の視線はソーメーの背後に移った。

「やはりこれは偶然ではないのだろう」

「あの、失礼ですけれど」

ソーメーはおそるおそる尋ねてみた。

「どちら様でしょうか」

「思い出すがいい。我が名は不死者だ」

腕を伸ばしソーメーの太い首を片手で摑んだ。

「すでに我らは霊的な因果律に囚われてしまっているようだ。しかし、わたしが我らの疎《うと》ましい因縁を今ここで断ち切ろう」

たちまちソーメーの顔が熟柿《じゅくし》の色に染まった。耳朶などは今にも腐って落ちそうだ。

「やめろ!」

怒鳴りながら哲也が走ってきた。

「おまえに何が出来る」

不死者は笑った。

哲也は走ってきた勢いのまま最後の一歩を踏み込んだ。

固めた拳に体重を載せて不死者の腹に叩きつける。

あまり鍛えていないであろう腹に、拳はあっさりとめり込んだ。

が、不死者は表情ひとつ変えない。

「しつこく集《たか》る蠅どもが」

片手で吊ったソーメーの肥満した身体を、紐《ひも》のように振り回す。

避ける暇もなかった。

ソーメーの身体が哲也を薙ぐ。

さすがの哲也も堪えきれず、二人もつれて路面に転がった。

ひぃー、と笛のような音を立ててソーメーが息を吸った。

「死ぬかと思った」

のしかかったままでそう言うソーメーをはね除け、哲也は立ち上がった。

その時には右手に自動拳銃が握られていた。

銃口はまっすぐ不死者の方を向いている。

貢が前に出る。その手にも銃が握られていた。

「気をつけろ」

ソーメーが言った。

「そいつ、不死者だ」

「不死者！」

貢と哲也が同時に言った。

「あの、ノスフェラトゥなのか」

貢が呟く。

「なるほど……おまえたちが出来るはずの門を閉ざしたのだな。しかしそれでもこの世は地獄へと変わるのだよ。結界を越えてな。それはもう止めることは不可能だ。そうだ、ここにもひとつ扉を開いておこう」

不死者が口の中で何事か小さく呟いた。

相手は不死者なのだ。それが何らかの呪法であることに間違いはない。しかも彼らを脅かすおぞましい呪法であることに。

哲也は躊躇《ためら》うことなく引き金を絞った。

銃声とともに発射された弾丸は、しかし不意に不死者の前に現れたものに撃ち込まれた。

赤黒い肉がはぜた果実のように散る。

ボロをまとった死者が不死者の前に立ち、盾となっていた。

「ここは天地の理が逆しまになった土地だ。呪法は容易く効果を表す。おまえたちは生きろ。地獄となったこの世でな」

不死者の使ったのは反魂の術だ。死者を甦らせるという呪術だが、実際は地獄の門から出てくる死者と同様、人が死して甦ったものではない。生きていた時間など持たず、最初から死者として生まれた死者なのだ。

不死者の周囲で大気が揺らめいている。

墨を流したかのように濁ったその大気から、わらわらと死者たちが現れてきた。押し寄せる腐乱した死体たちの向こうで不死者が笑った。

ひぃ、と悲鳴を漏らし、ソーメーが運転席に飛び込んだ。

貢が哲也の手を引いた。

「バイクじゃ危ない」

二人で後部座席に潜り込む。

「乗ったな」

言うとソーメーは返事を待たず窓を閉め、ドアをロックした。

「ありがとう」

哲也が言った。

「えっ」

貢はとぼけたが、哲也をかばって車に連れ込んだのは間違いない。

哲也は学生時代、人を相手の喧嘩では負け知らずだったが、狐狸妖怪幽霊亡霊の類《たぐい》にはめっぽう弱かったのだ。何しろ見ただけで失神していたのだから。

哲也は貢に笑いかけた。

「大丈夫。あの事件以来、この手の奴らも平気になったよ」

「ど、どうしよう」

ハンドルを握りしめ、ソーメーは前方を見ていた。溢れる死者たちが見る間に車を囲んでいく。

濡れ雑巾を叩きつけるような音がするのは、腐った手でウインドウやボディを叩いているからだ。

ボンネットによじ登った死者がフロントガラスを叩く。腐汁と肉片がガラスにへばりついた。

「早く、ソーメー、車を出して」

貢が運転席に身を乗り出す。

「わかってるよ。でも……」

前にも後ろにも死者たちが一杯だ。

それが人でないのは見ればわかる。しかし人に似て動いているそれを轢《ひ》き倒して進むことが、ソー

メーにはどうしても出来なかった。

死者たちは叩くのに飽きたのか、今度は車の下に手を入れて左右に揺すり始めた。

「ソーメー、退け」

「えっ」

「俺が運転する」

「はいはい、頼む」

言いながらソーメーは、シフトに巨大な尻を食い込ませながら助手席へと移った。

背もたれを越えて哲也が運転席に座る。

「行くぞ」

哲也は言った。同時に車は急発進した。

ボンネットによじ登っていた死者が、顔をまともにフロントガラスにぶつけた。腐りきった顔面の肉が、そのままガラスにへばりつく。その肉面と幾本かの歯を残して、その死者は路面に落ちた。

肉色のパックのような肉面をワイパーで削ぎ落とし、車は進んだ。

前に回っていた死者たちが倒れ、タイヤに巻き込まれる。それを無視して車は進む。悪路を走るように設計されているソーメーのRV車は、さすがにたいていのことで止まりはしないようだ。

車が上下に揺れる。それは死者たちを踏みつぶしているのであり、骨の砕ける音、肉が裂ける音、内臓がはじける音、と神経を抉るような厭な音が激しい振動とともに聞こえてくる。そしていくら窓を閉じていても入ってくる腐臭が、三人の士気を挫《くじ》くのだ。

死者たちの壁は厚い。

どこまで進んでも死者の群れから抜け出すことが出来なかった。

そしてとうとう、腐汁と腐肉にタイヤが滑り、前にも後ろにも進めなくなってしまった。

「糞っ！」

哲也がハンドルに手を叩きつけた。

「どうしよう」

ソーメーが今にも泣き出しそうな声を出す。

「もうすぐギアたちが来るはずだ。それに呪禁官の部隊も到着するはず。このまま閉じこもっていて時間が稼げるのならそれもいいけれど」

貢のその科白を聞いていたかのように、また生ける死者たちが停まった車を左右に揺すり始めた。

「出よう」

そう言ったのは貢だった。

「一斉に扉を開けて飛び出せばなんとかなるって」

左右の揺れはどんどん大きくなっていく。

「転倒させるつもりだな」

哲也が言った。

「その前に出るか」

「ちょ、ちょっと待ってよ。準備するからね」

言いながらソーメーはドアに手を掛けた。

「一、二、三で出るぞ」

哲也は扉のロックを解除した。

「行くぞ。いち、にい」

哲也が三と言う前に、車の揺れが不意に止まった。

ボンネットによじ登っていた死者が歯を剥き出して周囲を見回した。

「聞こえる」

貢が言った。

「えっ、なに」

言ったソーメーに、哲也と貢が同時に「しっ」と唇に指を当てた。

声がした。

清浄な波動を感じさせるその声はヘブライ語の聖句だ。

ボンネットの上にいた死者が砂塵となって消えた。

ボンネットの上には五芒星が刻まれた硬貨が残されていた。

「呪禁官だ」

ソーメーがはしゃいだ声を出す。

しかし呪禁官の部隊が来たにしては聖句を唱える声が小さい。

が、それでも死者たちは、少しずつ後退していく。しつこく車にまとわりついている者は聖別された硬貨で砂塵に変えられる。

子供のように後ろ向きに正座して見ていた貢が言った。

「ギアたちだ」

聖句を唱えながら、短剣で切り、硬貨を投げ、錫杖で打つ。

ギアと龍頭は死者たちを蹴散らしながら車へと近づいてきた。

「よし、出るぞ」

銃を構え、哲也が外に出た。続いて貢が、最後にソーメーが身体を押し出した。

死者たちの数はもう残り少なかった。

「うっす」

ソーメーが敬礼した。

「あっちに死者が生まれる空間があった」

ギアが言うと、貢が答えた。

「不死者ですよ。不死者が地獄への門を造りだしたんだ。どうなりましたか」

「聖別して消してきた」

あっさりとギアはそう言った。

「哲也！」

銃を持った手をギアは握りしめた。哲也は照れくさそうに笑っていた。

「ありがとう。みんなのおかげで被害は最小限で止められそうだ。後は俺たちに任せて早く避難してくれ」

えっ、と貢が言った。

「それ、どういうこと」

「ここからは呪禁官の仕事だよ」

ギアの手を離し、哲也は銃をベルトに挟んだ。

「俺たちが邪魔だって言いたいのか」

「そんな……」

「一緒にやろうよ、ギア。いっとくけど、僕も呪禁局の職員なんだよ」

「わかってるさ」

「まあ、なんだよ。ギアもそう言っていることだしここらへんで――」

喋り掛けたソーメーを遮って貢が言った。

「せっかくこのメンバーが揃ったんだ」

「友情の確認もいいが」

割って入ったのは龍頭だ。

「不死者が逃げるぞ」

「あんた、誰」

不審な顔で言うソーメーにギアが言った。

「龍頭教官だよ。話すと長くなるからそれはまたあとでな。じゃ、みんなで行くか」

哲也が拳でギアの肩を小突いた。

「それでこそギア」

貢が言った。

「これも話すと長いが、ボーアマンの車に乗ってきたんだ。先に行くから後ろからついてきてくれ。ただし、足手まといにならないようにしろよ」

「おまえこそな」

そう言ったのはソーメーだった。

12

海を割って進むモーゼのように、死者の海を割って米澤は進む。

生ける死者たちに対し、米澤は無敵だった。その歯もその爪も、米澤の鋼鉄の身体には無力だ。

米澤は死者たちの頭を潰し、ねじ取り、首をはね、生ける死者を動かぬモノへと変えていった。

道に腐肉が敷き詰められ、腐臭は呼吸が苦しくなるほどだ。

そして頭上を舞うのは、部隊長が召喚した大鴉の群れだった。

黒く巨大な鳥が死肉を啄む。

それはもう虐殺などというよりも、工場で行われている作業に似ている。

該当の家へと近づくほどに死者の数は増えていった。

死者で埋め尽くされた空間を、氷を砕いて進む船のように、米澤が切り込んでいく。そして雲霞《うんか》のように大鴉が死者へと群がる。

確かにそれは地獄そのものの光景だった。

宇城は銃で応戦していた。しかし銃弾に限りはあるが、生ける死者たちに限りはなかった。

すぐに弾丸はつきてしまった。

後は徒手空拳だ。

それなりに鍛えていた宇城だが、それにも限界がある。

「わたしから離れるな！」

米澤は叫んだ。

宇城はその背後に回った。

腕を摑まれた。

振り払い、摑んだ死者の眼窩に指を差し入れる。

その手をまた別の死者に摑まれた。

バランスを崩した。

その場に尻餅をついた。

わらわらと死者たちが集まってきた。

脇腹に激痛が走る。嚙まれたのだ。短剣でその死者の首を掻ききる。そしてベルトに下げられた手榴弾を抜き取った。

首筋を嚙まれた。

血が噴水のように噴き出る。

宇城は安全ピンを伸ばし、プルリングを引き抜いた。

娘の顔が浮かんだ。

いつも夢の中で彼を罵《ののし》る幼い娘が、しかしその時には笑みを浮かべていた。

すまない。

宇城は呟いた。

お父さんが悪かった。

そう口に出し、死んだ娘に初めて謝ったのだということに気がついた。

すまない。

もう一度呟くと同時に、手榴弾は炸裂した。宇城は半径二〇メートルの範囲にばらばらになって飛び散った。

爆風を背で受け、部隊長は拡散し消えていく宇城の意識を感じ取っていた。


死んだのだ。

部隊長はぼんやりとそのことを考えていた。彼の人生の大半は、宇城によってつくられたものだった。その宇城の魂が今消えていく。そのことを彼自身が知ったら、科学的でないと怒るだろうか。

そう考えると無性におかしかった。

くすくすと笑いながら、部隊長は錫杖で死者たちを薙ぎ倒していく。その間ずっとカバラ十字の祓いの聖句を唱え続けていた。

危なくなれば無数の大鴉が飛来して死体を蹴散らす。

そしてとうとう最後の家に来た。ここの地獄の門を潰せば、それで終わりのはずだ。

家の中には死者たちがみっちりと詰まっていた。それが聖句を避けて、わらわらと逃げていく。玄関を壊し中に入った部隊長は、まだ居残っていた死者たちを手際よく片づけ、居間へと向かった。

そこに上品そうな老夫婦が横たわっていた。

その脇腹に開いた暗黒の穴から、今この時にも死者が現れようとしていた。

一際大きな声で聖句を唱え、まず老婦人の喉に錫杖を叩き込んだ。

蛇のように老婆は身体をくねらせた。突き立てた錫杖を、ギリギリと押しつける。

しゅうしゅうと口腔から息が洩れた。

錫杖の先端が喉に埋まっていった。

褐色の体液が泡立ちながら噴き出す。

止むことなく聖句を唱えている。

両手足を狂ったようにばたつかせ、それを最後に動きは静まった。

門は潰れたのだ。

部隊長は満足の笑みを浮かべた。今このときだけは間違いなく自分の意志で行動しているのだ。

次に隣の老紳士へと目を向けた。

錫杖を構える。

先端を喉に突き立てる、その寸前。

天井からそれが落ちてきた。

死者だ。

不意に飛び掛かられ、部隊長は思わず錫杖を落とした。

そして天井を見上げ、そこにまだ貼り付いている幾体もの死者たちを見た。

声を上げる間もなかった。

それが一斉に天井から飛び降りてきた。

部屋の中で雨のように死者が降る。

部隊長は悲鳴を上げた。

その姿が死者たちの下に埋まる。

突き出た錫杖が二度三度揺れて、倒れた。

悲鳴を聞いて米澤が入ってくるまで、ほんの数分だった。

瞬く間に死者たちを解体し、捨て去った。

その時にはしかし、すでに部隊長は喉を嚙みきられ、腹を裂かれて内臓まで食われた後だった。

「糞」

感情のこもらぬ声で米澤は呟いた。

「またひとり残ってしまった」

13

微笑町の東の端にあるのは国道で、その国道脇にある植え込みの中に、かつて黄色く塗られた死体が埋められていたのだ。

国道を目の前に、マントを羽織った男がぴんと背筋を伸ばし立っている。その視線の先に植え込みがあった。

不死者だ。

「オォ・イィ・ペエー、テー・アー・アー、ペエー・ドー・ケー」

火の召喚のためのエノク語を唱える。

植え込みにごうと炎が上がった。

炎が収まるのを待ってから、不死者は国道へと一歩踏み出した。

「そこまでだ」

背後から声が掛かった。

「まったく」

面倒臭そうに不死者は振り向いた。

「うるさい奴らだ」

哲也と貢は銃口を不死者へと向けている。

ソーメーはその後ろで、まるで指揮を執《と》ってでもいるような顔で腕組みして立っていた。

そしてギアは錫杖を手に、不死者を睨み付けていた。

「奴は人じゃない」

龍頭が言った。

「人を相手にしているんじゃないんだ。殺すのを躊躇してたら、殺されるぞ」

龍頭の姿がふっと消えた。

申し合わせたかのように、ギアは大きく跳躍し、錫杖で不死者の喉を突く。

肉を貫き骨を砕く鋭い突きだ。

が、不死者は杖を片手で受けとめた。

ギアにしてもそれが何らかの衝撃を相手に与えるとは思っていなかった。必殺の一撃は、フェイントにしか過ぎなかったのだ。

その時、龍頭は不死者の真横にいた。

〈身体を延べる〉という、一瞬にして移動する古武術の秘術だ。

抜き身の短剣を手にしている。

それを不死者の腿に叩き込んだ。

短剣は柄まで深々と刺さった。

聖別された心霊戦のための短剣だ。霊的存在には大きな効果をもたらす。

にもかかわらず、それは不死者に何のダメージを与えることも出来なかったようだ。

不死者はあっさりとギアから錫杖を奪いとり、それで龍頭を薙ぎ払った。

まるでホームランバッターに打たれた硬球だ。

龍頭の身体は斜め上に飛んで、道路沿いにある雑居ビルの壁に当たった。

どん、と地響きがした。

と、それを合図にしたかのように銃声がした。

哲也と貢がほぼ同時に撃ったのだ。

哲也の弾丸は不死者の額に、貢の弾丸は腹に飛んだ。

生卵を割ったような音がして、粘液が飛んだ。

それだけだった。

弾丸は不死者の身体の中に埋もれて消えた。

続けざまに哲也と貢は引き金を引いた。

そのほとんどが命中しているはずだ。いや、耳は削られ、小指が吹き飛ばされている。しかしそれは不死者にとって、肩をぽんと叩かれたほどの意味でしかないようだった。不死者は平然と哲也たちの方を見ている。

二人はあっと言う間に全弾撃ちつくしてしまった。

「龍頭先輩！」

ギアは叫んだ。

「来るな！」

龍頭の返事はそれだった。

強がるだけの力があるのなら、大丈夫。

そう思い、ギアは短剣を抜いた。

哲也が走り出た。

ギアがそれに並ぶ。

まるで長年訓練を続けたようなコンビネーションだった。

哲也が脚を旋風のように回した。

不死者の脚を薙ぐ。

それを避けるべくジャンプした不死者の、胸をギアが短剣で突く。

かわしようのない必殺の突きは、確かにかわされることなく不死者の胸を貫いた。

それだけで不死者を屠れるとはギアも思っていない。

引き抜いた剣を、今度は首に突き立てる。

しかし今度は軽々と腕ではね除けられた。

その隙に哲也は体重の乗った突きを脇腹へとぶつける。

が、これまた腕で簡単に弾かれた。

「クズどもが」

吐き捨てるように言った。

ギアたちは不死者を本気にさせたのだ。

「エル・オー・ヒーム！」

火の神名を唱えながら、不死者は伸ばした指で哲也を指した。

一瞬にして哲也の身体は炎に包まれた。

転げ回る哲也を、ギアは脱いだ外套で覆った。炎は消えたが、重度の火傷を負っている。焦げたTシャツと皮膚の区別もつかない。

聖別された魔術武器でもある外套を再び羽織り、ギアは不死者を睨んだ。

「死ね！」

叫び、不死者に飛び掛かってきたのは龍頭だ。先ほどの攻撃で頭の一部が欠けていた。中にはなにもない。がらんどうだ。

小さな手足が、切る風よりも素早く不死者を打つ。が、如何《いかん》せんあまりにも体重が軽すぎて、決定打とはならない。

「遊びは終わりだ」

不死者の拳は、龍頭の胸を狙っていた。

避けきれなかった。

わずかに体をかわしただけだった。

不死者の拳は彼女の腹を半ばまでドレスごと引き裂いた。

龍頭がそのままぽとりと路面に落ちた。

人形そのままに。

弾丸を撃ちつくしてから為す術がなくじっと見ていた貢が、とうとう堪えきれなくなった。

「調子にのってるんじゃないぞ」

いつもの貢からは考えられない押し殺した声でそう言った。

「ソーメー、車の鍵を貸して」

「えっ、ああ、いいけど」

ポケットを探って鍵を渡した。

「どこ行くんだよ」

ドライブ、とだけ答えて貢がＲＶ車に乗り込んだときには、ソーメーにもその目的がわかっていた。

車が急発進した。

猛スピードでまっすぐ不死者へと向かって。

貢の意図を察してから、すぐにギアは霊縛法を始めていた。

両手の指を複雑に組み合わせ、それに応じた真言を述べる。かなり複雑な術式を、恐るべき速さで消化していく。

指を交互に組む外縛印という形にしながら、ギアは最後の真言を唱えた。

「ノウマクサンマンダ・バサラダンセン・ダマカラシャダソワタヤ・ウンタラタカンマンッ！」

霊縛法とは、いわゆる不動金縛りの法だ。

ほんの一瞬でもいいから不死者の動きを止めるために、ギアは霊縛法を行ったのだ。

成功したようだ。

迫り来るＲＶ車を前に、不死者は一歩も動けない。その顔にわずかながら焦りの色があるのをギアは見逃さなかった。


「死ねえええ！」

叫びながら貢は不死者に正面からぶつかっていった。

驚くほどの音がした。

不死者の身体が弾き飛ばされる。

ＲＶ車は電柱にでも衝突したかのように、フロントがぐしゃぐしゃに潰れていた。

高圧ガスが噴出し、あっと言う間にエアバッグが膨れあがる。それにもたれかかって、どうやら貢は気を失っているようだ。

こんなことではまだ不死者を倒すことは出来ないだろう。

ギアはそう思い、弾き飛ばされ、路上に横たわっている不死者へと駆け寄った。

俯せになったそれは外傷もなく、気を失っただけに見える。

ギアは背に跨り、躊躇うことなくその首を掻ききろうとした。

髪を摑み顎を上げ、短剣を喉に――当てると同時に不死者が振り返った。

短剣を持った手を摑まれる。

短剣から指が離れた。

厭な音がして手首が押し潰された。

悲鳴を呑み込み、ギアは不死者から離れた。

その瞬間だ。

伸ばした不死者の指先が、ギアの腿にサインを描いた。黄道十二宮で獅子《しし》宮を意味するサインだ。それは同時に炎をイメージする記号でもある。

「おまえとは地獄でこそ友になれると思ったのだが残念だ。さようなら、葉車。――エル・オー・ヒーム」

最後に火の神名を唱えながら、不死者はギアの腿に描いたサインを中に収めるように中空に五芒星を描いた。

腿に閃光が走った。


どん、と腹に響く轟音がする。

腿が外側から爆発したのだ。

ギアの身体は白煙を噴き上げ、投げ捨てられた人形のようにでたらめに振り回されながら路面を転がった。

ソーメーはボーアマンたちの乗っていた車の背後に隠れて震えていた。

あっと言う間に全滅してしまった。

もう駄目だ。

ここに隠れてじっとしていよう。頭を抱えて通り過ぎるのを待っていよう。

そう思い、じっとしているソーメーの頭に浮かぶのは息子と妻の顔だ。途中で出会えば良いと思っていたのだが、それも叶わなかった。無事に町を出たのだろうか。

しかし、もし無事に町を出たとしても、ここで不死者を食い止めなければ、この世は地獄と化してしまうのではないのか。

妄想の中の息子が彼の顔を見て言う。

男なら悩んでないでずばっと解決しなよ、パパ。

その顔がはっきりと浮かぶ。

そうだよな。このままでは何も解決しないものな。

ソーメーは呟きながらポケットから手帳を出してきた。白紙のページを一枚破る。

それから人差し指の腹を歯で一気に噛み切った。

血が滲む人差し指で、その紙に隷書《れいしょ》体で文字を書く。彼が学生時代、唯一使うことの出来た呪法、禁術を試すのだ。

不死者が立ち上がった。

その首筋からだらだらと血が流れている。

聖別された短剣は、とりあえず不死者を傷つけることは出来たようだ。

不死者は鼻を鳴らした。

「まだ生きているのか、おまえたち」

黒く焦げた皮膚をぽろぽろと剥離させながら立ち上がろうとしているのは哲也だ。

龍頭は上半身と下半身が離れそうだった。

それでも両腕で身体を起こす。

ギアは片脚を失っていた。

外套の裏地を切り裂き、傷口を縛り上げた。あまりの痛みに胃の内容物をしたたか吐いた。

それでも、ギアは立ち上がろうとしていた。不死者を倒すため。この世を救うため。

「愚かな」

不死者は人差し指と中指を伸ばした。洋の東西を問わず、これは刀を意味するサインだ。

その先で最初に指差したのが龍頭だった。

ぼっ、と音を立ててその身体が燃え上がった。

真っ先に髪が焦げてちりちりと黒い小さな塊になっていく。

「止めろ！　止めるんだ！」

叫び龍頭に駆け寄ったのはギアだ。片脚でぴょんぴょんと跳ねながら、痛みを忘れて龍頭のそばに行く。外套を被せ、炎を消し止めた。

それはもう焼け焦げた人形でしかなかった。

「龍頭先輩。先輩」

人形を抱えてギアは言った。涙がぼろぼろとこぼれた。

炭化したその口が、ゆっくりと開いた。

「……野郎」

ギアは口に耳を近づける。

「馬鹿野郎」

龍頭ははっきりとそう言った。

「まだわからないのか。今何をすべきか」

「先輩を助けなければ」

「おまえの親父ならそうしたか」

「それは……」

「やれ、奴をやれ」

ギアは決意し、片脚で立ち上がろうとした。

「次はおまえだ」

不死者はギアを指差そうとした。

その時だ。

悲鳴じみた声を上げて走ってくる者がいる。

ソーメーだった。

余った肉を脚を進めるたびに上下させながら、ソーメーはまっすぐ不死者のところへと走っていく。

「やめろ！」

叫んだのはギアだ。

だが止めに出る間はなかった。

不死者めがけて突進したソーメーは、彼のつきだした掌を前にして、進めなくなった。

子供のように手足をバタバタと振り回す。

不死者がその手首を掴んだ。

そして腕が抜ける勢いでソーメーの身体を振り回す。

まるでハンマー投げだ。

不死者が手を離すと、ソーメーの身体は宙に飛んだ。

成功だ。

飛ばされながらソーメーはそう思った。

ビルの壁に背中からぶつかり息が詰まる。

一瞬死んだのかと自分でも思ったが、どうやらそうでもなさそうだ。振り回され肩が脱臼《だっきゅう》しているようだ。が、それだけだ。痛みを堪え、ようやくソーメーは最初の目的を思い出した。

地面に横たわる、その姿勢のまま、彼は道教の神《しん》咒《じゅ》を必死になって唱えた。

禁術、あるいは禁呪は、本来は呪法の中でも最も強力なもののひとつだ。それは気によって森羅万象《しんらばんしょう》あらゆるもの――物から人間まで――を操る呪法なのだ。たとえば水を禁じることで河川の氾濫《はんらん》まで防ぐことさえ出来るのである。

しかしソーメーの使える禁術がそれほどに強力なわけもなく、彼にできるのは小動物や昆虫を集めることぐらいだった。

「何故おまえたちはあがく。いかようにあがこうとも、わたしほど生きられるわけでもないのに」

「生きられないからだよ、馬鹿」

言ったのはギアだ。

「くだらん。おまえたちみんな灰になってしまうがいい」

ごお、と熱風が吹いた。

一気に気温が上昇した。

金属製の物はすぐに持っていられない熱さになった。

ギアは車の方へと急いだ。そこには気絶した貢がまだ乗っているのだ。激痛を堪えて片脚で跳ぶ。走る。何とか扉にたどり着き運転席のドアを開けた。

丁寧にすることなど出来るはずもなく、貢の身体を摑んでそこから引きずり降ろした。後はガソリン臭いこの車から出来るだけ離れることだ。

「無駄だよ、葉車くん」

不死者は指先を車へと向けた。

その腕に向かって小さな灰色の影が駆け上った。二の腕に腰を下ろし、それは不死者を見ていた。ネズミだ。

小さなイエネズミ。

気がつけばネズミは足の踏み場もないほどに集まり、不死者の身体へと這い上っていくではないか。

これこそがソーメーの禁術だった。

彼が血で描いた呪符を、不死者めがけて突進していったときに、不死者の背に貼り付けたのだ。

それめがけて今、無数のネズミが不死者の身体に昇ってきている。

汗でも拭うかのように、不死者は顔にまとわりつくネズミを跳ね飛ばした。

「下らぬ術を」

不死者の身体から一斉に炎が噴き上げた。

まとわりついていたネズミたちが黒焦げになってぽろぽろと路面に落ちた。

確かにソーメーの禁術は下らない術だったかもしれない。何しろ不死者に怪我ひとつ負わせることが出来ない呪法なのだから。

しかし不死者の心を乱すのには充分役立っていた。からかっているかのようなこの術に、彼は腹を立てていたのだ。

そうでなければ、轟音と閃光とともに発射され、一キロも先から彼を狙って飛翔するロケット弾に不死者が気付かぬはずがないのだ。

ネズミを焼き殺し、あっと思ったときには不死者の目の前にロケット弾があった。

米澤の放った対戦車用のロケット弾は、不死者の胸に弾頭を叩きつけた。

閃光が走る。
大音響とともに地面が揺れた。
爆風が砂塵を舞い上げる。
ソーメーのＲＶ車が横転した。
爆心地からあまり離れていなかった龍頭の身体は、鞠《まり》のように転がった。
晴れぬ砂塵の中心に、鈍く輝く光があった。
それこそが不死者の本体だ。
ギアは光に駆け寄り、ヘブライ語の聖句を唱えた。
悪しき本体を浄化してしまおうと考えたのだ。
が、ギア一人の力では限界があった。
蛇のようにうねりながら、燐光《りんこう》は長く尾を引いて空へと昇ろうとしていた。
またも逃げられる、ギアがそう思った時だった。
アァァ・テエエエエー。
遠くから声が聞こえた。
カバラ十字の祓いのための聖句だ。
マアァアァル・クゥウゥウゥトォォォォ。
光の帯の動きが止まった。
上昇することも出来ず、ゆるりと地面へ降りてくる。
黒い外套の男たちが錫杖を片手に近づいてきた。
その背後に、やはり真っ黒のバンが停まっている。
通称霊柩車。呪禁官部隊の専用車だ。
車は次から次にやってくる。
ヴェ・ゲェエエエー・ブウウラァアアア。
聖なる呪句は、不死者に対して物理的な力をもたらす。
今や光の帯は、矮小《わいしょう》な長虫《ながむし》のように地面を這い回っていた。
一人の呪禁官が歩いてきた。
錫杖を構える。
ヴェ・ゲェエエエー・ドゥウラァアアア。
光の帯に杖を叩きつけた。

焼け石を水につけたような音をたて、光は白煙となって消えた。

「よう、葉車」

その呪禁官は、ギアへと近づいた。

「あっ、石崎先輩」

「別部隊に転属してもらってよかったよ。どうやらおまえたち、手酷い目に遭ったみたいだな」

「ええ、でもわたしたちは」

そこから何を言おうとしたのか、ギアにはわからなくなっていた。もう立っていられなかった。

そして何もかもが暗い闇の中へと消えていった。

終章

少女がそこにいる。

こんな美少女はどこを探してもいないだろうというような美しい少女だ。それも当然で、それは人形なのだった。しかも上半身しかない。

下半身は粉々に砕けて、修復が不可能だったのだそうだ。

少女の人形を病室に持ってきてくれたのは貢だ。

「どう、脚の調子は」

貢が人形を椅子に置いて言った。

「義足を造ってくれるんだってな」

「僕じゃないけどね。呪具開発課で造ることになっているらしい。どんな義足をつくるつもりなんだか」

「貢も良かったね」

「何が」

「職場に戻れて」

「ああ、部長が退職になったのと入れ違いだ」

「当然と言えば当然の人事だな」

やはり貢が持ってきてくれた週刊誌をぺらぺらと捲る。まだまだボーアレッドの記事ばかりだ。彼はその正体を明かさぬまま、世界の危機を救った正義の味方としてマスコミに引っ張りだこだった。彼が米澤なのではないかと疑っているのは、おそらくギアだけではないだろう。いずれ誰かがそれを暴くまで、彼はタレント業を続けるつもりなのだろうか。

ギアはそっと週刊誌を閉じる。

「呪禁官って、やっぱりいいよなあ」

全身に包帯を巻いた男が、ベッドの上で片腕で腕立て伏せをしていた。吉田哲也だ。全身火傷で死にかけていたとは思えない。医者も驚く回復ぶりだった。

「みなさーん」

小さな男の子が入ってきた。

「いつも父がお世話になっておりまーす」

「よう、慎太郎」

一番奥のベッドに横になっていたソーメーが手招きした。

「パパ、くっちゃねの生活ばかりしてたらもっと太っちゃうよ」

「生意気いうな。今日はママは」

「一階の売店でなんか買ってる」

そうか。ソーメーはそう言い、一人息子の頭を撫でた。

「なあ、貢」

「ん？」

「龍頭先輩はもうここにはいないのか」

人形を指差した。

「多分な」

救急車で運ばれるとき、何故かギアの車両に半ば壊れた龍頭の身体が積まれていた。

朦朧《もうろう》としながら、ギアは龍頭に大丈夫かと尋ねた。

龍頭はいつになく弱々しい声で言った。

「どうやらこれでさよならみたいだな」

「えっ、どうして」

「さあ、どうしてだか。何故かそれがわかるんだよ。まあ、電池切れをランプで知らせます、みたいなもんじゃないのかな」

そんなもんだとは思えなかったが、その時には反論するような気力はなかった。

「霊界に帰るの？」

「んなものがあるのかどうか知らないな。多分これで終わり。消えてしまうん……」

本当に電池が切れるように、声は少しずつ小さくなり、やがてぷつりと途絶えてしまったのだった。

「貢」

「なんだい」

「龍頭先輩にさよならを言うのを忘れてた」

「今言えば。なんかここで聞いているような気がするよ」

「そうかなあ。それじゃあ、さよ――」

病室の扉が大きく音をたてて開いた。

「さあ、就任の挨拶に来たぞ」

聞き覚えのある声だった。

扉の方を見る。

巻き毛の少女が、背筋をしゃんと伸ばしてギアの方へと歩いてくる。

「もしや……」

「殉職された前部隊長の替わりに、正式に就任が決まった。龍頭麗香だ。よろしくな」

手を差し出す。

ギアはその手をしっかりと握りしめた。

長い長い研修期間がようやく終わろうとしているのだと、ギアは思った。

本作品は、復刊にあたり『ルーキー』（祥伝社・二〇〇三年五月）を改題いたしました。

オカルトってなんだってことですよ

本書『呪禁官　意思を継ぐ者』(旧題『ルーキー』) は呪禁官ギアを主人公とした伝奇オカルトアクションの二作目です。一作目と本書刊行までの間には一年の間隔が開いています。作中ではもっと時間が経ち、ギアたちは呪禁官養成所を卒業してしまいました。

呪禁官の世界では、オカルト的なあれこれと科学とが同居しています。オカルトは理屈に関してはほとんどブラックボックスになっていて、それをいかに利用するかだけが語られます。そして単純に技術としてこの二つは比較され、新しい技術力として魔術がもてはやされているもう一つの世界が呪禁官の舞台なのです。

というわけでオカルトの話です。

オカルトといえばオカルト映画ですよね。強引ですが許して下さい。許されなくても先に進みます。

これです。

じゃじゃーん！


出張版『怖くないとはいってない』―オカルトホラーとその仲間たち―

『怖くないとはいってない』というのは、かつて日本SF作家クラブ公認サイト「SF Prologue Wave」に隔月で掲載されていたホラー映画のコラムです。十回連載され、華々しく最終回を迎えました。少し盛ってます。で、今回呪禁官シリーズを書かせていただくに当たって、その最後に何でも書いてもいいよと許可をいただきました。ということで、『怖くないとはいってない』をこちらに出張してきました。テーマはオカルト映画です。

まずオカルト映画といえば『エクソシスト』。だが今となっては知っている人間も少ないかもしれない。一九七三年のアメリカ映画だ。恵まれた家に生まれたかわいらしい少女が悪魔に取り憑かれてとんでもないことになる。困った両親はまず医者に相談する。悪魔憑きなどというものは精神科の扱う病態だったりするわけで、当然のことだ。ところが医者たちはまるで拷問のような検査を少女に対して行うのに、まったく何も解明できない。そこでようやく登場するのがイエズス会の悪魔祓い師《エクソシスト》だ。かくして修道士と悪魔バズズとの凄まじい戦いが始まる。戦いと言ってもほとんどが心理戦なのだが、全編を通して異様な緊張感に包まれ、最後の最後まで目が離せない。

ウィリアム・フリードキン監督によって撮られたこの『エクソシスト』は大ヒットした。その結果二作目『エクソシスト2　異教徒』が作られ、続編の定めとしてあまり当たらなかった。ジョン・ブアマン監督の演出はいささか難解で、見る人を選ぶ。

原作無視の二作目に怒った原作者ウィリアム・ピーター・ブラッティが自ら監督したのが『エクソシスト3』

だ。これがなんとサイコホラーであり、同時にオカルトホラー作品である。はっきりいって傑作だ。何よりも恐怖シーンの演出が素晴らしい。ホラー好きの間でなら「病院の廊下でのあのシーン」といえば通じるトラウマものの恐ろしいシーンでオシッコちびってください。

この2、3とその後に作られた前日譚『エクソシスト ビギニング』が正式な『エクソシスト』のシリーズとなる。

そしてこの周辺には、儲かるとなるといかがわしい親戚のような連中がわさわさと集まってくるのである。たとえば本家『エクソシスト』と同年にさっさと公開されたイタリア映画『デアボリカ』。エクソシストが少女に悪魔が取り憑く話だったので、こちらは熟女でこってり風味に仕上げている。年齢だけがましましかと思えば、さらにニンニクを増すがごとく、汚らしさを増量している。主演のジュリエット・ミルズは青黒いゲロをだらだら吐き垂らし、ゲロで汚れた指をべろべろ舐める。もう勘弁して下さいという汚さだ。さらに空中に浮かび、ろくろに載っかった粘土みたいに体育座りした熟女がクルクルと回転したりするサービスもある。そんなイタリア製真似っこ映画が大量に作られた時代だったのだ。

その後にオカルト映画はブームとなった。その中でも悪魔VS修道士というエクソシストパターンは、今も脈々と流れるオカルト映画の本流で、アンソニー・ホプキンスが神父を演じた『ザ・ライト―エクソシストの真実―（二〇一一）』や、ユダヤ民話に伝わる呪いの小箱を小道具として使いながら、内容は『エクソシスト』そのままの（だからやっぱりそこそこ面白い）『ザ・ポゼッション（二〇一二）』。二〇一四年には、死んだ妻の魂を呼び出すために悪魔を探し出そうとする男の話『悪魔の存在を証明した男』がエクソシスト映画だった。

さてオカルト映画のもう一本の流れ。それが『オーメン（一九七六）』だ。

要するに世界を破滅に導く悪魔の子供の話だ。先行作としては『ローズマリーの赤ちゃん（一九六八）』が悪魔の子供を妊娠しちゃいました映画なのだが、生まれてからを描くオーメンスタイルは同一のパターンを延々と生み出している。元祖『オーメン』には続編『オーメン２／ダミアン（一九七八）』、第三弾『オーメン／最後の闘争（一九八一）』。さらに一応シリーズ作だと言われている悪魔の子供は少女でしたという『オーメン４（一九九一）』。そして『オーメン』そのもののリメイクも二〇〇六年に制作されている。

オーメンのようなもの、も無数にある。たとえば『エヴァンジェリスタ（二〇〇四）』は悪魔を科学的に生み出そうという奇策が面白い佳作。二〇一四年に制作された『悪魔が棲む家６６６』は幽霊屋敷ものじゃ無くてほぼオーメン的展開となるオカルト映画。何でこんな邦題をつけたのかわからないのだが、最初からオーメンの仲間だとわかって観るとなかなか面白い。

『マニトウ』をここに加えて良いのかどうかは迷ったあげく、今回は見送り。


クトゥルー・ミュトス・ファイルズなので、いくらなんでもここらでクトゥルー映画の話を。これもまたオカルト映画の系譜なのだ。

クトゥルーってオカルトなの？　オカルトというのはあくまで現実に存在した秘教のことを言うんじゃないの？　クトゥルーってフィクションでしょ？

そんな疑問を持たれる方もおられるかもしれない。

確かにクトゥルー神話はラヴクラフトによる創作神話だ。しかしそれは多くの作家によって語られるうちに、「実はラヴクラフトはある種のカルトとのつながりがあり、現実に存在するクトゥルー神話の影響を受けていた」というような話が流布されたり、「本物の『ネクロノミコン』」が発見されたり、カルト宗教として実際にそれを研究する研究者が現れたりと、徐々に虚実の壁が蕩けてしまっている（『ネクロノミコン』をはじめ作中に出てくる魔術書から学んだ魔道を使う魔術師が実際にいるのだと聞いた事もある）。

実際近代魔術と言われるものは、その出自をより古く由緒あるものに求めるあまり偽書偽伝に頼り、それってほぼフィクションじゃないの、というものも多く存在する。そしてそのような虚構もまとめて、すべての流れがオカルトというものの歴史となる。つまり虚実まとめてオカルトなのですよ、とちょっと強気で発言してクトゥルー映画の話に。

ラヴクラフトファンがどっとクトゥルー映画を撮り始めた八〇年代はクトゥルー豊作の時代だ。『死体蘇生者ハーバート・ウエスト』を原作にした『ＺＯＭＢＩＯ　死霊のしたたり』は好評の中三作目まで作られ（個人的には三作目も大好き）、今でも多くのファンがいる。同じスチュワート・ゴードン監督による『彼方より』の映画化作品『フロム・ビヨンド』は無駄にエログロの素敵な悪役が出てくる。サガノヘルマー氏にコミカライズをお願いしたい。

しかし今回は呪禁官と似通った世界観を持つクトゥルー映画『ＳＦＸハードボイルド・ラヴクラフト』を紹介しよう。ＳＦＸでハードボイルドでラヴクラフトってなんだよそれ、と思うだろうが、タイトル通りの内容なのである。

舞台は魔法が当たり前に使われている、もう一つの四〇年代アメリカだ。魔術と科学の混在した雰囲気は我が呪禁官の世界に近い。

そこでラヴクラフトという名の探偵が、盗まれた『ネクロノミコン』を探し出すように依頼される。というわけでそこそこクトゥルー色が濃い。そしていわゆる邪神エンドである。それネタバレじゃんとか言われてももう遅い。何しろ邪神エンドはたくさんあるので、それでは今からそれを順に紹介……しません。怒られたらイヤだからです。

この『ＳＦＸハードボイルド・ラヴクラフト』は好評だったのか『魔界世紀ハリウッド』という続編がある。こちらはラヴクラフトという名前以外クトゥルー神話とはあまり関係がない。

ホラー映画の話をするのは楽しいので延々と続けてしまいそうだが、ここら辺で自主的に終わります。もっと読みたいよ――、と思われた方は創土社の方までご連絡を、っていうか、その前に呪禁官シリーズをよろしく。

二〇一六年五月某日

牧野修

《好評既刊・呪禁官シリーズ》

呪禁官　百怪ト夜行ス

凶悪な魔女集団『アラディアの鉄槌』のリーダー相沢螺旋香が逮捕され、すぐに呪禁官によって、魔力を封じる特殊な監獄グレイプニルへと送られることになる。だがその日の夜は魔女が最大の力を手に入れるヴァルプルギスの夜。日が暮れるまでに魔女を監獄まで送り届けなければ、彼女は強大な魔力を手に入れてしまう。護送車を襲う千の黒山羊たち。魔女相沢螺旋香の正体は、邪神シュブ＝ニグラスだったのだ。激戦の結果、結界を張った護送車から螺旋香が奪われるのは阻止したが、護送部隊はほぼ壊滅。生き残った呪禁官は葉車創作と龍頭麗華の二人だけだった。

著者：牧野 修　本体価格：1500 円

ISBN：978-4-7988-3014-8

呪禁官　暁を照らす者たち　新装版（旧題：『呪禁官』）

それは魔法と科学が共存する世界。魔法は日常的に一般の技術として使われていた。呪術的な犯罪を取り締まる呪禁官・歯車俊彦（ギア）は、相棒の龍頭とともに非合法呪具の密売の現場に踏み込み、命を落としてしまう。

その数年後、県立第３呪禁官養成学校には、仲間たちと訓練に励む歯車創作の姿があった。父と同じくギアと呼ばれて——。

現代呪術を否定するカルト科学者集団のテロ、父を殺した不死者の恐るべき計画に、ギアたちは巻き込まれていく。

魔術学園を舞台に広げられるオカルト青春ホラー。

著者：牧野 修　本体価格：1200 円

ISBN：978-4-7988-3032-2

クトゥルー・ミュトス・ファイルズ オマージュ・アンソロジー・シリーズ			
ダンウィッチの末裔	菊地秀行　牧野修 くしまちみなと	1700円	3005-6
チャールズ・ウォードの系譜	朝松 健　立原透耶 くしまちみなと	1700円	3006-3
ホームズ鬼譚～異次元の色彩	山田正紀　北原尚彦 フーゴ・ハル	1700円	3008-7
超時間の闇	小林泰三　林譲治 山本弘	1700円	3010-0
インスマスの血脈	夢枕 獏×寺田克也 樋口明雄　黒史郎	1500円	3011-7
ユゴスの囁き	松村進吉　間瀬純子 山田剛毅	1500円	3012-4
クトゥルーを喚ぶ声	田中啓文　倉阪鬼一郎 鷹木 骰子	1500円	3013-1
無名都市への扉	岩井志麻子　図子慧 宮澤伊織 / 冒険企画局	1500円	3017-9
闇のトラペゾヘドロン	倉阪鬼一郎 積木鏡介　友野詳	1600円	3018-8
狂気山脈の彼方へ	北野勇作　黒木あるじ フーゴ・ハル	1700円	3022-3
遥かなる海底神殿	荒山徹　小中千昭 読者参加・協力クラウドゲート	1700円	3028-5
死　体　蘇　生	井上雅彦　樹 シロカ 二木 靖×菱井真奈	1500円	3031-5

全国書店にてご注文できます。

クトゥルー・ミュトス・ファイルズ
The Cthulhu Mythos Files

呪禁官《じゅきんかん》　意思を継ぐ者

新装版

2016年7月1日　第1刷

著　者
牧野 修

発行人
酒井 武史

カバーおよび本文中のイラスイラスト　猫将軍

発行所　株式会社　創土社
〒165-0031 東京都中野区上鷺宮 5-18-3
電話 03-3970-2669　FAX 03-3825-8714
http://www.soudosha.jp

印刷　株式会社シナノ
ISBN978-4-7988-3034-6　C0093
定価はカバーに印刷してあります。

《呪禁官シリーズ・書き下ろし新刊予告》

呪禁局の観測施設が**ユゴス星**からの通信を傍受した。

異星から**邪神**が飛来する！

それを迎えるために集結する異形のカルト集団

『プルートの息子』。

たまたま居合わせたギア＆龍頭は余儀なく戦いに巻き込まれた。

それに否応なく参戦するのは

東京隠秘商事営業部員に

稀覯本専門の老詐欺師と

彼を追ってきた

ミスカトニック特殊稀覯本部隊ホラーズの面々。

それにインド武術を駆使しギアの命を狙う美女まで加わり、

彼らはそれぞれの思惑を胸に

逆しまのバベルを地獄へと降下するのだった。

著者：牧野 修

2016年10月　発売予定